LAAT ME NIET VALLEN

WILLY VLAUTIN BIJ MEULENHOFF

Vrij
Laat me niet vallen

www.meulenhoff.nl

WILLY VLAUTIN

Laat me niet vallen

ROMAN

Vertaald door
Dirk-Jan Arensman

MEULENHOFF

Eerste druk januari 2018
Tweede druk februari 2018

ISBN 978-90-290-9218-0
ISBN 978-94-023-0983-6 (e-book)
NUR 302

Oorspronkelijke titel: *Don't Skip Out on Me*
Omslagontwerp: Bart van den Tooren | BVDT
Omslagbeeld © iStock
Vormgeving binnenwerk: Adriaan de Jonge

Voor mijn broer John

1

Horace Hopper deed zijn ogen open en keek op de klok: vijf uur 's morgens. De eerste gedachte die die ochtend in hem opkwam was aan zijn moeder, die hij bijna drie jaar niet had gezien. Daarna bedacht hij dat hij over iets meer dan een week in zijn eentje in een bus naar Tucson zou zitten. Nog geen minuut wakker en nu al lag er een steen op zijn maag.

Hij stond op, trok een spijkerbroek, een geruit westernoverhemd met lange mouwen en zijn laarzen aan, en probeerde zichzelf vervolgens wakker te krijgen. Hij dronk een glas water en staarde naar de foto's van boksers die hij met plakband aan de wand van de caravan had opgehangen.

De uitgeknipte foto's kwamen uit nummers van *Ring Magazine* en de boksers waren Mexicaans. De grootste foto was van een partij tussen Israel Vázquez en Rafael Márquez. Hij was gemaakt in de derde ronde van hun vierde onderlinge gevecht, op het moment dat Vázquez Márquez raakte met een genadeloze linkse hoek. Rechts van die foto hing de broer van Rafael Márquez, de geweldenaar Juan Manuel Márquez, en links van hem de legendarische Julio César Chávez, met een sombrero op. Daaronder hing een foto van zijn favoriete bokser, Érik Morales. Links van Morales hing Juan Díaz en op die foto had Horace met een zwarte viltstift 'De Geleerde' geschreven. Naast 'De Geleerde' hing Antonio Margarito. Een zwarte viltstift had zijn gezicht doorgekrast. 'De Valsspeler'.

Hij griste een versleten en gerafeld notitieboekje van een plank naast het bed en sloeg het open. Op de eerste bladzijde stond handgeschreven met blauwe pen 'Logboek van nachtmerries'. Hij bladerde een stuk of vijf, zes pagina's door, tot hij was aanbeland bij 'Achtergelaten worden in Tonopah'. Daaronder stonden tweeëndertig streepjes. Hij voegde er eentje aan toe, waarmee het er drieëndertig waren. Vervolgens bladerde hij door naar de laatste pagina's en onder aan een bijna volle noteerde hij de datum en schreef hij hetzelfde op dat hij de dag daarvoor en de dag dáárvoor ook al had opgeschreven: 'Ik ga iemand worden.'

Hij zette een fluitketel op het propaanfornuis, maakte oploskoffie en roerei van vier eieren en nam alles mee naar buiten om in het diepe blauw van de dageraad aan een picknicktafeltje te gaan zitten eten. De wit-met-oranje Prowler-caravan uit 1983 waarin hij woonde stond op een heuvel met uitzicht op de tachtig hectare van de Little Reese Ranch, een meter of honderd achter de hoofdgebouwen. Er stond een luifel met een tinnen dak voor de caravan, met daaronder een fiets, de picknicktafel, een barbecue en een tuinstoel. Ernaast stond een aftandse vierdeurs Saturn met een lekke band geparkeerd. Hij was na zijn eindexamen van het grote huis hierheen verhuisd, omdat meneer Reese dacht dat Horace misschien wel zijn eigen stekje wilde hebben waar hij zo laat kon opblijven als hij wilde, zijn muziek zo hard kon draaien als hij wilde en iedereen mee naartoe kon nemen die hij wilde. Een vrijgezellenhok.

Onder hem, aan de voet van de heuvel, zag Horace geen lichten branden in het huis; daarachter geen lichten in de lammerstal en maar een heel flauw schijnsel vanuit de hoofdschuur. Hij at zijn ontbijt op, waste af, maakte een lunchpakket van op elkaar gestapelde plakjes boterhamworst en kaas en vulde twee waterflessen. Hij stopte de lunch in zijn rugzak, samen met een extra overhemd, een paar sokken, zijn cd-speler en *The Great*

Southern Trendkill van Pantera, *Sever the Wicked Hand* van Crowbar en *Show No Mercy* van Slayer. Hij pakte zijn jas en slaapzak en liep de heuvel af.

Horace was eenentwintig, een meter zeventig lang en hij woog een kleine zevenenvijftig kilo. Hij was half blank en half Paiute, met lang zwart haar dat tot over zijn schouders viel. Zijn ogen waren donkerbruin, hij had een lange, smalle neus en hoefde zich zelfs op zijn leeftijd maar zelden te scheren. Onder zijn overhemd zat op zijn linkerbiceps een tatoeage. Er stond in rode inkt 'Slayer' en daaronder in zwarte inkt 'Hell Awaits'. Daar weer vlak onder: een zwarte schedel met horentjes en twee rode ogen.

Terwijl hij daar in het vroege ochtendlicht liep, keek hij voorbij de ranch en de hooivelden naar de kale woestijnvloer van Ralston Valley – saliestruiken, plukjes prairiegras, af en toe een vogel of een konijn en een paar verspreide, eenzame pinyondennen. De Little Reese Ranch stond een kilometer of vijftien van de dichtstbijzijnde buren vandaan, vijfenveertig kilometer van een geasfalteerde weg en negentig kilometer van het dichtstbijzijnde dorp, Tonopah.

In de schuur zag Horace de oude man tegen de werkbank geleund op een geel schrijfblok staan schrijven. Naast hem stond een metalen wandelstok en opgekruld aan zijn voeten lag een gepensioneerde zwart-witte bordercollie, Little Lana.

'Goedemorgen, meneer Reese,' zei Horace toen hij binnenkwam.

'Morge,' antwoordde de oude man, die zijn ogen op het gele schrijfblok gericht hield. 'De proviand ligt op de veranda te wachten en ik heb een kop koffie voor je meegenomen. Die staat op de boormachine.'

Horace liep ernaartoe.

'Ben je er zo'n beetje klaar voor?'

'Ik geloof het wel,' zei Horace.

'Welke paarden heb je besloten mee te nemen?'

'Boss en Honey.'

Meneer Reese hield op met schrijven en keek Horace' kant op. 'Weet je, ik heb na zitten denken over Boss. Je hebt een hoop goed werk met hem gedaan. Ik had nooit verwacht dat hij het zou redden.'

'Hij heeft altijd een braaf paard willen zijn,' zei Horace. 'Hij wist alleen niet precies hoe dat moest.'

'Ik zag het in elk geval niet.'

'U zou het ook gezien hebben, maar ik was gewoon degene die met hem werkte.'

Meneer Reese knikte en ging verder met schrijven. Hij was tweeënzeventig, slank, ruim een meter tweeëntachtig lang, met kort, dun grijs haar. Hij droeg een verschoten spijkerbroek, een lichtblauw western werkoverhemd en verweerde cowboylaarzen. Hij pakte een Engels-Spaans woordenboek, bladerde tot hij het woord had gevonden dat hij nodig had en schreef het op zijn gele schrijfblok.

Horace dronk zijn koffie, haalde vervolgens twee touwhalsters uit de zadelkamer en liep naar de kraal. Hij halsterde eerst Boss en daarna Honey, leidde ze allebei de stal uit en bond ze vast aan een reling ervoor. Hij borstelde en zadelde Boss op, deed Honey zadeltassen om, droeg vervolgens de proviand van het huis naar de truck en legde die erin. Daarna wachtte hij terwijl meneer Reese aan zijn brief bleef werken. Toen die klaar was, pakte de oude man de brief, een telefoonkaart en drie gefotokopieerde delen van een landkaart, vouwde die op en stopte ze in een envelop, die hij dichtplakte. Hij adresseerde hem aan 'Pedro' en gaf hem aan Horace.

'Ik weet dat ik dit allemaal al heb gezegd, maar vind je het erg als ik het nog één keer doorneem?'

'Vind ik niet erg,' zei Horace.

De oude man schraapte zijn keel. 'Goed. We weten allebei dat Pedro Engels verstaat. Als het hem zo uitkomt, doet hij alsof het niet zo is, maar hij verstaat het wel. Deze brief is in het Spaans, omdat ik wil dat alles duidelijk is. Ik wil geen misverstanden. Het voornaamste is dat jij kijkt of Pedro het een beetje volhoudt en hoe Víctor bevalt. Je was weg om voor Harrington te werken toen Víctor hier kwam en sindsdien heb je maar één keer spullen afgeleverd. Feit is dat we allebei weinig van hem weten. En denk eraan dat zijn Spaans rudimentair is en dat hij helemaal geen Engels spreekt. De enige taal die hij zeker beheerst is Peruviaans. Quechua heet die taal. Ik kan er geen touw aan vastknopen als hij het spreekt. Ik heb een Quechua-Engels-woordenboek besteld, maar dat is er nog niet. Dus laat Pedro maar voor je tolken. Hij beheerst die taal. Vraag Víctor hoe het hem hier bevalt, hoe het bevalt om schaapherder te zijn. Vraag hem of hij denkt dat hij een eigen kudde aankan en neem Pedro vervolgens apart om hem te vragen of hij denkt dat Víctor genoeg vorderingen maakt om dat te kunnen. Het is de bedoeling dat ik volgende week weer met Conklin overleg. Als ik weet hoe het met Víctor gaat, zal dat me helpen bij m'n beslissing of ik wil uitbreiden. Als ik die deal sluit en de twaalfhonderd schapen van Conklin koop, zal ik nog een fulltime herder nodig hebben.'

'Oké,' zei Horace.

'In die envelop zit een prepaid telefoonkaart met vijftig dollar erop. Let erop dat Pedro zijn mobiel nog steeds oplaadt. De laatste keer dat ik hem zag, zei hij dat hij problemen had met zijn zonnelader, maar toen ik het probeerde deed-ie het prima. Hij zit daar nu vier maanden. Vorig jaar rond deze tijd begon hij problemen te krijgen. Het zou nu beter moeten gaan, omdat Víctor familie van hem is en bij hem is geweest, maar check evengoed maar of hij zich scheert, hoe het kamp eruitziet en hoe het met de honden gaat.'

'Het was behoorlijk moeilijk om hem zo te zien, de vorige keer,' zei Horace.

De oude man knikte. 'Daar denk ik ook steeds aan. Ik heb me elke dag zorgen om hem gemaakt, maar hij zei dat hij er klaar voor was om weer aan het werk te gaan. Hij zei dat hij hulp had gezocht, dus we zullen wel zien.'

Horace knikte. 'Gaat het wat beter met uw rug, vanmorgen?'

De oude man haalde zijn schouders op. 'Maak je om mij maar geen zorgen. Kijk jij maar gewoon of alles daarboven in orde is. En wees voorzichtig. Volgens de weerberichten wordt het dik vijfendertig graden, dus denk eraan dat je genoeg vocht binnenkrijgt en bij de kreek stopt voor de paarden.'

'Weet ik,' zei Horace, en hij glimlachte.

Meneer Reese stootte een lachje uit. 'Sorry. Hoe ouder ik word, hoe vaker ik alles kennelijk twee keer moet zeggen.'

*

Boss en Honey wiegden over de grindweg heen en weer in de paardentrailer en de zon begon aan zijn opgang boven de Monitor Range. Zo ver als Horace kon kijken was er niets om hem heen dan woestijnsalie, heuvels en lucht. Hij propte een pluk Copenhagen-pruimtabak achter zijn lip, zocht de radiozenders af en reed een kilometer of vijftig voordat hij op een ongemarkeerde zandweg naar het oosten afsloeg, naar de voet van de heuvels. De weg werd slechter en hij stopte, vergrendelde de voornaven en zette de oude truck in vierwielaandrijving. Hij reed voorzichtig over weggespoelde wegdelen en om rotsen heen, tot hij de vervallen mijn bereikte, waar hij aan de voet van een smal ravijn parkeerde. Aan de overkant van de weg zag hij een reeks eenpersoonsmijntjes en een gekantelde caravan. Verderop lag de hoofdmijn, waar het puin van oude gebouwen naast een gat lag dat was volgestort met verroeste mijnbouwwerktuigen en een paardentrailer zonder banden.

Hij haalde een gelamineerd briefje uit het dashboardkastje van de truck – 'Deze truck is eigendom van de Reese Ranch. Niet vernielen a.u.b.! We zijn een gezinsbedrijf!' – en schoof het onder de ruitenwisser. Hij deed de truck op slot, zette een cowboyhoed met brede rand op, maakte de stoffige paardentrailer open en laadde de paarden uit.

Hij trok beide singels aan, laadde de proviand op Honey, besteeg Boss en begon te rijden. De mijnweg vernauwde zich tot een pad en het ravijn begon op te lopen. Er doken met grotere regelmaat pinyondennen en berken op en het gesijpel van de kreek langs het pad zwol aan tot een constante stroom. Hij hield de teugels en de lange lijn in zijn linkerhand, en in zijn rechterhand een handtrainer. Hij kneep er honderd keer in en bracht hem dan naar zijn linkerhand. De handtrainer ging onder het rijden telkens van de ene naar de andere hand. Hij probeerde er niet aan te denken dat dit de laatste keer zou zijn dat hij deze trip maakte, maar hij kon er niks aan doen en hij kreeg een verdrietig gevoel.

'Ik zal jullie niet vergeten, jongens,' zei hij tegen de paarden. 'Ik zal jullie elke dag missen, maar ik kom terug. Ik zal anders zijn als ik terug ben, maar ik zal er zijn en ik zal zorgen dat er goed voor jullie gezorgd wordt. Maak je maar niet te veel zorgen, oké?'

*

Halverwege de dag was hij tot tweeëntwintighonderd meter hoogte geklommen. Boss baande zich traag en met zekere tred een weg over het rotsachtige pad en Honey volgde futloos tot ze het ravijn verlieten en een plateau bereikten, waar een grote komvormige weide verscheen. De bergen om hen heen waren meer dan vijfendertighonderd meter hoog. In de verte kon Horace de kudde onderscheiden, de elfhonderd schapen, en hij hoorde de vage geluiden van geblaat en het blaffen van de honden. Hij leidde de paarden naar de kreek, liet ze drinken en reed verder.

Hij zag Tiny het eerst, een bruin-met-witte bordercollie. Hij floot naar haar en steeg van Boss af. Het stompje van Tiny's staart kwispelde opgewonden terwijl ze naar hem toe kwam. Hij controleerde haar poten op snijwonden. Met een zakmes haalde hij twee vervilte stukken vacht van haar achterhand en hij haalde zijn handen vervolgens door haar vacht op zoek naar teken, maar vond er geen. Hij deed haar een nieuwe vlooienband om en ze leidden de paarden samen naar een blauwe tarp in een espenbosje aan de rand van de weide.

De ezel van meneer Reese, Myrtle, stond vastgebonden aan een hoge lijn tussen twee bomen op het weidegras en de herder, Pedro, lag op zijn rug op zijn matje bij het kampvuur te slapen. Het gras rondom hem was platgedrukt en boven hem trilden de espen in de wind. Naast zijn bed stonden een drieliterfles water en een paar leren laarzen. De kookpannen waren schoon en stonden op een groen Coleman-fornuis, een geweer stond tegen een boom geleund. Twee overhemden en een paar sokken hingen aan een provisorische waslijn en verderop, bijna uit het zicht, hing het karkas van een lam in een wildzak aan een stevige tak.

'Maak hem maar wakker, Tiny,' zei Horace zachtjes tegen de hond. 'Ga Pedro halen.' De hond liep naar de slapende man en likte zijn gezicht. Pedro slaakte een kreet en ging geschrokken zitten.

'*Hola*, Pedro,' zei Horace, en hij lachte. Tiny rende naar hem terug en verstopte zich achter zijn benen.

Pedro was gladgeschoren en glimlachte een mond vol zilver en ontbrekende tanden bloot. Het was een kleine man met een donkere huid, een buikje en dunner wordend bruin haar. Zijn broek zakte af toen hij opstond. Hij had geen ondergoed aan. Hij trok zijn broek op, knoopte die dicht en sjorde zijn riem aan. Hij deed zijn sokken en laarzen aan.

'Meneer Reese heeft nog steeds last van zijn rug, dus ben ik er weer. Hoe is het gegaan?'

Pedro haalde zijn schouders op.

'Waar is Víctor?'

'Víctor *es* weg.' Hij zuchtte, en schudde zijn hoofd.

'Weg?' vroeg Horace.

'*Sí.*'

'Weg waarheen?'

Pedro haalde opnieuw zijn schouders op en wees naar de bergen.

'Is hij alleen nu even weg, of voorgoed weg?'

'*Loco,*' zei Pedro.

'*Loco?* Hoe bedoel je?'

Pedro haalde zijn schouders op. 'Víctor hij pakt geweer en richt op mij. Zegt hij vermoordt me als ik hem niet weghaal uit *las montañas.*' Hij keek naar de grond en schopte met zijn laars in het stof.

'En wat gebeurde er daarna?'

'Ik pakte het geweer af,' zei Pedro, en hij glimlachte. 'De volgende *mañana, Víctor no aquí.*'

'Hoe lang geleden was dat?'

Hij stak zijn hand op en liet twee vingers zien.

'*Dos días*?' zei Horace.

Pedro knikte.

Wally, een zwart-witte bordercollie van acht, kwam het kamp in. Horace riep hem, bekeek zijn poten en controleerde hem op teken. Hij sneed vier klitten uit zijn vacht en deed hem een nieuwe vlooienband om.

'Waar is Little Roy?'

Pedro schudde zijn hoofd. '*Con Víctor.*'

'Is Little Roy met Víctor mee?'

Pedro knikte.

'*Dónde es Víctor?*'

Pedro wees opnieuw naar de bergen achter hem. 'Ik tegen hem zeggen hier geen grote stad, maar hij gaat om stad te zoeken. Hij niet houden van *las ovejas. Víctor es deprimido.*'

'Hoe gaat het met Jip en Whitey?'

'*Bueno... Con las ovejas.*'

Horace keek uit over de weide en zag de twee Anatolische herdershonden, midden in de kudde verstopt. Hij keek weer naar Pedro en vervolgens langs hem heen naar het karkas achter het kamp. 'En hoe zit het met dat lam?'

Pedro keek ernaar en keek Horace toen aan. 'Víctor het twee dagen geleden gedood. Wij ruzie. Ik zeg nee.'

'Heeft Víctor het gedood?'

'*Sí,*' zei Pedro.

Horace haalde de envelop uit zijn rugzak en gaf hem aan Pedro. 'Dit zijn de instructies van meneer Reese en een nieuwe telefoonkaart. Laten we eerst de spullen van Honey laden, dan kun je daarna de brief lezen, oké?'

Pedro knikte en ze haalden de voorraden van de merrie af. Horace zadelde Boss af en leidde de twee paarden naar de weide om te eten. Hij hield hun halsterteugels vast, at zijn eigen lunch op en keek toe hoe de kudde op een kluitje stond en van het hoge weidegras at. Vervolgens bond hij Honey aan een hoge lijn vast, zadelde Boss weer en liep naar Pedro toe, die op zijn slaapzak de brief zat door te lezen.

'Waar heb je Víctor voor het laatst gezien?'

Pedro legde de brief neer en stond op. Ze liepen tussen de bomen vandaan naar de weide. Hij wees naar de rand van de hoge vallei.

Horace keek omhoog en langs de richel. De vallei splitste zich een kleine kilometer verderop in twee smallere valleien en die liepen nog ongeveer anderhalve kilometer door voordat ze in de zijkant van een berg verdwenen. 'Aan welke kant?'

'*No sé.*'

'Weet je niet aan welke kant van de vallei hij zit?'

Pedro schudde zijn hoofd.

*

Het was laat in de middag toen Horace wegreed. De vallei voor hem stond vol met woestijnsalie en *bitterbrush, mountain mahogany* en boekweit. Hij zocht naar tekenen van Víctor, maar zag die niet. Op de plek waar de vallei zich splitste, bleef hij even staan. De rechterkant was rotsachtig en kaal, met alleen een paar plukjes weidegras en salie. Aan de linkerkant had je de kreek, een weide en drie losstaande espenbosjes, en het liep er minder steil omhoog. Hij nam die kant en reed nog zo'n anderhalve kilometer omhoog, tot het pad doodliep. Van daaraf vond hij een klein kronkelpaadje de berg op. Hij reed nog twee uur door en het pad was rotsachtig en smal. Bij zonsondergang bereikte hij de bergrug. Hij stond op meer dan drieëndertighonderd meter hoogte en had uitzicht over de hele vallei.

Hij bond Boss vast aan een pinyonden, zadelde hem af en kluisterde hem. Hij droeg zijn rugzak en slaapzak naar de open bergrug, maakte een plekje vrij van stenen en spreidde een zeiltje uit op het stof. Hij legde zijn slaapzak erop, trok zijn laarzen uit en ging zitten. Uit zijn rugzak haalde hij zijn avondeten, zijn cd-speler en zijn verrekijker. Hij at de laatste plakjes boterhamworst en kaas op, draaide *The Great Southern Trendkill* van Pantera, pakte de verrekijker en keek in de verte.

Hij zag eerst Pedro's kampvuur, zocht vervolgens de hoofdvallei af en daarna de twee kleinere valleien, op zoek naar nog een kampvuur, maar dat zag hij niet. Hij trok zijn spijkerbroek uit, kroop in zijn slaapzak en startte de cd weer. Hij ging op zijn rug liggen en keek naar de sterren en de passerende satellieten boven hem. Toen de cd afgelopen was, keek hij opnieuw door zijn verrekijker. Dit keer vond hij een tweede kampvuur aan de andere kant van de hoofdvallei, vlak voor de splitsing. Hij sloeg de locatie in zich op, legde zijn verrekijker neer en ging slapen.

2

Meneer Reese bleef kijken tot Horace' truck en trailer uit het zicht verdwenen en ging toen weer aan de slag om de Ford 600-truck aan de praat te krijgen. Hij liep mank en leunde op zijn wandelstok terwijl hij heen en weer liep tussen de werkplaats en de truck, waar hij aan klooide tot er zwarte rook uit de uitlaten opwolkte en zelfs mevrouw Reese het huis uit kwam en toekeek hoe hij hem uiteindelijk zover kreeg dat hij stationair bleef draaien. Hij haakte er een dieplader aan vast, pakte zijn lunchzak, koffie en een veldfles met water en vertrok.

Hij reed met de kop van Little Lana rustend op zijn schoot over de met grind verharde hoofdweg een kleine vijftig kilometer naar het noorden. Hij dronk koffie en luisterde naar een noodlijdende countryzender uit Tonopah, terwijl een kleine kudde antilopen door de woestijnsaliestruiken links van hem liep en verderop in de uitlopers van de Monitors twee wilde paarden in de ochtendzon baadden. De radiozender verdween en hij zette de radio uit. Hij kwam bij een zijweggetje, dat hem na vijf kilometer naar de Morton Ranch voerde.

Toen hij voor een rode schuur parkeerde, zag hij Lonnie Dixon, een boerenknecht van zesentwintig, die dozen uit het hoofdgebouw haalde en in een gehavende en gedeukte veewagen laadde. Meneer Reese en de hond kwamen de cabine uit en liepen langzaam op hem af.

'Goedemorgen,' riep meneer Reese toen ze naderden.

'Morge,' glimlachte Lonnie. Hij was mager, met bruin haar en donkerblauwe ogen. Hij had kraaienpootjes en een verweerde huid, waardoor hij er ouder uitzag dan hij was. Hij droeg een dun grijs T-shirt, een spijkerbroek en werklaarzen.

'Hoe gaat-ie, Lonnie?' vroeg de oude man toen ze elkaar de hand schudden.

'Ik moet zeggen dat het wel lijkt alsof ik hier al mijn halve leven dozen loop in te laden.'

Meneer Reese grinnikte en leunde op zijn wandelstok. 'Voor zover ik weet hebben de Mortons nog nooit iets de deur uit gedaan.'

'Ja, het zijn behoorlijke hamsteraars.'

'En ik durf te wedden dat Eddie ook niet veel van hun spullen de deur uit heeft gedaan toen zijn ouders overleden.'

'Klopt,' zei Lonnie. 'Hij heeft de hele boel gewoon in dozen in de kelder gezet. Zelfs hun kleren. Die rommel staat er al twintig jaar. Hij heeft zelfs nog spullen van zijn ex liggen.'

'Is hij in de buurt?'

Lonnie schudde zijn hoofd. 'Eddie is hier sinds hij de papieren voor de verkoop van de boerderij heeft getekend bijna helemaal niet meer geweest.'

'Het moet zwaar voor hem zijn.'

'Het vreet aan 'm. Hij zegt dat het al moeilijk is om het hier überhaupt te zien, tegenwoordig. Zegt dat hij zich te schuldig voelt, maar dat hij er ook het nut niet van inziet om hier in zijn eentje dood te gaan.'

'Zijn ouwelui zouden het begrepen hebben, als die nog hadden geleefd,' zei meneer Reese. 'Hij probeert al heel wat jaren er hier in zijn eentje wat van te maken. Het heeft niet veel zin als je geen gezin hebt om je te helpen, om er deel van uit te maken. Veel geld hou je er zéker niet aan over.'

'Iedereen zegt dat hij het zwaar heeft gehad, sinds zijn scheiding. Maar zolang ik hier werk, is hij elke avond dronken geweest en ik ben er al drie jaar. En zijn scheiding was tien jaar daarvoor.'

Meneer Reese lachte. 'Heeft hij het vee verkocht?'

'Het meeste wel. De rest staat in een stalruimte in het dorp. Ik weet zeker dat ze die beesten daar weg willen hebben, maar Eddie steekt zijn kop in het zand. Ik geloof dat hij een tijdje heeft gedacht dat hij het misschien ergens anders ging proberen, dus hij heeft vijftig koeien niet verkocht. Maar wat hij nu gaat doen? Joost mag 't weten.'

Meneer Reese keek omlaag toen Little Lana zich tegen zijn wandelstok drukte. 'En hoe staat het met ons plan om Horace naar Arizona te brengen?'

Lonnie schudde zijn hoofd en schopte met zijn laars in het grind. Hij ging op de wielkast van de veewagen zitten. 'Ik heb echt mijn best gedaan, meneer Reese, maar Horace zei dat hij de bus naar Tucson wilde nemen. Ik heb tegen hem gezegd dat ik de benzine zou betalen en hem er gratis heen zou brengen, maar hij zei dat hij in zijn eentje uit Tonopah wilde vertrekken. Dat er bepaalde momenten waren waarop je dingen alleen moest doen. Maar ik breng Eddies paarden nog steeds naar de boerderij van zijn oom in Globe. Ik vertrek over een paar nachten, mocht hij van gedachten veranderen. Ik heb Horace altijd gemogen. We hebben samen al die klussen voor meneer Harrington gedaan en we hebben veel gelachen. En hij heeft me geholpen mijn paard Elroy te kopen. Dus ik geloof niet dat het aan mij ligt. Dat hoop ik niet, althans.'

'Het ligt niet aan jou,' zei meneer Reese. 'Hij wil zich gewoon bewijzen, dat is alles. Hij wilde per se de oude auto van z'n grootmoeder aan de praat krijgen, en daarmee gaan. Maar de motor is naar de bliksem, dus toen zei hij dat hij gewoon de bus zou nemen. Ik heb aangeboden een auto voor hem te kopen, maar dat sloeg hij af. Ik heb ook zeker een keer of vijf, zes aangeboden hem erheen te rijden, maar dat wilde hij ook niet. Dus toen ik hoorde dat jij die kant op ging, dacht ik dat hij misschien met jou mee zou gaan. Jij bent een vriend van hem, geen ouwe man. Ik hoopte dat jij erop kon toezien dat hij zich daar een beetje goed had geïnstalleerd. Hij was nog maar een jochie toen hij naar Tonapah kwam, dus hij heeft nog nooit echt in een stad gewoond. Niet als volwassene tenminste. Ik maak me gewoon zorgen om hem.'

'Hij zei tegen mij dat hij erheen ging om profbokser te worden. Is dat waar?'

'Dat wil hij.'

'Lijkt me nogal een zwaar bestaan.'

Meneer Reese knikte.

'Ik zal hem nog één keer bellen en het vragen.'

'Dat zou ik erg op prijs stellen,' zei meneer Reese.

'Ik hoop dat-ie het een beetje redt, daar.'

'Ik ook.'

Lonnie ging weer staan. 'Nou, de tractor en alle spullen die Eddie voor u apart heeft gezet staan in de schuur, als u die kant op loopt.' Meneer Reese knikte en de twee begonnen te lopen en Little Lana liep voor hen uit, en kroop vervolgens onder de Ford om aan de zon te ontsnappen.

Op een bankje in de werkplaats stonden drie kartonnen dozen, een plastic melkkrat met een oude Kitchen Aid-keukenmixer en een houten krat met een wafelijzer, een blender en een bakplaat erin.

'Voor zover ik weet ging 't om ditkeukenspul, de kapotte generator, de tractor en een paar dozen met onderdelen.'

'Volgens mij is dat het wel,' zei meneer Reese, en hij maakte een van de kartonnen dozen open en trof daar een setje gekleurde aardewerken kommen in aan. 'Mijn vrouw heeft de kommen van Eddies ma altijd bewonderd, en die mixer. Het is aardig van Eddie dat hij dat heeft onthouden. Het zal veel voor mijn vrouw betekenen.'

'Ik heb gehoord dat Eddies ma geweldig kon bakken.'

Meneer Reese knikte. 'Toen ze nog leefde, maakte ze alle bruidstaarten in een straal van honderd kilometer.'

'Man, ik heb nog nooit iets gebakken dat niet uit een pakje kwam.'

'Ik zelfs dat niet,' glimlachte meneer Reese.

'Wat gaat u eigenlijk doen met die ouwe tractor?'

'Nou, een jaar of dertig geleden hebben Eddies pa en ik hetzelfde model tractor gekocht. We kochten de landbouwwerktuigen die je erop kon zetten samen om geld uit te sparen. Eddies pa en ik waren sinds onze kindertijd goeie vrienden. We hebben in de loop der jaren heel wat van dat soort dingen gedaan... Maar toen overleed hij en niet veel later gaf de automatische versnellingsbak van hun Ferguson de geest, dus toen heeft Eddie de Kubota en andere werktuigen gekocht. Ik dacht erover zelf ook een nieuwe tractor te kopen, maar een paar maanden geleden begon mijn waterbron kuren te vertonen, dus nu moeten we een nieuwe boren. Nu hoop ik hier de onderdelen af te kunnen halen om de mijne weer op te lappen. Eddie was zo aardig hem aan me te geven.'

'Klinkt als een hoop werk.'

'Dat wordt 't waarschijnlijk ook.'

'Nou, veel succes,' zei Lonnie, en hij pakte een doos en meneer Reese zette zijn wandelstok tegen de muur van de schuur, en tilde een andere op. Ze moesten vier keer op en neer om de dozen, kratten en verschillende tractoronderdelen naar de truck te dragen. Ze tilden samen de generator op de dieplader en na afloop haakte Lonnie een ketting van de Kubota aan de Ferguson en sleepten ze die de schuur uit. Meneer Reese gebruikte de lier van de trailer en hees de kapotte tractor zo op de dieplader.

Het was midden op de dag en ruim vijfendertig graden toen ze klaar waren. Lonnie haalde twee glazen ijswater uit het huis en ze gingen op de veranda zitten.

'En wat ga jij nu doen?' vroeg meneer Reese.

'Dat weet ik nog niet precies,' zei Lonnie. 'Als Eddie me m'n loon uitbetaalt, denk ik dat ik maar eens een vakantie neem. Een tijdje ga rondrijden, misschien.'

'Gaat hij je uitbetalen?'

'Soms denk ik van niet, maar meestal komt hij wel over de brug.'

'En wat gaat hij doen?'

'Als de verkoop eenmaal rond is, zegt hij dat hij een trailer gaat kopen in Baja, maar wie zal het zeggen.'

'En wie heeft de boerderij gekocht?'

'Dat is het rare. Hij stond al jaren te koop en plotseling, uit het niets, zagen een rijke advocaat uit Las Vegas en zijn vrouw hem en brachten er nog diezelfde middag een bod op uit. Ze zal wel van paarden houden.'

'Misschien huren ze jou wel in.'

'Misschien.'

Meneer Reese nam zijn laatste slok water en knikte. Hij zette het glas op de houten tafel en terwijl hij dat deed, voelde hij dat zijn rug weer begon te verkrampen. 'Ik moest maar eens op weg gaan,' zei hij. 'Als je na je vakantie in de buurt bent en werk zoekt, laat het me dan weten, alsjeblieft. Als Horace straks weg is, zou ik af en toe verdraaid goed wat hulp kunnen gebruiken.'

'Aardig dat u dat zegt,' zei Lonnie, en ze schudden elkaar de hand.

Meneer Reese stapte de veranda af, en liep langzaam en gepijnigd over het grind. Toen hij het portier aan de bestuurderskant opendeed, dook Little Lana op uit de schaduw van de truck en sprong erin. Ze waren bijna op de hoofdweg toen de krampen pas goed begonnen en hij stopte. Hij schreeuwde het uit van de pijn en liet zich op de autobank vallen. Little Lana jankte en likte aan zijn hand terwijl de zon in de middaghitte op hen neer beukte. De oude man reikte in het zakje van zijn overhemd naar zijn buisje met valiumpillen. Hij nam er een in, deed zijn ogen dicht toen daar zweet in drupte en wachtte.

3

Een uur na zonsopkomst bereikte Horace het espenbosje. Hij bond Boss vast aan een boom en trof Víctor snurkend in een slaapzak naast een kleine stenen vuurkuil aan. De vuurkuil wemelde van de vliegen. Er lag halfrauw en verkoold vlees op de stenen. Er lag een rugzak naast Víctors hoofd en Little Roy, een zwart-witte bordercollie, lag tot een balletje opgekruld aan zijn voeten. Een meter of tien achter het kamp hing een ruw geslacht lammetje aan een espentak. De ingewanden lagen er op een bloederige hoop onder. Het lammetjes was niet gevild of afgedekt met een wildzak. Het wit van de wol van het beestje droop van het bloed.

Horace floot naar de hond, die snel opstond en naar hem toe kwam. Hij controleerde hem op snijwondjes en teken, verwijderde vijf klitten en deed een nieuwe vlooienband om zijn hals. Hij zei tegen Little Roy dat hij moest gaan zitten en liep toen naar Víctor toe. De armen van de man lagen buiten de slaapzak en zijn handen zaten onder het opgedroogde bloed en het vuil. Twee messen lagen op een steen naast hem. Horace pakte ze op, liep ermee naar de rand van het kamp, liet ze vervolgens op de grond vallen en schopte er aarde overheen. Hij ging terug naar Víctor en stootte hem met zijn laars aan.

Zodra Víctor zijn ogen opendeed, gilde hij van angst.

'Het is oké. Ik ben het, Horace,' zei hij vriendelijk, en hij glimlachte. 'Weet je nog wie ik ben?'

Víctor keek hem vanuit zijn slaapzak aan, maar hij hield zich stil. Het was een kleine man van midden twintig met een donkere huid, een dik rechteroog en bloedkorstjes rond zijn gezwollen neus. Hij was in elkaar geslagen. Er zaten bloedvegen op de zichtbare delen van zijn overhemd. Zijn haar was zwart en er zat vuil, gras en woestijnsalie in.

Horace liep naar zijn rugzak en haalde er een Spaans woordenboek uit. 'Meneer Reese dacht dat je misschien wat Spaans zou verstaan.' Hij bladerde door het boek en zei: '*No gustar aqui? No gustar en la montañas?*'

Víctor haalde zijn schouders op.

'*Malo aquí? Pedro malo hombre?*'

Víctor knikte traag.

'*Pedro es muy malo?*'

'*Sí*,' zei Víctor, en hij ging rechtop zitten. '*Sí*.'

Horace raadpleegde het woordenboek weer. '*No trabajo en la montaña?*'

Hij knikte. '*Víctor no aquí*.' Hij wees op zichzelf. '*Víctor – Los Angeles*.'

'Los Angeles?'

'*Los Angeles. Sí!*' Víctor ritste in een vlaag van opwinding de slaapzak open en ging volledig aangekleed staan. Op zijn broek en laarzen zaten ook vlekken opgedroogd bloed. Hij pakte zijn slaapzak en rugzak bij elkaar en hield ze in een los bundeltje in zijn armen.

Horace staarde hem even aan en omdat hij niet wist wat hij anders moest doen, knikte hij maar. Hij sneed het lam los, sleepte het achter een paar struiken en controleerde vervolgens of er nog gloeiende sintels verborgen lagen in de vuurkuil. Toen hij die niet vond, vertrokken ze. Little Roy liep een eindje voor hen uit en Horace reed op Boss, terwijl Víctor hem te voet volgde.

De zon stond al behoorlijk hoog aan de hemel toen ze Pedro

bereikten, die bij een klein kampvuurtje zat. Hij was lamskoteletjes aan het grillen. Op het fornuis stond een pan met aardappelen en uien, en daarnaast een pan pintobonen. Víctor zette zijn spullen neer en bleef aan de rand van het kamp staan, bij Pedro uit de buurt, en Horace zadelde Boss af en bond hem naast Honey en de ezel vast aan een hoge lijn. Toen hij daarmee klaar was, ging hij tegenover Pedro zitten.

'Ik dacht wel dat je iets lekkers zou klaarmaken,' zei Horace.

Pedro glimlachte.

'Maar ik zal meneer Reese evengoed moeten vertellen wat er met het lam is gebeurd.'

'Víctor. Víctor heeft *el cordero* doodgemaakt.'

'Ik weet het, dat zei je al. Hij heeft er nog eentje gedood bij zijn eigen kamp.'

Pedro schudde zijn hoofd.

'Wat moeten we nou met hem?'

Pedro haalde zijn schouders op.

'Wil je dat ik Víctor meeneem, als ik wegga?'

Pedro knikte. Hij hield zijn blik op het eten gericht, keerde de lamskoteletjes om en deed er zout en peper op. 'Víctor geen schapenman,' zei hij. '*Víctor es muy débil.* Hij is mijn neef, maar ik ken hem niet.'

Horace keek naar de rand van het kamp, waar Víctor tegen een esp geleund naar hen stond te staren. Zijn gezicht zat onder het vuil. Hij zag er bezorgd uit. 'Jij zult hem moeten vertellen wat er gaat gebeuren. Mij verstaat hij niet.'

Pedro riep Víctor, die toen hij het kamp in liep over een rots struikelde en bijna viel. Pedro schudde zijn hoofd en sprak hem in streng Quechua toe. Víctor ijsbeerde al luisterend en ratelde vervolgens een lang antwoord af, terwijl hij theatraal met zijn armen zwaaide en er spuug tussen zijn lippen vandaan kwam.

'*No más*,' riep Pedro ten slotte uit, en hij schudde zijn hoofd weer. Hij haalde drie kartonnen bordjes uit een canvas tas en schepte het eten op. Horace haalde een mes en vork uit zijn tas en begon naast het vuur te eten. Pedro gaf een bordje aan Víctor, die terugging naar de rand van het kamp, bij hen vandaan, en met zijn handen at.

*

Het was na het middaguur toen Horace naar de schapen ging en de twee Anatolische herders vond, Jip en Whitey. Hij controleerde hun poten en deed hun allebei een nieuwe vlooienband om. Toen hij terugkwam in het kamp, gingen Pedro en hij tegenover elkaar zitten, terwijl Víctor vlak bij de kreek, een meter of dertig bij hen vandaan, op zijn slaapzak lag te slapen.

'Als je je briefje aan meneer Reese schrijft, vertel hem dan over de twee lammeren die Víctor heeft doodgemaakt. En vertel hem ook wat er met Víctor is gebeurd, waarom hij weg wil en zo. En vertel hem waar we Víctor heen moeten sturen als we hem eenmaal naar het dorp hebben gebracht. Vergeet niet dat we niets verstaan van wat hij zegt en dat hij ons niet verstaat.'

Pedro stond op en haalde een notitieboekje en een pen uit zijn tas.

'Red je het straks, in je eentje hierboven?'

Pedro knikte toen hij weer tegenover Horace ging zitten.

'En je telefoon doet het?'

Hij wees naar de top van de dichtstbijzijnde bergrug. 'Daarboven wel.'

'En je weet zeker dat het goed gaat?'

Pedro knikte opnieuw en begon toen aan de brief.

*

Er was geen wolkje aan de lucht en de dag was op zijn heetst toen ze de berg begonnen af te dalen. Af en toe bleef Víctor wat achter of bleef hij staan, maar uiteindelijk haalde hij Horace en de paarden altijd in. En toen ze halverwege waren, steeg Horace af en ging hij ook lopen. Uren gingen in stilte voorbij en ze stopten maar twee keer om Boss en Honey uit de schamele kreek te laten drinken. Het begon donker te worden toen ze de truck en de veewagen bereikten. Horace laadde de paarden in, terwijl Víctor uitgeput in de cabine van de pick-up stapte en zijn ogen sloot.

Bij de ranch ging Víctor onder de douche en legde Horace een van zijn eigen spijkerbroeken, een T-shirt, ondergoed en een paar sokken voor hem klaar. Daarna liep hij met Víctors vuile kleren naar het huis. Hij stopte ze in de wasmachine en liep toen naar de keuken, waar hij mevrouw Reese het avondeten zag klaarmaken. De oude vrouw was klein en mollig en had grijze steunkousen, pantoffels en een vale bloemetjesjurk aan. Ze had lang grijs haar dat ze in een knot droeg en blauwe ogen achter dikke brillenglazen. Horace ging aan de keukentafel in de stoel tegenover meneer Reese zitten en keek toe hoe de oude man met een Spaans woordenboek Pedro's brief doorlas.

'Als ik het goed vertaal, schrijft Pedro dat het in het begin prima ging, maar dat Víctor na een paar weken vreemd begon te doen. Hij zal Víctor wel niet zo goed kennen als hij zei. Hij gaf ons de indruk dat hij een heel hechte band met hem had, maar het blijkt dat hij maar een verre neef van hem is, die altijd al problemen heeft gehad. Volgens Pedro begon hij ergens in de derde week in zichzelf te praten. En kort daarop hield hij op met werken en kwam hij zijn slaapzak niet meer uit. En toen trok hij op een nacht een geweer en richtte het op Pedro, er ontstond een handgemeen en de volgende ochtend was hij weg. Daarna zal jij hem wel gevonden hebben. Volgens Pedro wonen de meeste van hun familieleden vlak buiten de stad Cuzco in Peru. Maar Víctor wil daar niet naar terug. Hij wil naar Los Angeles. Hij beweert dat hij daar een vriend heeft die hem zal helpen een baan en onderdak te vinden. Pedro schrijft dat we Víctor driehonderd dollar van zijn eigen loon moeten geven en zijn geld ook moeten gebruiken om een buskaartje naar Los Angeles voor hem te kopen. Hij wil ook dat we de kosten van één van de lammeren op zijn loon inhouden. Maar hij zweert, hij belooft plechtig, dat ze allebei door Víctor zijn gedood.' Meneer Reese zette zijn leesbril af en wreef in zijn ogen. 'Dat is het wel zo'n beetje. Een puinhoop is het wel. Hoe kwam Pedro op jou over?'

'Oké, geloof ik,' zei Horace. 'Zijn kamp was schoon en hij leek zichzelf te verzorgen. Myrtle en de honden zagen er goed uit. Maar het is altijd moeilijk te zeggen, bij hem.'

Meneer Reese knikte.

'Wat denkt u dat er met Víctor gaat gebeuren?'

'Ik zou het echt niet weten,' zei meneer Reese, en hij zuchtte. 'Het waarschijnlijkst is, gok ik, dat hij na de nodige ellende weer in Peru belandt, als hij mazzel heeft. Ik zie het hem in Los Angeles niet redden, zonder Spaans te spreken, maar aan de andere kant: zo veel weet ik niet van Los Angeles. Misschien zorgt die vriend wel voor hem. Misschien hebben ze daar wel een goede Peruaanse gemeenschap. Ik weet het gewoon niet. We zullen er maar het beste van moeten hopen.' De oude man stond op uit zijn stoel, langzaam en stijf, en liep naar de koelkast. 'Na al dat nadenken heb ik een biertje nodig.'

'Is het heel erg met uw rug vandaag?' vroeg Horace.

'Valt wel mee,' zei de oude man, en hij schonk het bier in een glas en ging weer zitten.

'Horace, ben je te moe om te eten?' vroeg mevrouw Reese terwijl ze wortels in plakjes sneed.

'Ik ben uitgehongerd,' zei Horace.

De oude man nam een slok bier en keek de jongen aan. 'Is het goed als we het over iets hebben wat niks met Pedro en Víctor te maken heeft?'

'Tuurlijk, meneer Reese.'

'Ik wilde je een paar vragen stellen over dat Golden Glovestoernooi dat eraan zit te komen.'

'Oké.'

'Ik weet dat we het hier al vaker over hebben gehad, maar hebben ze echt met zekerheid gezegd dat je in Arizona kunt boksen, hoewel je in Nevada woont?'

Horace knikte. 'Toen ik een half jaar geleden die paar dagen vrij nam, heb ik mijn rijbewijs om laten zetten in een rijbewijs uit Arizona. Mijn tante in Tucson zei dat ik haar adres mocht opgeven. Dus in de ogen van de wet ben ik een inwoner van Arizona. En ik heb naar het kantoor van de Golden Gloves gebeld en ze dat laten weten, het papierwerk ingevuld en het inschrijfgeld betaald. Ik heb alles gedubbelcheckt.'

'Kun je niet gewoon in Las Vegas boksen en daar gaan wonen?' vroeg mevrouw Reese.

Horace schudde zijn hoofd. Zijn stem werd zacht en hij begon met zijn voet op de vale linoleumvloer te tikken. 'Ik doe nooit meer een gevecht in Nevada. Nooit.'

'Zo erg was het niet, wat er in Nevada gebeurde,' zei meneer Reese. 'Je bent te hard voor jezelf.'

Horace staarde naar de vloer.

'En blijf je daarna echt in Tucson wonen?' vroeg ze.

'Dat weet je toch,' zei meneer Reese vriendelijk.

'Maar is het echt zo, Horace?'

'Het spijt me, mevrouw Reese,' fluisterde hij, en hij keek haar aan.

'En je weet dus zeker dat je bij de zus van je moeder kunt logeren?'

'Ze heeft een gastenhuisje dat ik ga huren. Dat heb ik al geregeld.'

'En heb je het hier ook met je moeder over gehad?' vroeg meneer Reese.

'Een beetje. Ze wilde altijd al dat ik wegging uit Tonopah. Ze heeft geholpen het te regelen. Ze zei dat haar zus haar nog iets verschuldigd was.'

'En is het een fijn huisje?' vroeg mevrouw Reese.

'Ik geloof van wel, maar ik heb het niet vanbinnen gezien.'

'En je gaat er echt wonen?' vroeg mevrouw Reese.

'Je moet als mens je eigen weg vinden,' zei meneer Reese. 'Zeker op zijn leeftijd. Dat weet je best. We zullen je allebei missen, Horace. Dat proberen we te zeggen. We houden van je en weten niet wat we straks zonder je moeten.' Hij zweeg even en keek naar zijn vrouw. Tranen welden op in haar ogen en haar stem beefde. Hij glimlachte. 'Maar goed, je kunt Víctor maar beter gaan halen, denk ik, voordat ik ook ga huilen. Laten we hopen dat hij in elk geval kan eten zonder al te veel problemen te veroorzaken.'

*

De volgende ochtend liep Horace bij zonsopkomst naar Víctors provisorische slaapplek op de bank, waar die lag te slapen. Hij duwde tegen zijn been tot Víctor zijn ogen opende.

'*Uno hora, Los Angeles*,' zei hij, en hij stapte in zijn trainingskleren naar buiten. Hij rende in de richting van de woestijnvloer en het landweggetje. Drie kilometer heen en drie terug. Daarna deed hij push-ups en sit-ups onder de tinnen overkapping. Toen hij de deur van de caravan opendeed, zag hij Víctor aangekleed op de bank zitten wachten. Horace ging onder de douche, deed zijn kleren aan en ze liepen samen naar het huis.

Mevrouw Reese had de tafel gedekt en ze aten een ontbijt van bacon, eieren en aardappelen. Daarna gaf ze hun elk een lunchzak en meneer Reese gaf Víctor driehonderd dollar van Pedro, de vijf weken loon die hij tegoed had en nog een extraatje van honderd dollar.

'Horace zal het buskaartje voor je kopen als jullie in Tonopah zijn, oké? Dat betaalt Pedro van zijn loon.'

Víctor keek de oude man uitdrukkingsloos aan en zei niets.

'Kunnen we op z'n minst iemand voor je bellen?' vroeg mevrouw Reese zowel in het Spaans als in het Engels, maar Víctor haalde slechts zijn schouders op. Mevrouw Reese bracht Víctor zelfs de telefoon, maar Víctor legde hem gewoon weer terug op de keukentafel.

*

Horace reed de kleine vijftig kilometer over zandwegen, terwijl hij op zijn koptelefoon luisterde naar *Countdown to Extinction* van Megadeth. De zon kwam langzaam op boven de Monitors en het zonlicht viel op de Ralston Valley. Een truck die een lege veewagen trok was het enige verkeer dat ze passeerden en Víctor dutte in op de bijrijdersstoel. Dertien kilometer voor Tonopah kwamen ze op een geasfalteerde weg; Horace wist de oude truck tachtig kilometer per uur te laten rijden en reed naar Deyoe's Mini-Mart, waar hij parkeerde en de motor uitzette. Hij tikte Víctor op zijn schouder en maakte hem wakker. 'We zijn er,' zei hij, en ze klommen uit de truck en liepen naar binnen.

Horace kocht een buskaartje naar Las Vegas en een drieliterfles water voor Víctor en ze gingen samen buiten op een metalen bankje zitten wachten.

'De bus die je straks neemt is geen Greyhound,' probeerde

Horace uit te leggen. 'Het is maar een pendelbusje naar Las Vegas. Dus als je daar aankomt, zul je het Greyhound-station moeten vinden. De makkelijkste manier om dat te doen is waarschijnlijk een taxi nemen. Als je daar eenmaal bent, kun je een kaartje naar Los Angeles kopen. Snap je?'

Víctor keek hem alleen maar aan, zijn gehavende oog nog steeds halfdicht en zijn neus nog opgezet. '*Los Angeles*,' zei hij, en hij tikte met zijn duim tegen zijn borst.

Horace schudde zijn hoofd en haalde een briefje uit zijn overhemd dat hij de avond daarvoor had geschreven.

Mijn naam is Víctor

1) Ik moet naar het Greyhound-station in Las Vegas.
2) Ik heb één kaartje voor de Greyhound-bus naar Los Angeles nodig.

Hij stak Víctor het papiertje toe. 'Laat dit aan de buschauffeur zien om in Los Angeles te komen.' Víctor bekeek het briefje en stopte het in de rugzak die hij bij zich had. Horace zei nee, en haalde het briefje er weer uit. 'Je moet het vasthouden.' Hij deed alsof hij reed. 'Aan de buschauffeur geven, oké? Aan de buschauffeur geven.'

Víctor pakte het briefje weer aan en hield het dit keer in zijn hand, en Horace besloot bij hem te blijven tot de bus er was. Ze zaten daar samen bijna een uur te zwijgen, zij aan zij op het metalen bankje, en Víctor at zijn lunch op, dus gaf Horace hem zijn eigen zak ook. Toen de bus eindelijk verscheen en de heuvel op reed, tikte Horace Víctor op zijn schouder en wees ernaar. '*Recordar el autobús*... gaat naar Las Vegas, niet Los Angeles.' Hij probeerde meer Spaanse woorden te bedenken, maar het weinige Spaans dat hij kende verdween buiten zijn bereik.

De bus parkeerde voor het supermarktje en een kleine, gedrongen chauffeur stapte uit. Horace praatte even met hem, gaf hem twintig dollar en vroeg of hij Víctor kon helpen bij het Greyhound-station te komen. De chauffeur zei dat hij het zou proberen en vervolgens schudde Horace Víctor de hand, gaf hem nog vijftig dollar van zijn eigen geld en nam afscheid.

4

'Ik heb een bloedhekel aan de tandarts,' zei Horace toen hij de volgende dag in de truck van meneer Reese voor een kleine tandartspraktijk in Tonopah zat. Het was vroeg in de ochtend en Little Lana zat tot een balletje opgekruld tussen hen in, terwijl de radio aanstond.

'Iedereen heeft een bloedhekel aan de tandarts,' zei de oude man, 'maar een slecht gebit hebben is erger. Herinner je je die ouwe kerel nog die altijd bij Tonopah Tire rondhing toen je daar werkte?'

Horace lachte. 'Ricky. Ja, die herinner ik me nog wel.'

'Waarschijnlijk had die ooit een goed gebit gehad, maar toen jij hem kende had hij alleen nog verrotte stompjes over.'

'En de smerigste adem aller tijden.'

'Kijk,' zei meneer Reese. 'Daarom ga je nou naar de tandarts. En je moet het maar zo bekijken: je hoeft je er geen zorgen meer over te maken als je straks in Tucson bent. Dan ben je tiptop in orde. Afijn, ik zou maar naar binnen gaan, anders kom je te laat voor je afspraak, en ik heb nog een paar dingen te doen terwijl er in jou gepoerd en geboord wordt.'

'Niet te geloven dat ik twee gaatjes heb,' zuchtte Horace. 'Ik poets mijn tanden twee keer per dag en ik eet nooit suiker.'

'In frisdrank zit een hoop suiker.'

'Maar daar ga ik mee stoppen,' zei Horace, en hij deed het portier aan de passagierskant open en stapte uit. 'Ik durf te wedden dat u nu ergens fatsoenlijk gaat ontbijten, of niet?'

'Ontbijten?' zei de oude man, en hij grijnsde. 'Daar had ik nog niet aan gedacht, maar nu je het zegt doe ik dat misschien wel. Ik zou je natuurlijk graag uitnodigen, maar je mond is straks helemaal verdoofd en opgezet en gehavend. Ik durf te wedden dat het zelfs te veel pijn zal doen om pannenkoeken te eten.'

'U wordt bedankt,' zei Horace, en hij deed het portier dicht en wuifde hem weg.

*

Meneer Reese' eerste stop was het postkantoor en daarna ging hij naar de apotheek met zijn eigen recepten en die van zijn vrouw. Daarna had hij nog steeds veertig minuten over en de gedachte aan wafels en bacon lonkte hem. Ze hadden bij zonsopkomst ontbeten, havermoutpap met rozijnen en magere melk, maar zelfs na al die jaren dat hij dat at, was hij het nooit lekker gaan vinden. Het leek meer een vervelend klusje dan iets anders. Hij reed naar het Stage Stop Café, parkeerde en besloot te eten wat hij maar wilde. Een man moest een paar geheimpjes hebben, dacht hij, terwijl hij met zijn wandelstok over het trottoir liep, en hij ging naar binnen.

Maar toen hij wilde gaan zitten, kwam Jerry Blano, een gepensioneerde verzekeringsagent van drieënzeventig, uit een verborgen hoekje van het restaurant. Meneer Reese keek naar de datum op zijn horloge en zuchtte. Het was de eerste maandag van de maand, het was de vergadering van The Old Ranch Hands, een provisorische herenclub voor gepensioneerde ranchers en inwoners uit de omgeving. Het was hun maandelijkse ontbijtbijeenkomst en daar was hij zonder het te weten midden in verzeild geraakt.

'Krijg nou wat, als dat Eldon Reese niet is,' zei Jerry Blano grijnzend.

Meneer Reese perste er een glimlachje uit en de twee schudden elkaar de hand.

'Ik heb een ouwemannenblaas, maar ik zal je voordat ik een tussenstop maak even naar de tafel brengen.'

Meneer Reese knikte en volgde Blano zonder precies te weten waarom naar de hoek waar zeven oude mannen met allemaal een leeg bord voor zich om een tafel zaten. Ze gaven meneer Reese een groepsbegroeting en Jerry Blano haalde een stoel bij een aanpalend tafeltje vandaan, zette die naast R.J. Holmgren en Bob Ringwald neer en liep weg.

Er stonden twee roestvrijstalen koffiepotten op tafel en R.J. schonk een kop voor hem in. Vanaf de overkant van de tafel zei Saul Dennison: 'Zo, dus jij runt je bedrijf nog steeds, Reese?'

'Ik doe mijn best,' antwoordde hij.

'Hoe staan de zaken?'

Hij glimlachte. 'Ik hou mijn hoofd nog boven water.'

'Dat maken ze je tegenwoordig niet makkelijk, dat is zeker.'

Meneer Reese knikte.

Vanaf het hoofd van de tafel zei Corbett Dalton: 'Hoe ga jij om met die klootzakken van het Bureau van Landmanagement?'

'Hetzelfde als altijd,' zei meneer Reese. 'Het is op het moment lastig om welke partij dan ook tevreden te houden.'

Corbett was een dikke, hoekige man die eerst een slechte huisarts was geweest in Sacramento, daarna in Reno, toen in Elko en uiteindelijk in Tonopah. Mevrouw Reese zei dat hij net een slechte priester was. Hij was wegens incompetentie en wanpraktijken naar steeds kleinere en minder aantrekkelijke standplaatsen verhuisd, tot hij op het eindpunt was beland, Tonopah.

'Heb je de berichten rond het Bundy-fiasco een beetje bijgehouden?' vroeg R.J.

Meneer Reese schudde zijn hoofd en zocht naar een serveerster, maar de twee vrouwen die de tafeltjes bedienden bleven bij de oude mannen uit de buurt.

R.J. zei: 'Ze zouden de hele federale overheid in een toiletcabine moeten proppen en door de NASA de ruimte in moeten laten schieten.'

Bob Ringwald, een gepensioneerde snelwegasfalteerder, moest lachen. 'Met die zogenaamde president erbij.'

'En Harry Reid,' zei Corbett.

Ze begonnen allemaal te lachen, behalve de twee mannen op de hoek van de tafel, Hudson Dreary en Vince Pollen. Die hadden het over het footballteam van de Universiteit van Nevada in Reno. Jerry Blano kwam terug aan de tafel en begon iedereen door te zagen over naar Reno rijden voor een doktersafspraak. Dat leidde tot een lange tirade over de groei van de stad en misdaad, en dat leidde weer tot gepraat over Las Vegas en de tarieven van golfbanen, en vervolgens tot een reeks tirades van Blano, Corbett en Saul over Obamacare.

Meneer Reese dronk van de lauwe koffie en vroeg zich af of hij naar de counter kon verhuizen om daar wafels met bacon te bestellen. Zouden ze hem dan met rust laten, of zou dat juist voor onrust zorgen? Zou hij de aandacht van de hele tafel trekken, terwijl hij alleen maar wafels wilde eten? Hij keek opnieuw om zich heen, maar beide serveersters waren uit het zicht verdwenen.

'Reese, wat zijn jouw persoonlijke ervaringen met het BLM?' vroeg Corbett.

Meneer Reese draaide zich weer om. 'Het is een lastige klus om gemeenschappelijke grond te beheren. Mijn ervaring is dat geen van de partijen er al te gelukkig mee is, maar dat er goeie mensen tussen zitten. De meesten van hen hebben op hun eigen manier hart voor het land.'

Corbett schudde zijn hoofd om dat antwoord, draaide zich om naar R.J. en fluisterde iets.

Ze begonnen langs hem heen te praten. Meneer Reese dacht dat hij als hij nog een minuut of tien wachtte wel naar de counter kon verhuizen om te eten. En hij moest Horace sowieso ophalen. Hij begon door zijn tijd heen te raken. Hij keek de tafel rond. Deze mannen werkten geen van allen meer en maar twee van hen waren ranchers geweest, Hudson en Vince. Die hadden allebei zoons die hun bedrijf hadden overgenomen. De jongste dochter van meneer Reese, Lynn, had op de middelbare school anderhalf jaar verkering gehad met Hudsons jongste zoon, maar de jongen was omgekomen toen zijn paard een ravijn in gleed. Als dat paard niet was weggegleden, had die jongen misschien nog geleefd en misschien was zijn dochter dan wel met hem getrouwd. Als dat joch zijn dochter op de middelbare school met kind had geschopt, was ze misschien wel gebleven. Hij was knap genoeg geweest om haar een tijdje voor de gek te houden. Als zij roekeloos was geweest en hij niet was omgekomen, dan had Hudsons zoon de Little Reese Ranch inmiddels al overgenomen. Het was geen al te slim joch, maar als schoonzoon had hij er misschien wel mee door gekund. Hij kon zich niet meer herinneren hoe de jongen heette. Terry misschien? Hoe vaak had hij inmiddels gedacht aan Terry die de ranch zou hebben gerund? Een keer of tien? Honderd? Zijn dochter was slimmer dan Terry of hijzelf en als hij een jaar of twee de leiding zou hebben gehad, zou zij de boel uiteindelijk hebben overgenomen. Zij zou de zaakjes wel op orde hebben gebracht. Misschien zouden ze zijn gescheiden en zou ze iets gekregen hebben met de jongste zoon van Vince Pollen. Die jongen wist hoe hij een ranch moest runnen. Luke Pollen was een geboren veeboer. Erg knap om te zien was-ie niet, maar als ze eenmaal genoeg had gekregen van Terry, als Terry niet was overleden, dan zou Luke een goeie vangst lijken, in de ranchwereld. Hij werkte van zonsopkomst tot zonsondergang. Als je haar koppiekoppie combineerde met zijn werklust, dat zou wat zijn. Als ze drie jaar jonger was geweest en bij Luke in de klas had gezeten, dan was dat misschien wel gebeurd. Misschien had ze hem op de een of andere manier en om de een of andere reden leuk gevonden.

'Excuseer, jongens, ik moet naar de plee,' zei meneer Reese, en hij stond op. Hij knikte naar Vince en Hudson en liep het restaurant door. Hij trof een van de serveersters achter de counter aan, zei tegen haar dat hij een kop koffie had gehad, legde drie dollar neer en liep de deur uit.

5

Drie dagen later reed Horace alleen Tonopah in. Hij haalde de post voor de ranch op, ging voor meneer Reese langs bij de handel in auto-onderdelen en de ijzerwarenhandel, en parkeerde vervolgens voor een geel huisje met bruine kozijnen. Een gedeukte groene Buick Regal en een caravan uit de jaren zestig vulden de carport en een afrastering omsloot de voortuin. Toen hij door het poortje liep, schoot een onverzorgde keeshond door een hondenluikje aan de zijkant van het huis en begon als een bezetene te blaffen.

'Ik ben het maar, Pom-Pom,' kondigde Horace aan. Toen ging de voordeur open en er verscheen een bejaarde dame. Ze had een marineblauwe Hawaïaanse jurk aan met oranje en rode tropische bloemen erop. Haar lange grijze haar was met een balpen opgestoken.

'Hou je bek, jij, Pom-Pom,' schreeuwde ze met een gruizige rokersstem. 'Horace, geef haar maar gewoon een schop als ze wat probeert te flikken.'

'Oké, mevrouw Poulet,' antwoordde hij, en hij liep naar het huis, terwijl de hond bleef blaffen en in kringetjes om zijn benen rende.

De oude vrouw leidde hem door een volgepropt halletje naar de huiskamer, waar ze in een leunstoel ging zitten. Op een houten tafel voor haar stonden twee naaimachines. Lappen stof lagen in hopen op metalen planken tegen de achtermuur en om haar heen op de vloer.

Ze pakte een dunne kartonnen kledingdoos, maakte die open en haalde er een rode boksbroek uit. De pijpen waren met goud afgezet, net als de tailleband, die acht centimeter breed was, en voor op de broek was in rode schrijfletters 'Hector' geborduurd. Halverwege beide pijpen was met gouddraad een Thompson-machinegeweer gestikt. Ze draaide de broek om. Op de achterkant van de tailleband stond in dezelfde rode schrijfletters 'Hildago', met kleine geborduurde Thompson-machinegeweertjes aan weerszijden van de naam.

Ze gaf de broek aan Horace en hij liet zijn vingers zachtjes over de cursieve letters van de naam glijden. 'Niet te geloven dat het zo mooi is geworden,' fluisterde hij tegen haar. 'Het ziet er nog beter uit dan ik had verwacht.'

'Ik heb een boek met machinegeweren gevonden. Je hebt een hoop verschillende soorten, maar de Thompson werkte het best, vond ik. Die ziet er het meest dramatisch uit. Waarom wil je er eigenlijk een machinegeweer op?'

'Herinnert u zich Arnaldo nog?' vroeg Horace.

Ze zuchtte en schudde somber het hoofd. 'Die arme grootmoeder van je. Ik begrijp niet waarom ze met hem uitging. Het was zo'n vréselijke man.'

Horace knikte. 'Toen hij me trainde, zei hij dat mijn combinatiestoten als salvo's van een machinegeweer moesten zijn. "Sneller, Horace, sneller. Als een machinegeweer. Een machinegeweer!" Zo kwam ik op het idee.' Hij keek weer naar de broek en liet zijn vingers over het borduursel glijden. 'Ik kan er gewoon niet over uit hoe goed het eruitziet.'

'Ik ben blij dat je hem mooi vindt,' zei mevrouw Poulet.

Horace deed hem terug in de doos, haalde een biljet van honderd dollar uit zijn portefeuille en gaf het aan haar. 'Ik moet nu gaan,' zei hij, en hij stond op, 'maar als ik een kampioen word, huur ik u in om al mijn boksbroeken en boksjassen te maken.

Het zal even duren voor ik zover ben, maar het gaat lukken en dan laat ik u ook speciaal voor mij geborduurde overhemden en overjassen maken. Het zal een hoop werk worden, maar ik zal u beter betalen dan u ooit bent betaald. Daar zal ik voor zorgen.'

*

Het was twaalf uur toen hij terugreed naar de ranch. Hij dronk uit een flesje cola, pruimde Copenhagen en reed door de desolate vallei terwijl hij wakker probeerde te blijven in de middaghitte. De rest van de middag hielp hij meneer Reese met het uit elkaar halen van Mortons tractor. De oude man zat voornamelijk in een stoel zijn rug rust te geven en Horace te vertellen wat hij moest doen. Om half zeven aten ze hun avondeten op de veranda en luisterden ze op de radio naar de wedstrijd van de San Diego Padres. Toen ze uitgegeten waren, trok meneer Reese een blikje bier open en ging mevrouw Reese met een stapel borden de keuken in. Er stond een licht briesje toen de zon achter de bergen verdween. De lucht was wolkeloos en steeds donkerder blauw en de twee mannen zaten tegenover elkaar aan de picknicktafel.

'Ik vind het vreselijk om te doen, maar ik moet je iets vragen,' zei meneer Reese. 'Je vertrekt overmorgen, toch?'

Horace knikte. 'De bus vertrekt om zeven uur 's ochtends.'

Meneer Reese nam een slok van zijn blikje bier. 'Nou, ik zal het maar gewoon zeggen. Zoals je weet kan ik nog steeds niet op een paard klimmen en ik moet proviand bij Pedro zien te krijgen. Ik dacht dat het joch van Rico, Lenny, volgende maand zou komen helpen. Hij had beloofd dat hij de levering van deze week zou doen, maar vandaag heeft zijn moeder gebeld en nu kan hij pas volgende week beginnen. Ik weet niet waarom ze dat niet eerder hebben gezegd, maar dat hebben ze niet. Ik vind het vreselijk om het te vragen, maar ik hoopte dat ik jou misschien kon overhalen een paar dagen langer te blijven en nog één keer op en neer te gaan. Dan zouden we zorgen dat we vanavond je spullen inpakken en zou ik je er morgen naartoe kunnen brengen. Ik weet dat je die rit best in je eentje zou kunnen maken, maar ik hoopte dat ik dan nog wat tijd met je kon doorbrengen voordat je vertrekt. Ik zal je missen. Ik zou je dan overmorgen om twaalf uur 's middags ophalen. Volgens mij heb je dan tijd zat om terug te komen, als je direct na zonsopkomst vertrekt. En dan zou je de volgende ochtend de bus kunnen nemen. Ik vind het heel vervelend om je plannen in de war te schoppen, maar ik ben bang dat ik niet weet wat ik anders moet.'

Horace sloeg zijn ogen neer, keek naar de picknicktafel. 'Het geeft niet, meneer Reese,' zei hij. 'Ik wist wel dat ik de proviand deze week waarschijnlijk nog zou moeten afleveren. Ik denk dat ik gewoon vergeten ben tegen u te zeggen dat ik dat wist.' Hij stond op, maar keek de oude man niet aan. 'Nou, ik denk dat ik mijn spullen dan maar eens bij elkaar moet gaan rapen en inpakken. En ik moet de caravan nog schoonmaken.'

'Maak je over dat schoonmaken van die caravan maar niet al te druk. Het is jouw huis. Je mag hem zo achterlaten als je wilt.'

'Je weet nooit wanneer iemand anders hem nodig heeft. Ik wil zorgen dat ik hem zo achterlaat als ik hem heb aangetroffen.'

'Dat hoef je niet te doen. Die caravan is van jou.'

Horace knikte half.

'Het spijt me,' zei meneer Reese.

'U hoeft nergens spijt van te hebben,' antwoordde Horace, en hij stapte de treden voor het huis af en liep naar de caravan.

*

Hij sliep tot drie uur 's nachts. Toen hij wakker werd, stond hij op en vulde zijn plunjezak met alles wat hij mee zou nemen naar Tucson, stopte de resterende spullen in kartonnen dozen en was de rest van de nacht bezig met het schoonmaken van de caravan. Hij maakte alle kastjes, de koelkast, de badkamer en de keuken schoon. Bij dageraad ging hij onder de douche, trok schone kleren aan en bracht de bezittingen die hij niet mee zou nemen naar een ongebruikte zadelkast in de schuur van meneer Reese. Hij legde zijn slaapzak en zijn rugzak in de laadbak van meneer Reese' pick-up en ging naar binnen om te ontbijten.

Tegen zonsopkomst zaten ze op de weg. Meneer Reese reed, Horace pruimde Copenhagen en deed oefeningen met zijn handtrainer, en de bruine ruin Lex en de oude merrie Honey wiegden heen en weer in de paardentrailer.

'Ik weet dat het vroeg is om te praten, maar ik hoopte dat we dat toch konden doen,' zei meneer Reese. Hij had een kop koffie in zijn linkerhand en stuurde met zijn rechter.

'Wat is er dan?' zei Horace.

'Ik wil dat je eerlijk tegen me bent.'

'Ik zal eerlijk zijn.'

'Zelfs als het me kwetst?'

'Nou... Ik zal het proberen, meneer Reese.' Horace spuugde in een oud McDonald's-bekertje en de truck schudde toen het wegdek slechter werd. De oude man ging veertig rijden, dronk zijn koffie op en zette de mok tussen hen in op de voorbank.

'Als ik optimistisch ben, wat mijn rug betreft, dan heb ik misschien nog vier jaar waarin ik kan werken. Zoals je weet hebben we de eerste keer dat ik door mijn rug ging Albert en zijn vrouw ingehuurd om me een handje te helpen. Jij zat toen nog op school. Zijn vrouw en hij hadden het erover gehad de ranch op een dag te kopen, maar toen ging zijn vrouw bij hem weg en kwam van dat hele idee niks meer terecht... De reden dat ik hierover begin is dat ik de boel vroeg of laat zal moeten verkopen. Dan zullen we naar het dorp moeten verhuizen of bij een van onze dochters intrekken. Ik weet dat we het hier al vaker over hebben gehad, maar dat wilde ik voor je vertrekt toch nog een keer doen. Je lijkt een natuurlijke aanleg te hebben voor dit soort werk en je bent er goed in. Ik weet dat je jong bent, geen vrouw of gezin hebt en dat het dan een eenzaam bestaan is. Alleen jij weet of je daartegen kunt. Wat ik maar wil zeggen is: waarom kom je na je boksloopbaan niet terug? Dan maken we een plan, zodat jij de ranch kunt overnemen. Dat je zelf eigenaar van de ranch wordt. Ik zou niet graag zien dat al het harde werk dat we er de afgelopen jaren in hebben gestopt zomaar zou verdwijnen, zoals bij de Casey-ranch en de boerderij van Hass. Dat waren goedlopende bedrijven, waar inmiddels niks meer van over is. Nu is die van Morton ook verkocht. En wie weet wat daarmee gaat gebeuren. Een ranch runnen is zwaar, zeker als je vrijgezel bent. En veel geld valt er ook niet mee te verdienen. Ik weet dat je altijd een beetje schichtig bent geweest tegenover ons en dat het moeilijk voor je is om geschenken aan te nemen. Ik weet ook dat het moeilijk voor je is geweest om te ontspannen, bij ons. Ons te vertrouwen. Maar wij vertrouwen jou. Wat ik probeer te zeggen is dat mevrouw Reese en ik je als onze zoon beschouwen en dat we willen dat jij de ranch krijgt, als je er klaar voor bent.'

Horace keek de oude man aan, maar kon geen woord uitbrengen. Tranen welden op in zijn ogen. Hij keek door het raampje naar de met woestijnsalie begroeide heuvels en de bergen in de verte daarachter. Ze reden kilometers voordat hij iets zei. 'Ik geloof niet dat iemand ooit heeft gedacht dat ik een ranch zou kunnen runnen,' zei hij uiteindelijk. 'Maar als u en mevrouw Reese denken van wel, dan is dat het aardigste wat ik ooit heb gehoord. Ik zal niet vergeten dat u dat heeft gezegd. Echt niet. U en mevrouw Reese hebben me gered. Dat weet ik.'

'Nou, jij hebt ons ook gered,' zei meneer Reese. 'En je hebt mevrouw Reese geholpen. Die was zichzelf niet, nadat onze dochters het huis uit waren. Je weet hoe ze was, de buien die ze krijgt. Jij hebt haar geholpen.'

Horace keek hem opnieuw aan. 'Er zijn veel jaren geweest dat ik gedroomd heb dat ik jullie zoon was. Heel veel jaren. Maar ik ga op een dag wereldkampioen boksen worden, meneer Reese, en ik weet niet hoeveel tijd dat gaat kosten. En om dat te doen, moet ik naar de stad verhuizen. Ik moet mijn manier van leven veranderen, en waar ik woon. Ik wou dat ik het allebei tegelijk kon doen, maar ik heb er veel over nagedacht en dat kan met geen mogelijkheid.'

'Maar boksen is zo'n zwaar leven, Horace.'

'Zo erg zal het niet worden.'

'Maar het is moeilijk om aan gevechten te komen. Dat heb je me zelf verteld. Dat die andere manier van vechten tegenwoordig populairder is.'

'Kooigevechten zijn populairder, maar mensen houden nog steeds van boksen. Echt waar. Dus ik maak me niet al te veel zorgen,' zei hij, maar zijn stem klonk onzekerder. 'Ik kom wel aan partijen, meneer Reese, en het komt wel goed. U zult het zien. Je moet er alleen hard voor werken. U bent degene die me dat heeft verteld. U bent die degene die zei dat als je maar hard blijft werken, het kwartje meestal wel jouw kant op valt.'

'Dat is waar, dat heb ik gezegd.' Meneer Reese' stem stokte. Hij wreef met zijn vrije hand over zijn gezicht en schraapte zijn keel. 'Mag ik je nog iets vragen?'

'Tuurlijk.'

'Waarom moet je veranderen wie je bent? Waarom moet je een Mexicáánse bokser worden?'

'Dat had ik u nooit moeten vertellen,' zei Horace.

Meneer Reese keek zijn kant op. 'Ik ben blij dat je dat wel hebt gedaan. Het is goed om eerlijk te zijn. En ik voel me vereerd dat je het met me hebt gedeeld. Maar ik vraag me alleen af waarom.'

'Omdat Mexicanen de taaiste boksers zijn,' zei Horace. 'Dat weet iedereen. Ze gaan het lijf-aan-lijfgevecht aan. Het zijn echte krijgers die nooit opgeven, nooit voor iemand terugdeinzen en nooit bang zijn. Érik Morales was voor niemand bang. Voor niemand niet.'

'Ik durf te wedden van wel.'

'Echt niet. Nooit. Dat weet ik zeker.'

'Maar je bent geen Mexicaan,' zei meneer Reese.

Horace gaf geen antwoord. Hij draaide het raampje aan de passagierskant omlaag terwijl de zon boven het Monitor-gebergte opkwam. Hij liet zijn arm naar buiten hangen en de ochtendlucht was koel en rook naar salie en stof.

'Heb ik je overstuur gemaakt, Horace?'

'Nee,' zei hij, maar dat was niet waar. Hij wilde de truck uit springen. Hij wilde duizenden kilometers van die oude truck vandaan zijn. 'Het punt is dat er geen taaie indiaanse boksers bestaan, meneer Reese.'

'Daar vergis je je in,' zei de oude man, plotseling opgewonden. Hij zakte onderuit op de zitting van de truck en stuurde met zijn benen. Hij viste de portefeuille uit zijn achterzak en haalde er een velletje papier uit met het handschrift van mevrouw Reese erop. Aan één kant ervan stond bovenaan in vette letters 'indiaans' en op de andere kant 'Iers'. 'Mevrouw Reese en ik zijn naar de bibliotheek gegaan en hebben gezocht op de computer. We hebben een paar dingetjes ontdekt. In de jaren zeventig heb je een bokser gehad die Danny 'Little Red' Lopez heette. Die was deels Ute, deels Mexicaans en deels Iers. Jij bent ook deels Iers. Je grootvader, Doreens man, kwam daarvandaan. En je bent deels Paiute. Dat is natuurlijk wat anders, en hij had ook wel wat Mexicaans bloed, maar niet zo veel als je zou denken. En dan heb je Marvin Camel nog. Dat was een Flathead-indiaan en hier staat dat hij ook een bokskampioen is geweest. Oké, Flatheads komen uit Montana, dus hij kwam niet uit Nevada, maar het scheelt weinig. Niet zo heel ver weg, als je erover nadenkt. En tot slot heb je nog een gast die Joe 'The Boss' Hipp heet. Er stond dat hij de eerste Native American wereldkampioen in het zwaargewicht was.'

'Ik wil niet worden zoals Marvin Camel of Joe Hipp. Ik weet wel wie dat zijn.' Horace zweeg even en keek de oude man toen aan. 'Meneer Reese, ik wil geen indiaan zijn. De goeie boksers zijn geen van allen Paiutes. Paiutes deugen nergens voor.'

'Dat is niet waar,' zei de oude man, 'en dat weet je best. Dat heb je van je oma. Dat soort dingen moet je niet zeggen. En trouwens, zoals ik al zei: je bent ook deels Iers en je hebt een heleboel geweldige Ierse boksers. Daar heb ik op de achterkant een lijstje van staan.'

'Doe maar geen moeite, meneer Reese,' zei Horace, en hij schudde zijn hoofd. 'Niemand denkt dat ik blank ben, omdat ik er niet blank uitzie. Ik zie er niet Iers uit, dus ben ik niet Iers. Maar ik zie er wel uit als een Mexicaan. Iedereen die me niet echt kent vindt dat ik er Mexicaans uitzie. Echt waar.' Hij keek opnieuw uit het raam en tikte steeds sneller met zijn voet op de bodem van de truck. Hij begon aan zijn nagels te pulken. Zijn stem klonk aarzelend. 'Ik waardeer het wat u allemaal zegt, meneer Reese, maar ik ga een kampioen worden. Echt. Het is precies zoals in *B.O.O.T* staat. Als je een kampioen wilt worden, moet je je eigen toekomst creëren. Die moet je zelf maken. Je moet je boot steentje voor steentje bouwen, tot hij onverwoestbaar en onverslaanbaar is. En die boot zal je naar het volgende niveau brengen, het niveau van de kampioenen. En dat ga ik doen.'

'Maar wat nou als het niet gebeurt? Als je geen kampioen wordt, wat ga je dan doen?'

'Zo denkt een winnaar niet, meneer Reese.' En voor het eerst van zijn leven was Horace boos op de oude man. Zijn stem beefde. 'Begrijpt u het nou niet? Een winnaar denkt alleen maar aan winnen! Een kampioen denkt alleen aan kampioen worden!'

De oude man ging langzamer rijden, tot de truck over de weg króóp, en keek de jongen weer aan. 'Ik wilde je niet overstuur maken, Horace. Het spijt me, echt waar. Ik heb alleen het gevoel dat ik die vragen wel moet stellen, omdat je mijn vriend bent. En vrienden doen dat: die passen op elkaar. Wat nou als je blijvende schade oploopt?'

'Ik zal heus geen schade oplopen,' zei Horace. 'En ik kan me sowieso geen zorgen gaan maken over dingen waar ik geen controle over heb. Zo denkt een kampioen niet. Een kampioen denkt alleen maar aan de dingen waar hij wel controle over heeft, en daar werkt-ie aan, zodat hij het volgende niveau kan bereiken. En wanneer hij op het volgende niveau is, denkt hij alleen maar aan het niveau daarna. Hij blijft gewoon bouwen aan de boot.'

Meneer Reese wreef weer over zijn gezicht en probeerde na te denken. Hij schraapte zijn keel. 'Ik vind het vreselijk dat ik hierover moet beginnen,' zei hij, 'en ik hoop dat je me ooit zult kunnen vergeven voor wat ik nu ga zeggen, maar ik vind dat ik het moet doen. Ik moet wel, omdat boksen zo gevaarlijk is. Je moet wel onthouden dat ik je naar dat gevecht in Las Vegas heb gebracht, Horace. Ik heb je zien boksen. Ik heb gezien wat er gebeurt als je onder druk komt te staan of in een hoek wordt gedreven. Ik heb gezien hoe je dan in paniek raakt.'

'Niet over Las Vegas beginnen!' Horace schreeuwde, en plotseling kwamen er tranen uit zijn ogen. Zijn voeten tikten nog harder op de vloer en hij frunnikte onbeheersbaar. Anderhalve kilometer ging in stilte voorbij en toen was zijn stem niet meer dan een gebroken fluistering. 'Begin alstublieft niet over Las Vegas. Begin alstublieft nooit meer over Las Vegas. Ik smeek het u. Serieus, meneer Reese, ik smeek het u. Dat was maar één partij. En ik heb tegen u gezegd dat ik er nooit meer over wilde praten en u heeft beloofd dat u dat niet zou doen. U heeft me beloofd dat u er nooit meer iets over zou zeggen, helemaal nooit meer.'

'Dat heb ik inderdaad beloofd, dat is waar,' zei de oude man. 'En het spijt me dat ik mijn belofte heb verbroken. Dit gesprek is niet zo verlopen als ik had gehoopt. Het was niet de bedoeling je zo overstuur te maken. Ik ben niet al te welbespraakt, maar ik bedoel het goed. Ik wil je alleen maar helpen. Ik begin door mijn tijd heen te raken en ik geloof dat ik een oplossing heb voor je problemen, en een deel van de mijne erbij.'

Horace veegde de tranen uit zijn ogen. 'Ik weet waar u het over heeft, meneer Reese. Echt. En ik waardeer het. En maakt u zich maar geen zorgen: als ik terugkom, koop ik de ranch voor een heleboel geld. Een van mijn voornaamste doelen is zorgen dat u en mevrouw Reese een gemakkelijk leventje kunnen leiden. Dat verdient u en ik zal ervoor zorgen. Ik zal voor u tweeën zorgen en voor de ranch. En voor alle paarden en honden ook. Echt waar, u zult het zien. U en mevrouw Reese zijn de beste ouders geweest die ik ooit heb gehad. Dat weet ik, en ik weet dat mijn eigen pa en ma niks om me gaven. Dus ik beloof plechtig dat ik u zal helpen. En ik verbreek mijn beloften nooit, meneer Reese. Ik ga nog liever dood dan dat ik er eentje verbreek. Maar voorlopig heb ik liever dat we ophouden met praten.'

'Je hebt gelijk,' zei hij. 'Ik heb genoeg gepraat en ik zal ermee ophouden. Ik hoop alleen maar dat je me op een dag zult vergeven.'

Horace keek naar het dashboardkastje voor hem. 'Er valt niks te vergeven, meneer Reese. U wilt alleen maar het beste voor me, dat weet ik wel. U en mevrouw Reese zijn mijn beste vrienden en de enigen die ooit echt om me gegeven hebben. Dat weet ik allemaal. Maar u moet zich niet zo veel zorgen maken. Ik heb een prima plan. Het komt allemaal wel goed en ik zal zorgen dat het met u ook goed komt. Omdat kampioenen dat doen: ze regelen de dingen die ze moeten regelen.'

*

Horace liet Lex en Honey bij de eerste bocht de vallei in stilstaan. Meneer Reese was eindelijk uit het zicht verdwenen, hij kon horen dat de oude man de truck startte en wegreed. Hij haalde zijn rugzak van zijn rug, pakte zijn cd-speler, keek het kleine stapeltje cd's door en koos *Ride the Lightning* van Metallica uit. Hij deed zijn koptelefoon op en zette de muziek zo hard dat Lex' oren naar achteren schoten en beide paarden nerveus om zich heen keken. Horace liet zijn hand over Lex' flank gaan en leidde ze voort. Het was een stille en rustige ochtend, afgezien van het geluid van de muziek en de hoefijzers van de paarden op het steen en het grind. Ze liepen door het ravijn het Monitor-gebergte in.

Het was middag toen ze in dezelfde hoge bergvallei aankwamen van waaraf hij Víctor naar beneden had gebracht. Bij de rand van de weide stopte hij en haalde een verrekijker uit zijn rugzak. Hij zag de schapen, hoorde het vage blaffen van de honden en kon uiteindelijk op een andere plek een blauwe tarp onderscheiden, aan het eind van de vallei. Hij borg de verrekijker weg en ging erop af.

Hij riep Pedro toen hij het kamp in kwam, maar alleen de honden kwamen hem begroeten. Hij steeg van Lex af en bond de paarden naast de ezel, Myrtle, aan de hoge lijn vast. Hij zadelde Lex af en laadde de proviand uit Honeys zadeltassen. Hij riep

Pedro's naam een keer of vijf, zes, maar Pedro lag op zijn buik op zijn oude canvas slaapzak te snurken. Dus legde Horace zijn rugzak en slaapzak in de schaduw van de espen en liep hij terug naar Myrtle, die half slapend in de zon stond. Hij pakte haar bij een poot, controleerde haar op snijwonden en tekenen van mankheid en liep toen de wei in en floot naar de honden. Hij controleerde ze allemaal op teken, snijwonden en vervilte stukken vacht en liet ze weer gaan.

Toen hij terugkwam, was Pedro koffie aan het zetten op het Coleman-fornuis.

'We hebben Víctor naar de bus gebracht,' zei Horace. 'Die is nu weg.'

Pedro knikte, maar zei niets.

'Meneer Reese gaat een knul inhuren die Lenny heet. Die komt volgende week je proviand brengen, omdat meneer Reese nog steeds last van zijn rug heeft. Afijn, ik zal even rondkijken en ik neem Little Roy straks mee.'

Pedro knikte opnieuw, maar bleef zwijgen. Horace pakte zijn cd-speler, de verrekijker, zijn waterfles en een Spaans-Engels woordenboek, en riep de hond. Ze klommen samen ongeveer een uur, tot ze bij een smalle richel met uitzicht op de weide waren. Er was zo ver als je kon kijken geen spoor van de mensheid te zien, afgezien van de blauwe tarp, die nu niet meer dan een stipje aan de rand van het weidegras was. Hij ging op een rots zitten en Little Roy krulde zich in een balletje op aan zijn voeten. Horace sloeg het woordenboek open en nam lukraak Spaanse woorden door.

Wortel: *la zanahoria*
Boom: *el árbol*
Koe: *la vaca*
Autoband: *el neumático*

Slapen: *dormir*
Hoofd: *la cabeza*

Hoe hij ook zijn best deed, de woorden bleven maar niet hangen. Hij luisterde al een jaar naar lessen Spaans op cd's, hij las boeken om Spaans te leren en had post-its op dingen in zijn caravan geplakt: *el plato, el bol, el baño, la mesa, la puerta, el frigadero, el colchón, la ventana.* Hij haalde de lingeriebijlage van Macy's uit de zondagseditie van de *Las Vegas Sun* en schreef naast de vrouw die het ondergoed showde: *el sostén, la bragas, la pierna, el brazo.* Die woorden bleven dan een uur bij hem hangen, soms een dag of zelfs twee, maar als hij het briefje weghaalde, *el plátano,* bijvoorbeeld, werd het algauw 'dat woord dat met een p begon', en daarna was alleen de banaan nog over.

Een hoog bergbriesje waaide constant en koel en de lucht was leeg, op een paar eenzame wolkjes na, nauwelijks zichtbaar in de verte. Horace sloeg het woordenboek dicht en legde het op het stof en de stenen naast Little Roy. Waarom had meneer Reese hem nou juist in Las Vegas gezien? En waarom was dat in Las Vegas überhaupt gebeurd? Daarvóór had hij drie Golden Gloves-gevechten gewonnen, of niet soms? En waarom stond die verliespartij hem nou zo helder voor de geest en waarom moest hij er elke dag weer aan denken?

Het was gebeurd bij het Golden Gloves-kampioenschap van de staat Nevada, tijdens zijn eerste partij van het toernooi. Zijn tegenstander was een zwart joch geweest dat Cordarrel Watkins heette. Watkins was snel, stootte hard en was het jaar daarvoor kampioen van de staat geworden, maar Horace had hem drie verschillende keren zien boksen en wist dat hij een zwakke kin had, opvliegerig was en, wat het ergst was, dat hij nonchalant was.

Hij en Meneer Reese waren de dag ervoor naar Las Vegas gegaan en hadden een hotelkamer genomen. Meneer Reese had een trainer uit Carson City geregeld die Eru Ríos heette en die zijn hoekman zou zijn. Ze aten een vroege avondmaaltijd in het restaurant van een casino – een New York-steak met broccoli voor Horace – en hadden daarna een wandeling over de Las Vegas Strip gemaakt. Ze hadden een koorddanser en een hondenshow gezien bij Circus Circus en voor Treasure Island een neppiratenschip in een nepzee een nepzeeslag zien voeren. Om half tien lagen ze in bed, met het licht uit, en Horace had goed geslapen en was uitgerust wakker geworden.

De partij stond om drie uur op het programma in Barry's Boxing Center. Meneer Reese en hij ontbeten en ze maakten nog een wandeling langs de casino's voordat ze teruggingen naar het hotel om te rusten. Horace at om elf uur nog een keer – een hamburger zonder broodje met mosterd en ketchup en een salade – en toen vertrokken ze naar de wedstrijd.

Toen hij in Barry's de ring betrad, was het exact drie uur 's middags. Er was nog geen vijftig man publiek. Cordarrel Watkins was ruim een meter tachtig lang, graatmager en woog vijfenvijftig kilo. Hij woonde bij zijn tante en haar vier kinderen in een armoedig flatje met twee slaapkamers in het zuiden van Las Vegas. Die waren er alle vijf, samen met zijn baas bij Jiffy Lube, een mollige blanke man met een oranje joggingpak aan. Ze zaten allemaal op de eerste rij 'Cordarrel!' te brullen toen de bel klonk.

Watkins' lange armen stootten de eerste minuut nauwelijks. Horace, die één brok zenuwen was, danste door de ring en plaatste vier korte stoten en een uppercut. Die uppercut overrompelde Watkins. Met nog een minuut op de klok zag Horace weer een opening, en plaatste een harde rechtse die Watkins' neus raakte en Watkins wankelde naar achteren, zijn gezicht plotseling bebloed. Maar door die stoot was Watkins vooral wakker geworden. Het zorgde ervoor dat hij driftig werd. Hij begon in het wilde weg combinatiestoten uit te delen, die in zulke snelle reeksen op Horace afkwamen dat hij naar achteren viel, tegen de touwen, en zich niet meer kon bewegen. Hij bevroor. Het punt was niet dat er kracht achter Watkins' stoten zat, maar dat Horace gewoon in paniek raakte. Hij raakte verstikt door stoten die niet eens pijn deden. Hij wist dat hij bij Watkins uit de buurt moest zien te komen en hij wist dat hij uit de touwen moest komen, maar dat kon hij geen van beide. Hij kon niet voor- of achteruit. Hij zag de handschoenen op zich afkomen, hij hoorde het geluid als ze hem raakten, maar hij kon niets doen om ze te laten ophouden. Het was alsof hij op de een of andere manier verlamd was geraakt. Watkins bleef vrijuit stoten, tot hij moe werd en terugliep naar het midden van de ring om uit te rusten en toen was de ronde afgelopen.

Eru Ríos gaf Horace wat te drinken en zei: 'Je moet hem raken voordat hij jou raakt. Je bent niet goed onder druk. Je weet dat je hem kunt raken, maar dan moet je wel stoten.'

Horace stapte de ring in voor de tweede ronde en plaatste een korte stoot, gevolgd door een harde rechtse die Watkins in zijn nieren raakte, en het joch stommelde achteruit, had pijn, maar werd opnieuw woest. Hij zei dingen door zijn gebitsbeschermer heen en begon hem te besluipen. Horace wist hem evengoed met een harde rechtse in zijn gezicht te raken. Maar Watkins dwong Horace opnieuw tegen de touwen en ontketende een schijnbaar eindeloze reeks combinatiestoten. Horace verkrampte enorm en de paniek werd steeds erger, tot hij zelfs vergat adem te halen. En toen gebeurde het. Het voelde alsof hij tegelijk viel en ronddraaide. Plotseling, uit het niets, stortte hij neer. Hij viel bewusteloos tegen de grond. Hij was in de tweede ronde van zijn eerste partij in de voorronden gevloerd. Hij was gevloerd terwijl hij volledige hoofdbescherming droeg bij een kwalificatietoernooi van de Golden Gloves, in een staat waar ze nauwelijks genoeg boksers hadden om überhaupt een toernooi te organiseren.

De officials wilden hem gauw van de mat hebben, maar Horace kon zich niet bewegen. De tl-buizen boven zijn hoofd verblindden hem en hij werd overspoeld door een golf van wanhoop. Hij kon mensen horen praten. Hij hoorde in de verte de stem van een bezorgde meneer Reese, die zei: 'Is hij oké? Komt het goed met Horace?'

De stem van een omroeper klonk over de PA en had het over de loterij die straks zou worden gehouden en dat ze bij het etensstandje nu voor een dollar hotdogs en popcorn verkochten. Vervolgens schraapte hij zijn keel en riep de volgende boksers naar de ring, terwijl twee mannen Horace overeind hielpen en de arts naar de rand van de ring kwam, waar Horace tegen de touwen leunde. De arts stelde Horace een paar vragen, scheen met een klein zaklantaarntje in zijn ogen en knikte naar de scheidsrechter. 'Het gaat wel met 'm.'

Eru trok de hoofdbeschermer en zijn handschoenen uit, en Horace werd van het trapje geholpen terwijl een handjevol mensen klapte. Ze brachten hem een kleedkamer in en lieten hem op een lang bankje zitten. Eru wenste Horace succes, klopte hem op zijn schouder en vertrok. Meneer Reese ging zwijgend naast hem zitten en keek toe hoe de jongen de windsels van zijn handen haalde en de veters van zijn boksschoenen losmaakte. Er stonden boksers van alle leeftijden om hen heen. Jochies waren aan het lachen en krijsen, anderen stonden te schaduwboksen voor de spiegels boven de wastafels. Horace hield zijn hoofd omlaag terwijl hij zijn straatkleren weer aantrok. Toen hij daarmee klaar was, keek hij meneer Reese aan. 'Ik ben geloof ik wel klaar om te gaan,' fluisterde hij.

'Wil je niet blijven om naar de andere partijen te kijken?'

'Niet echt,' antwoordde hij. Hij kon de oude man niet aankijken. Hij staarde maar naar het vochtige beton van de kleedkamervloer. 'Ik denk dat ik liever gewoon naar huis wil.'

Meneer Reese legde een hand op de schouder van de jongen. 'Je hebt je best gedaan, Horace. Dat is het enige wat iemand kan doen op deze wereld. Je hebt zo hard gewerkt als je kon. Je was voorbereid. Je bent elke ochtend gaan trimmen en als je terug was, ging je op de stootzak slaan. Je hebt zo hard gewerkt als een jongen maar werken kon. Je mag trots op jezelf zijn. Dat ben ik in elk geval zeker.'

Horace keek alleen maar langs de grijze, verroeste lockers naar de nooduitgang. 'Vindt u het erg als we door de achterdeur naar buiten gaan?'

'Dat is nergens voor nodig,' zei meneer Reese, en hij stond op. 'Je hoeft je nergens voor te schamen. Je hebt je best gedaan.'

Horace hing zijn sporttas om zijn schouder en liep naar het rode bordje van de achteruitgang.

*

Het begon te schemeren toen Horace met Little Roy terugkwam bij het kamp. Pedro had een kampvuur aangelegd en zat op de grond voor het Coleman-fornuis in iets in een pan te roeren. Horace ging tegenover hem zitten en ze aten het beleg van twee van de boterhammen die mevrouw Reese had gesmeerd en gooiden het brood op het vuur. Pedro haalde een steelpannetje van het fornuis, schonk lamsstoofpot in een mok en gaf die aan Horace. Ze zeiden niets onder het eten, en vervolgens rolde Horace zijn slaapmatje en zijn slaapzak uit. Hij ging erop zitten en keek naar het vuur. Pedro kroop in zijn bed en snurkte algauw. Tiny en Wally sliepen naast hem, en Little Roy bleef bij Horace. Hij deed nog één keer hout op het vuur en kroop toen in zijn slaapzak.

*

Hij werd voor zonsopkomst wakker en staarde omhoog naar de vervagende zwarte hemel, terwijl hij nadacht over zijn toekomst. Hij wist dat hij meer offers zou moeten brengen als hij een kampioen wilde worden. Hij zou niet meer naar blankemannenmuziek moeten luisteren, geen gefrituurde dingen meer eten en geen cola meer drinken. En hij zou vooral tot op de bodem moeten uitzoeken waarom hij onder druk steeds in paniek bleef raken.

Hij kroop in zijn ondergoed uit zijn slaapzak en ging in de koude ochtend staan. Hij trok zijn kleren en zijn laarzen aan en legde een kampvuur aan. Toen daar eenmaal sintels in verschenen, liep hij weg van het kamp en deed buikspieroefeningen. Hij dronk water, at het beleg van nog een van mevrouw Reese' boterhammen en haalde de cd's uit zijn rugzak.

Pantera: *The Great Southern Trendkill*
Crowbar: *Sever the Wicked Hand*
Slayer: *Reign in Blood*
Cannibal Corpse: *Tomb of Mutilated*
Metallica: *Ride the Lightning*

Hij haalde de papieren boekjes uit de plastic hoesjes en legde die op het vuur. Hij vond een kleine schop die aan de rand van het kamp tegen een boom stond en liep naar de plek waar de weide ophield en de saliestruiken begonnen. Hij groef een kuil en gooide de cd's en de hoesjes erin. Hij gooide er aarde overheen en ging terug naar het kamp.

6

Meneer Reese ontwaakte in het donker bij het geluid van zijn huilende vrouw.

'Gaat het wel?' fluisterde hij.

'Nee,' zei ze.

'Wat is er?'

'Ik maak me zorgen om Horace.' Ze lag met haar rug naar hem toe. 'Het was niet de bedoeling dat je wakker werd.'

'Geeft niet,' zei hij.

'Waarom moet hij nou weg?'

'Hij moet op zijn eigen benen staan, dat weet je best.'

'Als hij terugkomt, hebben we nog maar één avond met hem.'

'Weet ik,' zei hij.

'Waarom moet hij nou zo nodig bokser worden?'

'Dat weet ik gewoon niet echt,' fluisterde hij. 'Ik heb er heel veel over nagedacht en ik weet het gewoon niet precies. Maar vergeet niet dat hij jong is en een hoop jonge mannen willen zichzelf bewijzen.'

'Zal hem iets overkomen?'

'Dat weet ik niet.'

'Komt hij terug?' Ze draaide zich om en keek haar echtgenoot in het donker aan.

'Vast en zeker.'

'Denk je dat echt, of zeg je dat alleen maar om aardig te zijn?'

'Hij komt terug.'

'Beloof je dat hij terugkomt?'

'Ik durf er mijn leven om te verwedden,' zei hij.

Daarna zwegen ze en hij legde zijn hand op haar heup en wreef erover tot hij kon merken dat ze sliep. Hij lag daar roerloos, probeerde nergens aan te denken, maar daardoor begon hij alleen maar meer na te denken. Hij dacht terug aan de dag dat hij zijn truck voor het huis van Horace' grootmoeder parkeerde, dat kleine witte huisje van Doreen, over de grindoprit was gelopen en bij haar had aangeklopt. Ze deed de deur open in een vale roze badjas en op vlekkerige witte pantoffels. Ze was wit, zesenzeventig jaar oud en broos, en ze trok een zuurstoftank in een provisorisch karretje achter zich aan. Er liep een plastic slangetje van de tank naar haar beide neusgaten.

'Fijn dat je gekomen bent,' zei ze, haar stem schor en rochelend. Ze ging hem voor de huiskamer in. Er stond een oud bloemetjesbankstel met daarnaast een leunstoel waar ze naar gebaarde dat hij daarin moest ga zitten. Ze plofte neer op de bank, zette de zuurstof af en trok de slangetjes uit haar neus. Naast haar, op het eind van de tafel, lag een pakje Marlboro. Ze pakte er eentje en stak hem op.

'Dat mag ik eigenlijk niet, maar wat maakt het nu nog uit? En trouwens, van dit gesprek ga ik al overstuur genoeg raken.'

Meneer Reese zette zijn cowboyhoed af. 'Dus het is aardig zeker, van je gezondheid?'

Ze knikte. Ik wil gewoon niet dat Horace me vindt. En als hij hier blijft, gaat dat vroeg of laat gebeuren.'

'Zoals ik aan de telefoon al zei: bij Louise en mij is hij van harte welkom. De vorige zomer dat hij bij ons was, was een van de fijnste zomers die we hebben gehad sinds onze dochters het huis uit gingen. Het is een goeie jongen, en grappig, en wat een ontzettend harde werker.'

'Het verbaast me dat hij een harde werker is,' zei Doreen. 'Ik weet dat zijn vader het ook is. Het is niet de regel, geloof ik, zeker niet bij indianen hier uit de buurt, maar ik ben blij dat hij het is. Misschien heb je dan nog wat aan hem.'

Meneer Reese glimlachte half. 'Het plan dat wij hebben bedacht, als jij en Horace' ma het goedvinden, is dat hij op maandag-, dinsdag- en woensdagavond na schooltijd bij de familie Pearson logeert. Donderdag na de les haal ik hem op en dan is hij vrijdag, zaterdag en zondag op de ranch. En maandagochtend vroeg, voor schooltijd, breng ik hem dan weer terug. Het is niet ideaal, maar voor onze dochters heeft het heel aardig gewerkt. De Pearsons hebben in de loop der jaren wel een stuk of zes boerderijkinderen onderdak geboden en volgens mij hadden alle betrokkenen er meer plezier van dan dat ze het een last vonden.'

Doreen rookte haar sigaret en luisterde. Ze droeg een bril met een dun, zilverkleurig montuur en haar handen trilden toen meneer Reese verderging.

'En ik heb met de school overlegd en ze vonden het prima als hij op vrijdag niet komt, als hij zijn huiswerk maar maakt. Ik maak me wel zorgen dat zijn cijfers eronder zullen lijden, maar de Pearsons willen het rustiger aan doen en ik weet niet zeker of ze een jongen van veertien vaker dan drie avonden in de week kunnen hebben. Als blijkt dat bij de Pearsons logeren voor hen of voor Horace niet goed uitpakt, dan verzinnen we wel iets anders. Maar hij vindt ze aardig en zij zijn uiteraard dol op hem. En als hij eenmaal oud genoeg is, dan zorgen we dat hij een auto krijgt en kan hij hier elke ochtend zelf heen rijden. Vanaf dat moment kan hij fulltime bij ons blijven wonen.'

'Hij mag mijn auto wel hebben,' zei Doreen, en ze hoestte. Haar ogen traanden ervan en ze gebruikte een Kleenex om haar mond af te vegen. 'Horace' pa heeft me elke maand een cheque gestuurd. Ik zal de Pearsons wat van dat geld geven.'

'Dat zullen ze op prijs stellen.'

'En ik zal jou de rest geven,' zei ze.

'Dat hoeft niet,' antwoordde meneer Reese. 'We doen het niet voor het geld. Misschien zouden we het in een studiefonds kunnen storten.'

Doreen knikte, tikte haar sigaret af en dronk uit een blikje gingerale.

'En je weet dus zeker dat Horace' ma de hele regeling oké vindt?'

'Mijn dochter denkt dat 't het beste voor hem is als hij op dezelfde school blijft. Horace heeft het er aan de telefoon met haar over gehad en hij heeft tegen haar gezegd dat hij liever hier bleef dan dat-ie terugging naar Las Vegas.'

Meneer Reese knikte. 'Ik heb ook met een advocaat gesproken en we zullen wat papieren moeten ondertekenen voor het voogdijschap.'

Ze knikte opnieuw en sloot haar ogen. Toen ze die opendeed, keek ze meneer Reese aan. 'Stuur mij daar de rekening maar van. Dan stuur ik die door naar Horace' vader.'

'En dat vindt hij goed?'

Ze knikte alleen maar en wees naar de keuken. 'Al Horace' eten zit in de vriezer. De maaltijden waar hij van houdt vind ik niet lekker en ik eet ze toch niet op. Als jij ze niet meeneemt, bederven ze maar.'

Ze stak haar hand in de zak van haar badjas, haalde er een opgevouwen velletje papier uit en gaf het hem.

'Hier staan de namen van zijn artsen op. Hij heeft nog niet zo lang geleden oorontsteking gehad. Daar kreeg hij een week lang vreselijke hoofdpijn van, maar dat lijkt inmiddels over. Wil je dat voor me in de gaten houden?'

'Natuurlijk,' zei meneer Reese. 'Zijn er nog andere medische dingen die ik moet weten?'

Ze schudde haar hoofd. 'Ik heb mijn best met hem gedaan, maar wie zal het zeggen? Misschien wordt hij wel een dorpsdronkenlap, net als Ricky Lonsdale of Big Tim. Je weet het nooit met die indianen, op de een of andere manier lijken het allemaal dronkenlappen te worden. Maar ik heb mijn best gedaan om hem bij ze weg te houden.'

Meneer Reese keek de kamer rond. 'Nou, hopelijk kunnen we iets goeds voor Horace betekenen. Dat zullen we althans proberen,' zei hij.

Doreen knikte, drukte de sigaret uit en zette de zuurstoftank weer aan.

Meneer Reese ging staan. 'Nog één ding. Horace zei dat hij zijn scheergerei in de badkamer had laten liggen en dat er een kartonnen doos met spullen in zijn slaapkamer stond. Hij weet tamelijk zeker dat hij verder alles heeft.'

'Zijn kamer is naast de keuken,' zei ze. Haar stem was in de korte tijd dat hij er was zwakker geworden. Tranen welden op in haar ogen. 'Zeg tegen hem dat hij me moet komen opzoeken. Zeg tegen hem dat het eenzaam zal zijn zonder hem en dat ik van hem hou.'

Meneer Reese knikte en liep door de keuken naar een kleine deur. Hij deed hem open en trof een bijkeuken aan die nauwelijks groot genoeg was voor een tweepersoonsbed. Het kamertje was op het laagste punt anderhalve meter hoog en op het hoogste een meter tachtig. Hij pakte de enige doos van de triplex vloer, droeg hem naar de voordeur en zette hem neer. In de badkamer trof hij geen scheergerei aan.

'Ik kan zijn toilettas niet vinden,' zei hij tegen Doreen toen hij de huiskamer weer in kwam.

De tv stond inmiddels aan. Ze maakte haar blik er even van los. 'Ik laat hem die badkamer in huis niet gebruiken,' zei ze. 'De badkamer die hij gebruikt, is in de werkplaats. Daar wast en scheert-ie zich.'

Meneer Reese knikte en liep door de achterdeur naar een balkenschuur. Binnen, in de hoek, waren een wc en een wasbak en er hingen twee douchegordijnen aan een gammel houten frame. Een tuinslang liep van de wasbak in de werkplaats naar de provisorische douche. Hij zag het canvas scheeretui, pakte het en vertrok.

*

Toen meneer Reese wakker werd, was het vijf uur 's ochtends. Hij stootte zijn vrouw drie keer aan voordat zij wakker werd.

'Is het tijd?' zei ze half slapend.

'Ja, dat is het,' zei hij.

Ze bleef een minuutje stilliggen en ging toen rechtop zitten. Ze wreef over haar gezicht, zette haar voeten op de grond en draaide zich om naar de lamp op het nachtkastje. Hun slaapkamer was op de benedenverdieping, in een kamer die ooit van hun jongere dochter was geweest. Mevrouw Reese deed haar badjas en pantoffels aan en liep naar de kant van het bed van haar echtgenoot.

'Ben je er klaar voor?' vroeg ze.

Hij knikte.

Ze sloeg het laken en de dunne deken terug. De oude man lag in een boxershort en een wit T-shirt. Ze nam zijn beide enkels in haar handen en trok zijn voeten over de rand van het bed. Hij kreunde van de pijn toen hij zijn voeten op de vloer zette.

'Is het erg, vanochtend?' vroeg ze.

'Valt wel mee,' wist hij uit te brengen. 'Als ik eenmaal in beweging ben, zal het wel gaan.'

Hij stak zijn armen uit. Ze nam zijn handen in de hare en hielp hem overeind.

'Sta je?'

'Yep,' zei hij, en ze vertrok naar de badkamer. Hij liep stijfjes naar de huiskamer, waar Little Lana op een dekentje bij het houtfornuis lag.

'Hoe gaat het met jou, vanochtend?' vroeg hij haar.

De oude bordercollie kwispelde met het stompje van haar staart en kwam overeind. Ze liep naar meneer Reese toe, likte aan zijn kuit en keek vervolgens toe hoe hij heen en weer liep tussen de keuken en de huiskamer. Mevrouw Reese kwam met een potje tijgerbalsem de badkamer uit, meneer Reese trok zijn T-shirt uit en ze wreef het in op zijn rug. Vervolgens zette ze koffiewater op, zette een pan havermoutpap op het fornuis en hielp hem zich aan te kleden.

Ze ontbeten terwijl ze naar de radio luisterden en zeiden geen woord. Meneer Reese ging staan en liep weer heen en weer tussen de keuken en de huiskamer.

'Vind je het erg om alles nog een keer door te nemen, voordat ze er zijn?' vroeg hij.

Mevrouw Reese knikte en ging hun slaapkamer in. Ze kwam weer tevoorschijn met een geel schrijfblok. 'We hebben 38.765 dollar op de tractorrekening staan.'

Meneer Reese knikte. 'En je weet zeker dat dit een goed idee is?'

Mevrouw Reese keek hem aan. 'We hebben altijd voor ons eigen hooi gezorgd. Altijd. Bronnen raken uitgeput, leidingen knappen, maar er zit daar water. Dat denkt Trujillo, en die weet 't het beste. Een nieuwe waterbron is een investering. We zullen dieper moeten boren, maar dat hebben we altijd geweten. En nu je die van Morton hebt voor de onderdelen, kun je onze tractor repareren. Dat weet ik zeker, omdat jij alles kunt repareren.'

'Als we de hele boel nou gewoon verkopen?' zei hij.

'Daar ga ik het niet weer over hebben. Dit is ons huis en ik wil niet weg. Dat weet je. Je bent alleen maar nerveus omdat het een hoop geld is en je al jaren een nieuwe tractor wilt, en nu gaan we het allemaal uitgeven aan een waterbron die misschien iets gaat opleveren en misschien ook niet. Maar ik vind het spannend. Die bron bezorgt ons al zo lang ellende en straks hebben we weer goed water. Dan hoeven we ons geen zorgen meer te maken over hooi kopen en er niet meer over in te zitten dat die verdomde bron het niet doet.

'Je bent nogal optimistisch dat het met die nieuwe goed komt.'

'Het moet goed komen, dus zal het dat ook.'

'Je hebt altijd wel van een gokje gehouden,' zei meneer Reese.

Mevrouw Reese glimlachte. 'Maar laten we het maar niet aan de meiden vertellen.'

Meneer Reese glimlachte. 'Als we ze dat vertelden, waren we het haasje. Dan zouden ze onze koffers pakken en ons in het gekkenhuis stoppen. Nee hoor, we vertellen ze niets over de bron en de hele toestand. We maken er een geheime missie van.'

'Mooi zo,' zei mevrouw Reese.

'Nu heb ik je hulp nodig met mijn laarzen,' zei hij tegen haar, en hij trok een keukenstoel onder de tafel vandaan en ging zitten.

Mevrouw Reese zocht de laarzen en hielp hem ze aan te trekken. Daarna begon ze de tafel af te ruimen en meneer Reese en Little Lana gingen het huis uit en liepen over de lange grindoprit naar de stal, waar hij elk van de vier paarden een pluk hooi toewierp terwijl Little Lana vanaf het hek zwijgend toekeek. Op dat moment hoorde hij het geluid van een voertuig dat voor de stal parkeerde. Hij liep de kraal uit en zag een grote semidieplader met aan de bestuurderskant in vervaagde rode stencilletters de tekst TRUJILLO WATERBORINGEN.

7

De pick-up stond voor Deyoe's Mini-Mart geparkeerd terwijl de bus over de heuvel hun kant op reed. Het was vroeg in de ochtend en Little Lana zat tussen Horace en meneer Reese in.

'Wilt u dit aan Lonnie geven, de volgende keer dat u hem ziet?' zei Horace, en hij reikte in de plunjezak aan zijn voeten. Hij haalde er een halfvol pakje Copenhagen uit en legde dat op het dashboard. 'Dat zal ik niet meer nodig hebben.'

'Zo, dus je gaat stoppen?'

'Als ik de top wil bereiken, zal ik in een heleboel dingen verandering moeten brengen en dit is er daar één van.'

De oude man knikte.

'Ik geef het niet graag toe, meneer Reese, maar ik ben er behoorlijk zenuwachtig over dat ik straks in die bus stap.'

'Het is normaal om zenuwachtig te zijn,' antwoordde de oude man. 'Je gaat op avontuur om jezelf op de proef te stellen. Daar zou iedereen zenuwachtig van worden. Ik ben alleen maar blij dat we nog een keer samen hebben kunnen ontbijten.'

'Ik ook,' zei Horace. 'En bedank mevrouw Reese voor de lunches die ze heeft ingepakt.'

'Ze zal je ontzettend missen.'

'Ik zal haar ook missen.'

De oude man schraapte zijn keel en de bus stopte voor het supermarktje. 'Ik wil dat je weet dat ik in je geloof, Horace. Heb ik altijd gedaan. En ik hoop dat je dat weet en onthoudt. We houden allebei van je. Veel geluk in Arizona. En wat er ook gebeurt: bij ons zul je altijd een thuis, werk en een familie hebben.'

'Dank u, meneer Reese.'

'En wil je mevrouw Reese af en toe bellen, zodat ze zich geen zorgen maakt?'

'Natuurlijk.'

'En denk eraan om aan je verdediging en je ademhaling te werken.'

'Ik zal eraan werken,' zei Horace, en tranen welden op in zijn ogen. 'Het is wel moeilijk om afscheid van u te nemen.'

'Het is voor mij ook moeilijk,' zei de oude man, en hij deed het portier aan de bestuurderskant open en klom uit de truck. Horace stapte uit met zijn plunjezak en haalde een koffer uit de laadbak.

'Nou, dit is het dan, geloof ik,' zei Horace.

Meneer Reese pakte zijn portefeuille en haalde er duizend dollar uit. 'Ik weet dat het niet veel is, maar misschien zal dit je helpen met de eerste kosten die je moet maken.'

'U zou me niet nog meer geld moeten geven,' zei Horace. 'Ik heb al een bonus gehad.'

'Die bonus was omdat je een goede werker bent. Die heb je verdiend. Die duizend dollar zijn van Louise en mij. Hou het nou maar achter de hand voor noodgevallen en misschien om naar zo'n muziekevenement van je te gaan. Trakteer jezelf maar af en toe.'

Horace nam het geld aan, zette zijn bagage neer en omhelsde de oude man.

'Ik zal u nooit vergeten, meneer Reese.'

'Wees alsjeblieft voorzichtig.'

'Ik zal zo voorzichtig zijn als ik kan, maar een kampioen moet risico's nemen. Ik zal niet altijd voorzichtig kunnen zijn.'

'Weet ik,' antwoordde de oude man. 'Weet ik.'

'Ik ga daar geweldige dingen bereiken, dus maak u maar geen zorgen.' Horace glimlachte, pakte zijn bagage op en liep naar de bus.

*

Hij kwam de volgende middag in Tucson aan. Hij stapte uit de bus in het warmste weer dat hij ooit had gevoeld en liep het station in, waar hij een taxi belde. De chauffeur reed hem door South Sixth Avenue, waar winkels, gebouwen, autobandenhandels en restaurants kilometerslang het trottoir omzoomden. Ze kwamen bij Fortieth Street en Horace zei tegen de chauffeur dat hij hem voor een wit kleistenen huis met blauwe kozijnen moest afzetten. Er stond een draadhek van dik een meter hoog om de tuin heen. De carport links van het huis was leeg. Hij betaalde de chauffeur en stapte uit.

Hij klopte op de voordeur, maar er deed niemand open, dus verhuisde hij naar de schaduw van de carport, ging eronder zitten en wachtte twee uur lang. Het was na zessen toen een groene Toyota Camry bij het hek stopte en de zus van zijn moeder, zijn tante Briana, een grote blanke vrouw met rood haar gekleed in een zwart broekpak, uitstapte en het hek opendeed. Ze zette de auto onder de carport. Ze leek blij noch ontstemd toen ze Horace zag. Ze vroeg hem kort naar zijn reis en nam hem toen langs de carport mee naar het gastenhuis. De binnenplaats eromheen bestond uit aarde en beton, met een grote mesquiteboom die voor de enige schaduw zorgde. Er waren geen stoelen of tafels, geen barbecue of wat voor planten of struiken dan ook. Ze haalde de deur van het slot, gaf hem de sleutel en zei dat hij er een kopie van moest laten maken. Binnen waren de ramen dicht en was het boven de veertig graden.

'Zoals ik je al vertelde, heb ik het niet over mijn hart kunnen krijgen er iets aan te veranderen,' zei ze. 'Je moet weten dat je oudtante me meer heeft opgevoed dan Doreen. Dus het is moeilijk. Het is moeilijk geweest. Ik heb haar kleren weggehaald, maar verder alles zo gelaten als zij het graag had. Je mag wat dingen anders neerzetten, maar ik heb liever niet dat je iets wegdoet. In elk geval niet zonder het eerst aan mij te vragen.' Het gezicht van zijn tante zat onder de dikke, bleke foundation. Ze droeg blauwe oogschaduw en donkerrode lippenstift.

Het kleine huisje stond vol met oudevrouwenmeubels. Aan de muren hingen bloemenschilderijen. Er stond een tv en een kleine airconditioner tegen de achtermuur en er was een geel betegelde keuken in de hoek daartegenover met een gasfornuis, een koelkast en een gootsteen. Op een gele keukentafel stonden porseleinen beeldjes en ernaast stond een roestvrijstalen rollator.

Horace haalde een postwissel uit zijn portefeuille. 'Mijn ma zei dat het vijfhonderd per maand was, plus tweehonderd per maand voor gas en licht. Dus dat is tweeënveertighonderd dollar voor zes maanden.'

Zijn tante Briana nam de postwissel aan en bekeek hem.

'En maakt u zich geen zorgen, ik zal hier niet langer dan een half jaar zijn,' zei Horace.

Zijn tante zweette in de hitte van de kamer. Druppels liepen langs haar slapen. 'Als je maar voorzichtig bent met de airco,' zei ze. 'Het is een oudje en hij is heel duur in gebruik. Zet hem uit als je de deur uit gaat of gaat slapen, oké?'

'Is goed,' zei hij.

'Je gaat door het hek naar binnen en naar buiten, dus denk eraan dat je dat altijd dichtdoet. Ik ga om acht uur naar bed, dus het zou fijn zijn als je daarna niet te veel lawaai maakt.'

Hij knikte.

'En zoals ik al tegen je moeder zei: ik wil hier geen andere mensen hebben. Geen feestjes of vrienden en er wordt binnenshuis niet gerookt.'

'Dat vertelde mijn moeder allemaal al. Ik zal er geen rotzooitje van maken.'

Ze keek hem aan en probeerde te glimlachen. 'Ik wil niet onbeschoft klinken. Ik vind het prima dat je hier bent. Het heeft niets met jou te maken. Het is gewoon vreemd. Ik heb je pas twee keer eerder gezien, de eerste keer als baby en de tweede keer toen je hier een dag was om je rijbewijs op te halen. En ik heb je moeder al jaren niet gezien en dan belt ze ineens uit het niks op en vraagt ze of je dit adres mag gebruiken en of je hier mag intrekken.'

'Ik weet dat het niet best klinkt,' zegt Horace. 'Ik spreek haar niet al te vaak. Maar ze belde me op mijn verjaardag en toen vertelde ik haar dat ik erover dacht te verhuizen en begon zij over Tucson en u en dit huisje. Ze heeft altijd gewild dat ik uit Tonopah vertrok. Dus toen ik zei dat ik erover dacht weg te gaan, zal dat idee haar wel gewoon zijn ingevallen, denk ik. Het was niet mijn bedoeling me op te dringen. En het spijt me van uw tante. Ik weet dat u me een grote gunst bewijst. Ik zal voorzichtig zijn hier, maakt u zich maar geen zorgen. En ik blijf maar zes maanden.'

Ze wilde iets zeggen, maar hield zich in. 'Dan laat ik je nu maar alleen zodat je je kunt installeren,' zei ze, en ze vertrok.

*

De badkamer was klein, met gele tegels op de vloer. Gele badlakens hingen aan een rek en er was een roestvrij stalen rails langs de muren van de douche gemonteerd. Op een metalen plankje boven de wasbak stond een klein spiegeltje en daarnaast stonden medicijnpotjes. Zelfs de oude tandenborstel en handlotion van de tante lagen er nog. In de slaapkamer stonden een elektrisch ziekenhuisbed, dat met een afstandbediening omhoog en omlaag ging, een kledingkast en een oude tv op een kastje op wieltjes, en er was een raam dat uitkeek op een rotswand. De ruimte rook naar te warm geworden luchtverfrisser en stof. Horace deed het raam open en zag toen een ventilator in de hoek staan, zette die aan en liep terug naar de woonkamer, zette de airco in haar hoogste stand en ging ervoor liggen.

De eerste nacht probeerde hij in de slaapkamer op het ziekenhuisbed te slapen. Maar zelfs met de ventilator aan en het raam open was dat te heet en telkens als hij zich bewoog, maakte de plastic matrashoes lawaai. En het ergste was nog de wetenschap dat zijn oudtante daar was overleden, op dat bed, en wat hij ook deed, daar bleef hij maar steeds aan denken. Om zes uur 's ochtends stond hij op en ging hij hardlopen en zijn push-ups en sit-ups doen. Hij ging onder de douche, maakte op de vloer voor de airco een provisorisch bed van een deken, een laken en een kussen, en viel weer in slaap.

Toen hij zijn ogen weer opendeed, was het eerste waar hij aan dacht zijn moeder. Hij was acht jaar en zat naast haar in de auto, terwijl zij reed. Ze leek de hele weg te huilen en hij begreep niet waarom ze hem bij zijn grootmoeder achterliet als ze daar zo om moest huilen.

'Het is alleen maar voor de zomer,' beloofde ze. 'Je vader zei dat je bij hem kon logeren, maar zoals je weet is daar iets tussen gekomen. Maar je hebt je oma altijd aardig gevonden. Het wordt vast leuk.'

Twee grote koffers lagen in de achterbak en zijn fiets en vier kartonnen dozen stonden op de achterbank van het kleine autootje.

'Ik wil dat je onthoud dat ik dit niet vanwege Larry of de baby doe. Ik wil niet dat je denkt dat zij de reden zijn dat je je zomer bij oma doorbrengt. Ik ben alleen zo moe de hele tijd en weer gaan werken is zwaarder geweest dan ik had verwacht. En je zult moeten toegeven dat ik het hele jaar mijn handen behoorlijk aan je vol heb gehad. Van school weglopen, spijbelen na de middagpauze, en je hebt tijdens de lessen niet eens een beetje je best gedaan. En ik had geen idee wat ik deze zomer met je aan moest. Larry en ik moeten allebei werken en nu zitten we ook nog met de baby en Larry is ook doodmoe van alles, en hij is niet erg prettig gezelschap als hij moe is. Dat is niemand, denk ik. Maar we weten allebei hoe hij dan is en dat maakt het moeilijk voor de baby, moeilijk voor mij en moeilijk voor jou. We zijn allemaal aan een adempauze toe. Het is niet voor altijd, alleen de zomervakantie, en ik wil niet dat je denkt dat het jouw schuld is. Dat is het niet. Het is mijn schuld en het is niemands schuld. Ik denk dat we een reset nodig hebben, even een pauze om de tafel af te ruimen en ons op te knappen.'

Horace keek haar aan. Tranen stroomden onder het rijden over haar gezicht. Dat ging zo uren door. Ze praatte en huilde. Zei telkens weer dezelfde dingen.

Het enige wat hij zich verder nog herinnerde was dat toen ze eindelijk in Tonopah stopten, hij in het Stage Stop Cafe mocht bestellen wat hij maar wilde. Hij mocht nooit een milkshake van haar hebben, maar die dag bestelde ze er een voor hem en mocht hij als lunch wentelteefjes en bacon eten.

Het was een en al tranen toen ze zijn spullen in een klein kamertje naast de keuken van het huis van zijn oma neerzetten, tranen toen zijn moeder in de kringloopwinkel een tweepersoons matras en een boxspring kocht en nog meer tranen toen ze hem omhelsde en kuste, en hem bij een grootmoeder achterliet die Coors Light met ijs dronk van elf uur 's ochtends tot ze om negen uur op de bank in slaap viel, kettingrookte, alleen diepvriesmaaltijden at en bang was voor indianen, zwarten en Mexicanen.

8

Het was laat in de ochtend toen Horace zich aankleedde en vertrok. Hij liep naar South Sixth Avenue en ploeterde voort in de hitte. De T&T Market, McElroy Auto Repair en winkelcentrum Food City doemden op. Hij liep door totdat hij de Grand Central Barbershop zag en toen hij daar naar binnen ging, trof hij twee Mexicanen aan die tv zaten te kijken. De jongere van de twee stond op en vroeg in het Spaans of hij geknipt moest worden.

Horace haalde zijn schouders op, en zei: 'Kan ik geknipt worden?'

'Tuurlijk,' zei de man.

Horace haalde zijn portefeuille tevoorschijn en haalde er een foto van de bokser Érik Morales en eentje van Canelo Álvarez uit. 'Kunt u mijn haar zo knippen?' zei hij, wijzend naar Morales. 'Maar ik wil dat het omhoog staat, zoals bij deze,' zei hij, waarop hij naar Álvarez wees.

De kapper knikte.

'Hoe krijgen ze het voor elkaar dat het aan de voorkant zo naar voren staat?'

'Haarlak en gel,' zei de man, en vervolgens dat hij moest gaan zitten. Hij sloeg een zwart laken om hem heen, pakte een tondeuse en begon Horace' haar eraf te halen. De twee kappers praatten onderling in het Spaans terwijl Horace naar de tv staarde.

Een half uur later vertrok hij weer, zijn haar kort en vol met stylinggel. In zijn achterzak zat een plastic flesje daarvan. Hij liep door de straat en kwam bij de Discount Tires. Hij ging naar binnen en vroeg of ze personeel zochten. Daarna probeerde hij het bij Temo-Tires, Big Dog Off Road, Discount Tire, een Mexicaanse kledingwinkel en ten slotte bij een supermarktje. Maar ze zochten nergens personeel.

Twee dagen verstreken op dezelfde manier. Hij werd bij dageraad wakker, deed zijn work-out en sliep vervolgens voor de airco. Laat in de middag, als de hitte begon af te zakken, zocht hij naar werk. Hij liep alle winkels en bedrijven af. Op de vierde dag begon hij zich zorgen te maken. Hij vulde sollicitatieformulieren in bij de Burger King, McDonald's en Wienerschnitzel. Op weg naar huis liep hij een zijstraatje in en kwam uit bij een klein uit sintelblokken opgetrokken gebouwtje met een met de hand geschilderd uithangbord waarop MÁXIMO'S TWEEDEHANDS AUTOBANDEN stond. Een Mexicaan van middelbare leeftijd zat buiten onder een overkapping op een verweerd bankstel een biertje te drinken.

'Zoekt u personeel?' vroeg Horace.

'Kun je banden verwisselen?' vroeg de man.

'Toen ik op school zat, heb ik drie dagen in de week bij een autobandenhandel gewerkt,' zei Horace. 'Ik kan lekke banden plakken, nieuwe banden monteren en ik kan zien of tweedehands banden nog goed zijn of niet.'

De Mexicaan was klein en mager en droeg sandalen, een vuile blauwe broek en een bevlekt Tucson Padres-T-shirt. Hij keek Horace aan en hoestte. 'Ik heb mijn neefje in dienst, maar die is al twee dagen niet komen opdagen en ik weet niet waar hij zit. Kun je morgenochtend komen werken?'

'Ja hoor,' zei Horace.

'Als je zorgt dat je hier om acht uur bent, kijken we wel of je iets weet. Ik betaal twaalf dollar per uur, maar als er weinig werk is, stuur ik je naar huis. Ik kan je geen vaste uren garanderen. En als je niet weet waar je mee bezig bent, kan ik je hier niet gebruiken, oké?'

Ze schudden elkaar de hand.

'Hoe heet je?' vroeg de man.

'Hector Hidalgo,' zei Horace.

'*Habla usted español?*'

'Nee, niet echt.'

'Waar kom je vandaan?'

'Nevada,' zei Horace. 'Ik ben net verhuisd. Hoe heet u?'

'Benny,' zei de man.

*

Horace liep terug naar huis, enorm opgelucht dat hij misschien een baantje had gevonden. Hij kleedde zich om in zijn korte broek en trimschoenen en deed voor de airco zijn push-ups en sit-ups van die middag. Toen hij daarmee klaar was, pakte hij een envelop uit zijn tas met kleren. Er zaten punaises en foto's van Mexicaanse boksers in. Die hing hij naast de passpiegel in de huiskamer aan de muur, waar hij vervolgens voor ging staan om aan zijn combinatiestoten te werken.

Die avond liep hij door Sixth Avenue naar de Food City. Er hingen piñata's aan het plafond en boven de gangpaden bordjes in het Engels en het Spaans. Hij kocht tortilla's, kaas, bonen en hete saus. Hij kocht voorgebakken chorizo, oploskoffie, een dozijn eieren en een pak melk. Afgezien van rijst kon hij geen ander Mexicaans eten meer bedenken en hij was nooit goed geweest in rijst koken. Hij kocht ook sinaasappelsap en havermoutpap, en vulde de rest van het mandje met broccoli, wortels, bananen en sinaasappels.

De volgende ochtend werd hij om vijf uur wakker, deed zijn

work-out, ging onder de douche en maakte een lunch klaar van tortilla's met opgebakken bonen en plakjes kaas. Hij wikkelde het geheel in folie en liep naar Máximo's Tweedehands Bandenhandel, waar hij de man, Benny, op hetzelfde bankstel aantrof, waar hij een kop koffie zat te drinken, een snoepreep at en de krant las.

'Ik had niet gedacht dat je zou komen opdagen,' zei Benny. Hij had een zwarte werkbroek, een rood T-shirt met olievlekken en sandalen aan.

'Heb je nog steeds iemand nodig?' vroeg Horace.

Benny knikte en las verder in zijn krant. 'Er komt zo een vrachtwagen, dus wacht maar even af.'

Horace ging op de rand van de bank zitten en wachtte tot er een witte vrachtwagen arriveerde die een oplegger van een meter of negen lang trok. Een stevige Mexicaan trok aan de achterkant een laadklep uit en rolde de banden een bestraat opslagterrein op waar een draadhek omheen stond, met prikkeldraad aan de bovenkant. Het waren banden van kwaliteitsmerken, die nauwelijks of niet waren gesleten. Ze leken bijna nieuw. Benny vertelde Horace waar en hoe hij ze moest opstapelen en ze laadden de vrachtwagen snel uit.

Na afloop ging Benny op de bank zitten en bladerde door een klein boekje met handgeschreven telefoonnummers. De twee uur daarna zat hij aan de telefoon, en telkens als hij ophing, gaf hij Horace een briefje met de maat en het aantal banden, en Horace haalde die dan van de opslagplaats en stapelde ze voor de deur van de winkel op. Elk uur kwam er een auto of een truck aanrijden en verwisselden ze de banden. Benny hield bij de eerste drie toezicht, en ging toen terug naar de bank, dronk bier en keek toe hoe Horace werkte. Om zeven uur waren ze klaar. Benny gaf Horace honderdtwintig dollar en zei dat hij was aangenomen.

Het was geen geweldig baantje, maar Horace had het eerste bereikt wat hij zich had voorgenomen. Hij had werk. Nu nog een trainer vinden.

*

De Eleventh Street Gym zat in een vervallen winkelgalerij. Aan de buitenkant stelde het weinig voor, een verlopen witte winkelpui, meer niet. Maar Horace wist uit films dat de meeste sportscholen aan de buitenkant weinig voorstelden. Zelfs sportscholen in de grote stad niet, of beroemde sportscholen. Binnen waren de lichten aan en hij kon een boksring, twee grote stootzakken en drie kleine onderscheiden. Een handjevol kinderen rende rond en hij vroeg aan een jongetje van tien waar Alberto Ruiz was. De jongen wees naar een Mexicaan in de hoek van de zaal, van middelbare leeftijd en met een brede borstkas, die in het Spaans stond te schreeuwen tegen een joch dat op een zware stootzak bezig was.

Horace wachtte op een afstandje tot ze klaar waren, en toen liep de jongen weg en ging Alberto Ruiz in een plastic stoel zitten en begon op zijn telefoon te kijken.

'Meneer Ruiz?' vroeg Horace.

Ruiz keek op. Hij had het gezicht van een bokser: een neus zonder kraakbeen, rubberig en plat, wenkbrauwen gezwollen van littekenweefsel en zijn linkerwang leek dikker dan zijn rechter. 'Wie ben jij?'

'Ik heet Hector Hidalgo. Ik heb u aan de telefoon gehad. Ik kom uit Nevada.'

'Hector?'

'Ik doe over twee weken mee aan het Golden Gloves-kampioenschapstoernooi van Arizona, in Mesa.'

Ruiz schudde zijn hoofd.

'Ik heb een paar keer gebeld. Eén keer zat u met uw kinderen in de auto. U ging pizza halen. Ik kom uit Tonopah, Nevada. We hebben het over de hitte gehad.'

'De hitte?'

'Ja, dat het hier zo heet is.'

Hij schudde opnieuw zijn hoofd. 'Nou, wat kan ik voor je doen?'

'Ik hoopte dat u me wilde trainen voor mijn gevecht in Mesa.'

'Ik ga met een paar van mijn boksers naar Mesa,' zei hij.

Horace knikte. 'Dat weet ik, dat zei u al aan de telefoon. Daarom hoopte ik dat u mij ook klaar kon stomen.'

Ruiz keek hem aan, reikte toen in de zak van zijn joggingbroek, haalde er een pakje nicotinekauwgum uit en stak een stukje in zijn mond. 'We zullen je inschrijven. Heb je de contributie bij je? Honderd dollar inschrijfgeld en daarna honderd dollar per maand.'

'Ik heb het geld,' zei Horace.

'Voor honderd dollar extra kan ik je voor je gevecht meer een-op-een tijd geven.'

'Driehonderd in totaal, dus?'

Meneer Ruiz knikte.

Horace keek de sportschool rond. Postertjes voor zumbalessen en bokstrainingen hingen aan de muren. Hij zag vijf Mexicaanse jongens: eentje was aan het touwtjespringen, twee waren bezig op zware stootzakken en twee joegen in de ring achter elkaar aan. 'Traint u ook profboksers?'

'Ik train allerlei mensen,' zei hij.

'Nou,' zei Horace, en hij probeerde na te denken. 'Kan ik morgen na mijn werk beginnen?'

'Ik ben hier tot negen uur. Dan praten we dan verder en zal ik kijken wat ik kan doen om je te helpen.'

'Dank u, meneer Ruiz.'

'Noem me maar gewoon Ruiz, oké?'
'Oké.'
'En hoe heette jij ook weer?'
'Hector.'
Ruiz knikte. 'Zorg dat je morgen sportkleren aanhebt en neem je contributie mee, oké Hector?'

*

Toen Horace de volgende ochtend bij de autobandenhandel kwam, zat Benny op de bank te snurken met een kop koffie tussen zijn benen en een half opgegeten Snickers in zijn hand. Horace ging op een houten stoel naast de bank zitten en wachtte. De zon kwam op boven de huizen en Benny sliep door. Er ging een uur voorbij en Horace leunde achterover in zijn stoel en deed zijn ogen dicht, en toen hij ze weer opendeed stond Benny over hem heen gebogen tegen zijn schouder te duwen met een hand die alleen uit twee vingers en een duim bestond.
'Hector,' zei hij. 'Wakker worden, de trailer is er.'
Horace ging verdwaasd staan en zag een negen meter lange trailer voor het hek van de opslagplaats staan. De chauffeur maakte de achterdeur open, hopte de halflege trailer in en begon autobanden naar Horace toe te rollen, die ze op Benny's aanwijzingen op verschillende plekken opstapelden totdat de hele trailer was uitgeladen. Daarna ging Benny op de bank zitten en viel weer in slaap totdat er een obese man op een kleine motorfiets arriveerde en begon te toeteren.
Benny deed zijn ogen open en glimlachte. Hij wreef in zijn handen, haalde vijftien dollar uit zijn portefeuille en gaf die aan de man op de motor, die hem een plastic zak aanreikte en wegreed. Vervolgens haalde Benny twee grote blikken bier en een piepschuimen bakje uit de zak, trok één blik open en begon een

lunch van spareribs met sperzieboontjes, bruine bonen, *coleslaw* en maïsbrood te eten.

Horace haalde zijn lunch uit de koelkast, ging op de houten stoel naast de bank zitten en begon te eten.

'Je bent zeker niet getrouwd, hè?' zei Benny toen hij naar Horace' eten keek.

'Nee.'

'En je woont vast ook niet bij je moeder.'

'Nee.'

'Dat dacht ik al,' zei hij, en hij stootte een kort lachje uit. 'Die lunch van je is ongeveer zo deprimerend als een lunch maar kan zijn.'

Horace knikte alleen maar en at door. Hij keek om zich heen en zei: 'Wie is Máximo?'

'Máximo?'

'Naar wie de zaak is vernoemd.'

'O, die Máximo. Dat was een oom van me. Ik heb de zaak van hem geërfd. Ik had altijd voor de gemeente gewerkt en was met pensioen, maar het enige wat ik als gepensioneerde deed was tv-kijken. Toen ging mijn oom Máximo dood, dus nu heb ik weer een baan.'

'Kom je uit Mexico?'

Hij schudde zijn hoofd. Ik ben in Hudson, Michigan geboren. Weet je waar dat is?'

'Ik weet waar Michigan ligt.'

'Mijn ouders werkten daar in een kippenslachterij, maar ik ben bij mijn oom en tante in Tucson gaan wonen en hier naar de middelbare school gegaan.'

'Vind je Tucson een fijne stad?'

'Wat valt er niet fijn aan te vinden?'

Horace haalde zijn schouders op.

'En jij komt dus uit Nevada?'

Horace knikte.
'Waar?'
'Tonopah.'
Benny haalde zijn schouders op.
'Dat ligt in het midden. Een paar uur ten noorden van Las Vegas.'
'Wat deed je daar?'
'Werkte op een ranch.'
'Met koeien en zo?'
'Schapen.'
Benny knikte. Hij deed het piepschuimen bakje dicht, zette het op de grond, haalde een plastic tandenstoker uit zijn zak en begon zijn gebit schoon te maken. 'Kun je autorijden?'
Horace knikte.
'Hoe oud ben je?'
'Eenentwintig.'
'En je hebt een rijbewijs?'
'Ja.'
'Laat eens zien.'
Horace haalde het uit zijn portefeuille en gaf het hem zenuwachtig aan, maar het drong niet tot Benny door dat de naam anders was, dat er Horace Hopper stond. Hij wierp er slechts een vluchtige blik op en gaf het zonder iets te zeggen terug. Hij haalde veertig dollar uit zijn portefeuille. 'Ik wil dat je twee traytjes Tecate-tallboys voor me gaat halen. Tallboys zijn die grote. Halveliterblikken. Weet je waar Food City is?'
Horace knikte.
'De auto van mijn zoon staat achter het terrein. Je mag erin rijden. En denk eraan: geen warme biertjes kopen. Haal gekoelde, en als ze geen gekoelde hebben, ga dan ergens anders heen.' Hij haalde een sleutel van zijn bos en reikte die aan. 'En geen ongelukken maken of stelen of kleine blikjes kopen.' Horace knikte

opnieuw. Hij liep naar de achterkant van het kleine gebouwtje van sintelblokken, stapte in een blauwe, gedeukte Ford Ranger-pick-uptruck en reed naar de winkel. Toen hij terugkwam, zag hij dat Benny inmiddels met twee Mexicaanse mannen aan een draagbaar kaarttafeltje onder de overkapping zat. Ze klapten alle drie in hun handen toen ze Horace met de twee traytjes zagen aankomen. Benny haalde er drie blikjes af en zei tegen Horace dat hij de rest in de koelkast moest zetten. Daarna ging Horace aan de rand van de garage staan terwijl de mannen Spaans praatten en kaartten, bier dronken en ceviche aten. Een van de oude mannen, die een honkbalpetje van de Boston Red Sox ophad, pakte een kartonnen bordje, schepte een grote portie ceviche op, doordrenkte die met hete saus, kneep er limoensap op, legde er een handvol zoute crackertjes omheen en riep: 'Hector.'

Horace nam het bordje aan, bedankte hem, ging op de bank zitten en keek naar het eten. Hij had nooit veel vis gegeten, afgezien van fish-and-chips bij de Stage Stop in Tonopah en die had hij niet lekker gevonden. Hij had zelfs de forel die mevrouw Reese klaarmaakte als ze in Pine Creek hadden gevist niet lekker gevonden. Het bordje lag op zijn schoot, overladen met garnalen, koriander, komkommer, pepers, tomaten, ui, avocado en hete saus. De oude mannen bleven het maar in hun mond schoffelen.

Horace keek een hele tijd naar het eten en at het vervolgens zo snel mogelijk op, om het maar achter de rug te hebben. Het was scherp gekruid en voelde afgrijselijk in zijn mond, en hij dacht twee keer dat hij misschien wel ging overgeven. De mannen schepten nog een keer op en hij begreep niet hoe ze dat konden doen. Zijn hele mond brandde en hij vroeg Benny of hij een blikje cola uit de koelkast mocht pakken.

Hij dronk het blikje in drie slokken leeg, ging toen weer op de bank zitten en keek toe hoe de mannen kaartten. Hij probeerde iets van hun Spaans op te pikken, maar ze spraken zo snel dat bijna geen van de woorden die hij hoorde herkenbaar was. Uiteindelijk stond hij weer op, liep naar Benny toe en vroeg wat hij nu moest doen, maar Benny zei tegen hem dat hij voor vandaag klaar was, haalde zestig dollar uit zijn zak en gaf die aan hem. Horace stopte het geld in zijn portefeuille en omdat hij niet wist wat hij anders moest doen, ging hij maar terug naar het huis van zijn tante.

9

Meneer Reese parkeerde zijn truck voor de A&C-auto-onderdelenhandel en Little Lana en hij gingen naar binnen. De planken in de winkel waren halfleeg en de producten die er wel stonden zaten onder het stof. Er waren geen klanten in de zaak. Achterin zat een man van middelbare leeftijd in een grijze overall achter een borsthoge toonbank naar de radio te luisteren.

'Morge, Hank,' zei meneer Reese.

'Morgen, Eldon,' antwoordde hij. Het was een grote man, hij was bovenop kaal en had aan de zijkanten bruin haar, met vet naar achteren gekamd. Hij was ooit amateurbodybuilder geweest, maar had zijn lijf de laatste tijd verwaarloosd. 'Jou heb ik al een tijdje niet gezien,' zei hij.

'Ik had mazzel met mijn truck.' Meneer Reese klopte met zijn vuist op de houten toonbank en gaf Hank een lijstje onderdelen. 'Maar nu ga ik proberen mijn ouwe Massey te repareren en kijken of ik er nog een paar jaar mee vooruit kan. Daar zijn die onderdelen voor.'

Hank bekeek het handgeschreven lijstje. 'Sommige dingen zal ik moeten bestellen.'

'Dat dacht ik al.'

Hank stond op en verdween naar achteren. Een paar minuten later kwam hij weer tevoorschijn met de onderdelen die hij op voorraad had, legde ze op de toonbank en begon een factuur op te stellen. 'Werkt dat joch nog voor je?'

'Horace, bedoel je?'

'Dat indianenjoch.'

'Dat is Horace. Nee, die is vertrokken.'

'Ik vond dat ik je moest laten weten dat ik hem in het dorp heb zien rondlopen in een zwarte maillot met een lange ketting die tot op zijn knieën hing en een zwart T-shirt met scheuren erin. Hij had zijn haar opgekamd alsof hij een vrouw was. Hij zag eruit als een vrouw.' Hank lachte ruw.

'Het gaat mij niks aan hoe Horace zich in zijn vrije tijd kleedt,' zei meneer Reese.

'Ik vertel alleen maar wat ik heb gezien,' zei Hank. 'Hij liep als een of ander nichtenhoertje deze straat op en neer. Dat heeft-ie al een keer of vijf, zes gedaan, dat ik gezien heb.'

'Waarom vertel je het dan nu pas, als het je al zo lang dwarszit?'

'Het schoot me gewoon te binnen,' zei Hank.

'Het is een jongen die maanden achter elkaar met een stel oude mensen op een ranch vastzit. Hij is fan van heavymetalmuziek. Voor zover ik weet kleden die zich allemaal zo. En daarbij, zoals ik al zei: wat hij in het dorp wil doen is zijn zaak. En volgens mij overtreedt hij er geen enkele wet mee. Dus verkoop me die onderdelen nou maar, of niet, maar ik zou het op prijs stellen als je niet meer over hem praatte.'

Hank knikte. 'Mij best, als je maar tegen hem zegt dat hij de volgende keer als hij in het dorp is, mijn straat mag overslaan.'

Meneer Reese schudde zijn hoofd, haalde het lijstje dat hij geschreven had van de toonbank en stopte het terug in de zak van zijn overhemd. 'Elke keer als ik hier een voet over de drempel zet, ben jij valser en ziet de zaak er beroerder uit. Horace heeft je niks misdaan en alleen maar zijn geld bij je uitgegeven omdat hij die oude Saturn van zijn oma probeerde op te knappen. En hij kwam hier alleen maar omdat ik zei dat hij dat moest doen, omdat ik je vader mocht. Maar ik ben het zat en ik ben jou zat. Van nu af aan koop ik mijn spullen verderop in de straat.'

Hanks mond viel open en hij zette zijn leesbril af. 'Ik bedoelde er verder niks mee, Eldon. Ik zei maar wat. Je hoeft niet helemaal overstuur te raken. Ik praat altijd te veel, dat weet je.'

Maar meneer Reese en Little Lana liepen al naar de deur.

*

Het was buiten tweeëndertig graden toen ze naar de Clubhouse Saloon liepen. Meneer Reese dacht aan Horace in diezelfde straat in zijn heavymetaloutfit, hoe hij hier had rondgelopen, eenzaam, anders en verloren. Andere mensen hadden er ook opmerkingen tegen hem over gemaakt en zijn hart brak als hij aan de jongen dacht. 'Misschien is Tucson wel een betere plek voor hem,' zei hij zachtjes tegen Little Lana en ze liepen de lege kroeg in, waar een jonge vrouw achter de bar op haar telefoon zat te kijken.

'Goedemorgen, meneer Reese.'

'Goedemorgen, Janie.'

'Een blikje Coors?'

'Dat klinkt wel goed,' zei hij, en hij ging op een kruk bij haar in de buurt zitten.

'Mag ik Lana wat water geven?'

'Ik durf te wedden dat ze dat behoorlijk fijn zou vinden.'

Jane trok een Coors open, vulde vervolgens een waterbak, liep achter de bar vandaan en zette hem voor de hond neer en aaide haar.

'Hoe is het met de baby?' vroeg meneer Reese.

'Ik krijg niet veel slaap,' zei Janie, en ze kwam weer overeind. 'Ik kan me de laatste keer dat ik een hele nacht heb doorgeslapen niet eens meer herinneren. Maar verder is ze geweldig.'

'De eerste paar jaar zijn altijd zwaar,' zei meneer Reese, en hij nam een slok bier.

'U heeft twee dochters, toch?'

Hij knikte. 'Cassie zit in Reno en Lynn in Denver. Ze zijn een paar jaar ouder dan je ma. Volgens mij waren ze net van de middelbare school toen je ma begon.'

'Ik kan me mijn ma niet op de middelbare school voorstellen.'

'Ze was een geweldige basketbalster.'

'Dat geloof ik ook bijna niet,' zei Janie, en ze lachte.

De oude man nam nog een slok bier. 'Ik heb een vraag voor je, Janie. Ben jij ooit bij Napa Auto Parts geweest?'

Ze schudde haar hoofd. 'Maar mijn vriendje, Cody, komt er vaak.'

'Cody is die jongen van Henderson, toch?'

'Precies.'

'En Napa bevalt hem dus wel?'

'Ik weet niet of het hem bevalt, maar hij komt er wel aan de lopende band in elk geval..'

Meneer Reese nam nog een slok bier. 'Wist je dat Cody's grootvader een vriend van me was, toen we opgroeiden? Het moet nu zeker dertig jaar geleden zijn dat hij zijn ranch verkocht en naar Reno verhuisde. Volgens mij heb ik hem sindsdien nooit meer gezien.'

'Hij is net met pensioen gegaan bij Vleeshandel Ponderosa,' zei Janie. 'We zijn er vorige maand nog geweest voor zijn afscheidsfeestje. Ze zijn net naar Arizona verhuisd.'

'Arizona?'

'Ze hebben een appartementje bij een golfbaan gekocht, ergens in de buurt van Scottsdale.'

'Een golfbaan?'

'Het is een golffanaat,' zei ze, en toen kwamen er twee mannen in leren motorjacks binnen. Ze gingen in de hoek zitten, bij de deur, en terwijl zij erheen liep om hen te bedienen dronk meneer Reese zijn bierblikje leeg. Hij zei haar gedag en Little Lana en hij liepen naar Napa Auto Parts, verderop in de straat.

10

Ruiz was aan het schreeuwen tegen een Mexicaanse jongen die voor een passpiegel stond te schaduwboksen. Het was een mollige knul van zeventien met een afgeknipte joggingbroek die laag op zijn heupen hing, waardoor een rode onderbroek zichtbaar was. Aan zijn voeten had hij hoge, fluorescerend oranje basketbalschoenen.

'Strik dan op z'n minst die klotegympen van je,' schreeuwde Ruiz, en hij wees naar de losse veters van de jongen. 'Wat gebeurt er straks als je struikelt en een gast je een uppercut geeft waar horen en zien je van vergaat?'

'Horen en zien me vergaat?' riep de jongen uit, en hij stopte met stoten.

'Je moet zowel binnen als buiten de ring alert zijn. Er kan op elk moment van alles gebeuren. Als je je dat realiseert, zul je beter voorbereid zijn op wat er komen gaat. Je kunt niet als een ezel met een afgezakte broek en losse veters rondbanjeren. Er is een reden dat mensen een riem dragen en er is een reden dat mensen hun veters strikken. Ik heb je in het afgelopen uur al vijf keer zien struikelen.'

Horace keek vanuit de hoek van de zaal toe terwijl Ruiz zijn tirade afstak. Hij bleef nog vijf minuten op de jongen inhakken en maakte toen een einde aan de sessie. De jongen vertrok en Ruiz ging op een klapstoeltje bij de achtermuur zitten en keek op zijn telefoon. Horace liep naar hem toe, zijn gezicht druipend van het zweet. Hij had in de avondhitte in zijn spijkerbroek en werklaarzen drie kilometer gerend om hier te komen.

'Het spijt me dat ik zo laat ben,' mompelde hij. 'Er kwamen meer auto's binnen dan me was verteld.'

Ruiz keek hem aan. 'Wie ben jij ook weer?'

'Hector. Hector Hidalgo. Ik was hier gisteren en toen hebben we gepraat.'

Ruiz wreef met zijn handen over zijn gezicht. Zijn vingers waren kort en dik en hij had zich slecht geschoren, met overgeslagen stukjes onder zijn neus en zijn onderlip. 'Nu weet ik het weer,' zei hij.

'Is er nog tijd voor een sessie, vanavond?'

'Heb je sportkleren bij je?'

Horace knikte.

'Heb je het geld?'

Opnieuw knikte hij. Hij gaf Ruiz de driehonderd dollar, Ruiz telde het bedrag na en wees toen naar een kleedkamer. 'Ga je daar maar omkleden,' zei hij.

Horace kwam een paar minuten later weer tevoorschijn in zijn sportkleren en Ruiz gebaarde dat hij bij hem moest komen. 'Zeg, waar kom je ook weer vandaan?'

'Nevada,' zei Horace.

'En je zei dat je eerder had gebokst?'

'Ja.'

'Nou, hoe dan ook, ik ga je eerst leren hoe je jezelf moet beschermen. Als je dat niet doet, heb je straks net zo'n gezicht als ik. Maar dat is het leven van een prijsvechter.

'Bent u echt prof geweest?'

'Vijftien jaar,' zei Ruiz.

'Hoe was uw resultatenlijst?'

'Vijfentwintig partijen gewonnen, twintig verloren. Niet al te best. Maar ze hebben me minstens tien winstpartijen ontstolen en ik zou zelfs kunnen volhouden dat 't er vijftien waren.'

'Ik wil ook prof worden,' zei Horace.

Ruiz glimlachte. 'Ben jij dat joch dat in Mesa gaat boksen? Dat joch dat me steeds belt?'

Horace knikte.

'Het komt ineens allemaal weer boven,' zei Ruiz, en hij lachte. 'Laten we ons daar eerst maar eens op concentreren, goed? Eerst Mesa.'

*

Toen Horace die avond van de sportschool naar huis liep, overdacht hij de sessie. Ruiz had gezegd dat hij zich niemand die hij getraind had kon herinneren die harder sloeg dan hij. 'Ik heb ooit tegen een gast in Houston gebokst. Een lelijke, pezige klootzak uit Cuba die op een vlot gemaakt van de binnenbanden van vrachtwagens naar Florida was gevlucht. Zo taai wasie. Hij gebruikte een zelfgemaakte roeispaan. Had die hele tocht in z'n eentje overleefd. Duwde zich door de golven, in de oceaan, terwijl haaien en de kustwacht hem te pakken probeerden te krijgen. Zo'n soort leven, dat soort dingen doormaken, daar word je hard van. Hij sloeg als een cementmolen die uit een raket wordt geschoten. Ik heb die partij overleefd zonder gevloerd te worden, maar daarna was het gedaan met me. Ik ging door, bokste nog acht partijen, maar ik ben nooit meer de oude geworden. Hij had me iets afgenomen wat ik nooit terug heb kunnen krijgen. Jij slaat bijna net zo hard als hij. Mijn handen doen zeer van de stootkussens, en daar doen ze nooit zeer van. Maar hoor eens, Hector, het is me zeker een keer of vijf, zes gelukt je te laten verkrampen. Is dat normaal bij jou?'

Horace knikte. 'Kunt u daar wat aan doen?'

Ruiz haalde zijn schouders op. 'We kunnen het proberen, maar het is moeilijk iets te verhelpen wat zo vanbinnen bij je zit.

We zullen een poging wagen. We zullen er op z'n minst verbetering in brengen.'

Horace verliet de sportschool teleurgesteld en gedeprimeerd. Hij was er helemaal van uitgegaan dat een professionele trainer op de een of andere manier wat aan dat verkrampen van hem zou doen, en dat het gauw verholpen zou zijn. Dat het na een of twee sessies opgelost en uit de weg geruimd zou zijn en hij vervolgens het pad naar het kampioenschap in kon slaan. Maar nu hij de straat door liep, kreeg hij pijn in zijn buik. Wat nou als er niets aan gedaan kon worden? Als hij in wezen gewoon voor altijd gemankeerd zou blijven?

Hij kwam thuis en ging naar binnen. Hij keek naar het eten dat hij in de koelkast had liggen, maar daar had hij allemaal geen trek in. Om eerlijk te zijn hield hij niet van Mexicaans eten en was hij niet gewend aan scherp gekruid eten. Zijn oma's maag kon er niet tegen en de Reeses hielden er ook niet van. Hij vond taco's best lekker, maar hij maakte ze niet graag zelf. Hij moest maar een krop sla hakken, tomaten in stukjes snijden en daar wat kaas overheen raspen. Hij wist niet hoe hij vlees moest kruiden en de kant-en-klare taco's uit de winkel leken nooit zo lekker als die in eettenten. Het was te veel werk en na twee avonden was hij ze toch zat.

Terwijl hij in de open koelkast stond te kijken bedacht hij dat hij thuis, althans voorlopig, niet-Mexicaans kon eten. Dat hij hier, in zijn eentje, niet hoefde te doen alsof hij een Mexicaan was. Hij zou BLT's en cheeseburgers maken, roerei met ham en stukjes chips en hij zou altijd spaghetti in huis hebben. Als hij eerlijk was was zijn lievelingseten naast gefrituurde kip en aardappelpuree met jus allemaal Italiaans: spaghetti, lasagne, pizza en ravioli.

Hij ging onder de douche, at drie kommen cornflakes en ging daarna onder de airco op zijn provisorische bed liggen, zette zijn cd-speler aan en luisterde naar disk één van *Spaans leren spreken*. Maar zoals altijd gingen de woorden het ene oor in en het andere weer uit en hij viel in slaap en werd niet wakker en verroerde zich niet voor het aanbreken van de volgende ochtend.

*

De acht dagen daarna deed hij steeds precies hetzelfde: ochtendtraining, banden verwisselen bij Máximo's, avondsessies met Ruiz en vervolgens naar huis om naar zijn taalcursus-cd's te luisteren.

Op de ochtend van de negende dag, de dag van zijn Golden Gloves-gevecht, werd hij wakker bij het geluid van zijn rinkelende telefoon.

'Morge, Horace. Ben je al op?'

'Bent u dat, meneer Reese?' fluisterde Horace.

'Ik ben het ja.'

Horace ging overeind zitten en wreef met zijn vrije hand over zijn gezicht. 'Is er iets mis? Is er iets ergs gebeurd?'

'Nee, niks aan de hand. We wilden je alleen succes wensen.' Meneer Reese haalde zijn mond een eindje bij de telefoon vandaan. 'Volgens mij hebben we hem wakker gemaakt,' zei hij tegen zijn vrouw. Hij schraapte zijn keel en zei in de hoorn: 'Sorry dat we zo vroeg bellen, maar we weten nog dat je zelfs op je vrije dag om vijf uur opstond, dus dat besloten wij ook te doen. Je om vijf uur proberen te bellen. Weet je zeker dat je wakker genoeg bent om te praten?'

Horace stond op. Hij liep naar een bijzettafeltje bij het raam van de huiskamer en deed een lamp aan. 'Het is een prima moment om even te praten, meneer Reese. Maar als het hier vijf uur is, is het bij u vier uur.'

'Mevrouw Reese en ik slapen niet zo best, dat weet je. We lagen al over jou te praten, opgewonden over je wedstrijd van vandaag. We konden niet wachten tot we hoorden hoe alles gaat in Tucson. Begin je je draai een beetje te vinden?'

'Ik geloof het wel,' zei Horace. 'Ik heb in elk geval een baantje gevonden.'

'Heb je nu al een baantje?' Meneer Reese haalde zijn mond weer een eindje van de telefoon vandaan. 'Hij heeft een baantje... Nou ja, ik wist wel dat je snel ergens aangenomen zou worden. Je bent een harde werker. Dat weet iedereen. En ze mogen blij met je zijn. Wat voor werk doe je?'

'Ik werk in een autobandenhandel.'

'Zoiets als Tonopah Tire?'

'Ja, maar het zijn alleen tweedehands autobanden. Het is geen geweldig baantje, maar voor een tijdje is het wel oké.'

'En is je baas oké?'

'Het lijkt best een goeie vent. Hij praat niet veel, dus ik weet het niet precies. Ik zal nog wel iets anders vinden, maar het is een begin. En hoe gaat het op de ranch?'

'Prima hoor,' zei de oude man.

'Hoe bevalt Lenny? Weet hij Pedro een beetje te vinden?'

'Lenny heeft de baan niet aangenomen.'

'Niet?'

'Nee. Zijn moeder belde om te zeggen dat hij ineens de rest van de zomer geen tijd had. Terwijl hij al die tijd had beloofd van wel. Ik weet niet precies wat er is misgegaan. Het is gewoon lastiger met die jongelui, tegenwoordig. Ze lijken dit soort werk niet meer te willen doen.'

'Hoe heeft u dat met Pedro opgelost?'

'Ik ben zelf gegaan.'

'Met een kapotte rug?' zei Horace, en hij begon door de kamer te ijsberen.

Meneer Reese lachte. 'Mijn rug is niet kapot, ik heb alleen maar last van spierkrampen. En trouwens, je hoeft over ons niet in te zitten. Het was niet de bedoeling je te belasten. Daarvoor belden we niet.'

'U heeft me nooit belast, meneer Reese,' zei Horace. Hij ging aan de keukentafel van de oude vrouw zitten, pakte een porseleinen hertenjong op en bekeek het. 'Je leert dingen, als je in de stad woont. Je komt erachter dat je alleen bent, zelfs als je omringd bent door mensen. Dat heb ik me in Las Vegas blijkbaar nooit gerealiseerd.'

'Je was nog maar een jongetje toen je in Las Vegas woonde. Het is anders als je volwassen bent en alleen in een stad. En hoe bevalt Tucson?'

'Het is heet hier. Ik had niet verwacht dat het zo heet zou zijn.'

'Da's waar,' zei de oude man. 'Het is daar warmer dan hier.'

'En ik ben nog niet gewend aan hoeveel mensen er hier zijn. Het wemelt overal van de mensen.'

'Het is moeilijk om daar gewend aan te raken, als je zo lang op een ranch hebt gewoond als jij.'

'Mag ik u iets vragen?'

'Natuurlijk,' zei hij.

'Waar blijft al het wc-water in de stad? Heeft iedereen een septic tank? Daar begon ik over na te denken toen ik over straat liep en er een grote verkeersopstopping was. Voorbij die straat lag er nog een straat, waar ook een verkeersopstopping was. En daar weer achter was er een snelwegviaduct met meer auto's erop dan je kon tellen. Er zijn gewoon zo veel mensen. Daardoor begon ik erover na te denken dat iedereen onder de douche gaat, naar de wc gaat en de was doet. Ik wil niet klinken alsof ik achterlijk ben, maar waar blijft dat allemaal?'

Meneer Reese schraapte opnieuw zijn keel. 'De afvoerpijpen van alle huizen, winkels en andere gebouwen zijn onderling verbonden. Ze hebben allemaal buizen die uitkomen op grotere buizen en daardoor gaat al hun rotzooi naar een plek ergens buiten de stad, waar het behandeld wordt. Ze proberen het water zo goed mogelijk te zuiveren en dan wordt het water weer terug de kant op gepompt waar het heen moet. En wat er overblijft, het slijk, wordt ergens gedumpt.'

Horace zette het porseleinen hertenjong neer en pakte een bruin porseleinen ezeltje op. 'Waar komt al dat water vandaan? Er is hier nergens in de buurt een rivier of meer te bekennen.'

'Water is een groot probleem in dat deel van de wereld. Voor ons ook, zoals je weet, maar op plekken met een grote bevolking zoals Tucson nog meer. Een deel gaat er via leidingen heen en naar een deel boren ze, uiteraard. Ze hebben in die contreien enorme waterhoudende grondlagen. Ze pompen een hoop water uit de grond.'

'U zult wel vinden dat ik behoorlijk stom ben,' zei Horace.

'Nee, dat denk ik helemaal niet,' zei meneer Reese. 'Je woont nu gewoon in de grote stad en mensen denken over dat soort dingen na als ze in de stad wonen. Vergeet niet dat je nog maar een jongetje was toen je uit Las Vegas wegging. En je bent nog nooit in een andere stad geweest, toch?'

'Nee, meneer Reese. Alleen in Las Vegas en nu in Tucson.'

'Dat zijn grote veranderingen, grote aanpassingen. Dus het is logisch dat je met vragen zit. Hoe gaat alles verder? Hoe is het met je tante? En hoe bevalt haar huisje?'

Horace zuchtte, zette het ezeltje neer en pakte een porseleinen cactus op. 'Ze is wel oké, op zich,' zei hij. 'Maar elke keer als ik haar spreek, merk ik dat ze eigenlijk niet met me wil praten. En het huis is nogal raar. Er staan alleen maar oude-vrouwenspulletjes in. Als ik straks genoeg geld heb, ga ik iets voor mezelf zoeken. Dat zal wel eventjes duren, maar over niet al te lange tijd zal ik hier niet meer hoeven te logeren.'

'Nou ja, je dacht al dat het wel eens lastig met haar kon worden,' zei meneer Reese. 'Je moeder en zij hebben nooit met elkaar kunnen opschieten, dus het is wel logisch dat ze misschien een beetje afstandelijk doet. Maar als ze je eenmaal leert kennen, zal ze je aardig vinden.'

'Ik hoop het.'

'Heb je die trainer nog ontmoet die je aan de telefoon had?'

'Ja. Alberto Ruiz heet-ie en ik heb hem gevonden, ja. Hij heeft zijn eigen sportschool. Ik geloof dat hij inderdaad profbokser is geweest, zoals hij beweerde. We hebben acht dagen achter elkaar getraind samen. Het is duurder dan ik dacht, maar ik begin me te realiseren dat alles in de stad duurder is.'

'Da's waar. Dingen kosten inderdaad meer in de stad. Heb je nog gelegenheid gehad om naar van die muziekevenementen van je te gaan?'

Horace lachte. 'Concerten, bedoelt u?'

'Ja, concerten.'

'Daar ben ik allemaal mee opgehouden. Ik luister niet meer naar dat soort muziek.' Horace kon mevrouw Reese op de achtergrond horen praten.

Meneer Reese was even weg en kwam toen weer aan de telefoon. 'Louise zegt dat ik de belangrijkste vragen niet stel. Eet je goed?'

'Zeg maar tegen haar dat ik mijn best doe, maar dat ik nooit zo lekker zal eten als wanneer zij het klaarmaakt.'

'Zal ik tegen haar zeggen,' zei meneer Reese. 'Nou, Horace, ik zal maar eens ophangen. We houden van je en we missen je en we denken elke dag aan je. We wensen je veel succes in Mesa. We weten zeker dat je het geweldig zult doen. Je bent de hardstwerkende persoon die we allebei ooit zijn tegengekomen. Maar hou wel je dekking in de gaten. Heb het met je coach over je dekking. Laat hem je daarmee helpen, en met je ademhaling.'

'Zal ik doen, meneer Reese. Dat zal ik zeker tegen hem zeggen.'

Horace hing op en de onzekerheid van de avond daarvoor, de eenzaamheid, zakte weg en hij begon zich te focussen op de dag die voor hem lag. Hij at vier gebakken eieren, ging onder de douche en liep vervolgens drie kilometer naar het huis van Alberto Ruiz. In de koelte van de vroege ochtend ging hij bij de carport zitten en wachtte een uur tot de lichten in Ruiz' saaie nieuwbouwhuis aangingen. Kort daarop arriveerden er afzonderlijk van elkaar twee auto's. Een jongetje van negen dat Owen heette werd afgezet door een afgepeigerd ogende man in een werkbusje uit de jaren tachtig dat vol deuken zat. De tweede jongen, Johnny, kwam aan in een verroeste Nissan met een kenteken uit Minnesota. De vrouw achter het stuur schreeuwde een hele tijd tegen hem voordat hij uit de auto stapte.

Zij met z'n drieën en Ruiz en zijn twee jonge zoons persten zich in een twintig jaar oud personenbusje en begonnen aan de rit van twee uur naar het noorden, naar Mesa. Ruiz rook naar verschaald bier en kreeg af en toe hoestbuien die erop uitliepen dat hij het raampje naar beneden draaide en spuugde. Horace zat op de bijrijdersstoel en Ruiz' zoons en Owen en Johnny zaten achterin. Ze waren de stadsgrens nog maar net gepasseerd toen de jongens ruzie begonnen te maken om een computerspelletje. Ruiz schreeuwde hun toe dat ze hun kop moesten houden, wat ze dan een tijdje deden, maar vervolgens, na vijf of tien minuten, begonnen ze langzaam van voren af aan. Hoe langer hij reed, des te meer Ruiz' irritatie toenam, en uiteindelijk ging hij de snelweg af en stopte.

'Ik ben dat nichterige gezeik spuugzat,' brulde hij. Zijn gezicht was bleek, ziekelijk en bezweet. 'Het is verdomme een wedstrijddag. Weten jullie wel hoe belangrijk wedstrijddagen zijn? Op een wedstrijddag spaar je elk grammetje van jezelf op, al die maanden van hard werken, en dat geef je terug in de ring. Je gaat het niet verspillen tijdens een godverdomd autoritje. Dat doe je gewoon niet. Wat jullie niet begrijpen is dat dit allemaal, alles wat we doen, om discipline draait. Het gaat erom dat je elke stoot doorneemt, elke beweging die je in die godverdomde ring gaat maken. Het gaat erom dat je visualiseert hoe je respect gaat afdwingen. Hoe je die partij gaat winnen. Niet dit gelul, niet zitten ruziën om een kloterig computerspelletje.'

Ruiz stapte uit het busje en smeet het portier dicht. Hij liep de woestijn in en Horace zag hem achter een cactus vooroverbuigen, overgeven, overeind komen en vervolgens weer voorover-buigen om nog een keer over te geven.

Ruiz wachtte een hele tijd voordat hij terugkwam naar het busje. 'We stoppen in Elroy om bij McDonald's te ontbijten,' kondigde hij kalm aan. 'Maar alleen als jullie je mond houden tot we daar zijn. En dan bedoel ik ook geen woord. Ik wil jullie verdomme nauwelijks horen ademhalen.' Hij startte het busje en ging de snelweg op, maar hij begon weer te hoesten, waardoor hij moest kokhalzen en toen hij dat deed liet hij zo'n harde scheet dat de jongens allemaal in de lach schoten.

*

De Evenementenhal van Arizona in Mesa, die ooit een country-and-westerndanshal was geweest, stond nu in een vergeten winkelcentrum. Links ervan stonden twee ruimtes te huur en rechts ervan was een winkel waar ze westernkleding verkochten en die Botas Juarez heette. Naast die kledingwinkel zat een kappersschool en daar weer naast zaten nog meer leegstaande winkelruimtes. Het evenementenbord was leeg en er stonden maar heel weinig auto's voor de hal geparkeerd. Ruiz liet de motor draaien en zei tegen Horace dat hij uit moest stappen om te kijken of ze wel bij het juiste gebouw waren. Hij holde over het parkeerterrein naar de hoofdingang, waar hij een heel kleine, wazig gekopieerde flyer van de kampioenschappen zag hangen. De deur was open, dus hij ging naar binnen, zag de boksring en een handjevol al aanwezige mensen, rende terug en zwaaide naar Ruiz.

Twee vrouwen van middelbare leeftijd waren klapstoeltjes aan het neerzetten toen Ruiz en de jongens binnenkwamen. De vrouwen droegen zware make-up, sieraden en spijkerbroeken met geborduurde kruizen bezet met nepdiamantjes op de achterzakken. Ze kenden Ruiz en zeiden hem gedag en hij flirtte met de meest forse van de twee voordat hij de jongens in een hoek van de zaal verzamelde.

'Kom als de sodemieter om me heen staan,' zei hij. 'Ik weet dat we vroeg zijn en wat tijd te doden hebben, maar in mijn ervaring is 't het beste om een beetje vertrouwd te raken met de omgeving voordat de anderen er zijn. Het is het beste als je je ergens op je gemak gaat voelen, je omgeving kent, zodat je daar niet meer over nadenkt. Zorg dat het hier voelt als je huiskamer. Dat doen we zodat je als de tijd daar is met je gedachten bent bij wat er in de ring gebeurt, niet erbuiten. Denk eraan dat jullie hier zijn om te boksen. Alles wat belangrijk is, gebeurt vandaag in de ring. Ik wil dat jullie allemaal in je eentje gaan rondlopen. Ik wil dat jullie de zaal gaan aanvoelen, in de plees gaan kijken, elk hoekje en gaatje bekijken. Maar als jullie het gebouw uit gaan, als jullie zonder mijn toestemming ook maar een stap over de drempel zetten, dan vermoord ik jullie. Dan vermoord ik jullie en jullie ouders zullen blij toe zijn. En als jullie vandaag rottigheid uithalen, wat voor rottigheid dan ook, dan bel ik de politie. Zonder dollen, dat doe ik dan. En, geloof me, die klootzakken zullen jullie met alle plezier afvoeren en in een strafkamp douwen.' Zweet droop van zijn gezicht en zijn overhemd was er nat van. Hij begon weer te hoesten en het hoesten ging over in kokhalzen. Hij wuifde de jongens weg en verdween naar de wc's.

*

De muren van de evenementenhal waren zwart geschilderd en er zaten geen ramen in. Horace ging aan de rand van de zaal staan terwijl mensen begonnen te arriveren. Witte boerenknullen en Mexicaanse stadsjongens druppelden binnen, samen met hun families, die sporttassen en grote koelboxen droegen. Iedereen leek elkaar te kennen en de zaal gonsde van het gepraat, lachende kinderen en coaches die hun spullen in lege hoekjes klaarzetten zodat hun bokser een plek had om zich klaar te maken.

Er ging een etenskraampje open, net als een bar en een klein standje met souvenirs. Horace vond een gefotokopieerd programmaboekje op een tafel. De zesenzestigste jaarlijkse Golden Gloves-kampioenschappen van Arizona. Er stonden stukjes in over boksers uit de hall of fame: Michael Carbajal, Tony 'El Tigre' Baltazar, Rollin 'The Chiller' Williams, Jesus Ernesto 'El Martillo' Gonzales, Alfonso Olvera en Jerry 'Schoolboy' Cheatham. Aan het programmaboekje zat een gele flyer bevestigd met daarop een lijst van de partijen van vandaag. Horace zag zijn naam onder partij twee staan.

Horace Hopper vs. Purcell Jenny

Er waren twee afzonderlijke partijen in het lichtgewicht. De winnaar van elke voorronde bokste later op de dag, in partij 17, om het kampioenschap van de staat Arizona. Hij trof Ruiz bij het etenskraampje, waar hij een hotdog stond te eten en een grote beker cola dronk.

'Ik sta als Horace Hopper in het programmaboekje,' zei hij met overslaande stem van gêne.

'Wat?' vroeg Ruiz met een mond vol hotdog.

Horace kon hem niet aankijken. Hij staarde naar de vloer en zei: 'Horace Hopper is de naam die ik later heb gekregen, die op mijn identiteitskaart staat, maar mijn echte naam is Hector Hidalgo. Zo heeft mijn pa me... dat is de naam die hij me heeft gegeven voordat hij werd vermoord.'

Ruiz hield op met kauwen en keek Horace aan. 'Is je pa vermoord?'

Horace knikte traag. 'Hij is voor mijn ogen vermoord toen ik twaalf was. Op de oprit voor ons huis. Hij kwam in verzet tegen een drugskartel en daarom hebben ze hem vermoord. Daarna maakte mijn moeder zich zo'n zorgen dat ze onze achternaam in Hopper veranderde. Zij heeft die naam Horace Hopper verzonnen.'

Ruiz keek hem verbouwereerd aan en schudde zijn hoofd. Zijn rechteroog was rood en bloeddoorlopen, terwijl zijn linkerer normaal uitzag. Ondanks de airco bleef hij zweten. Hij knikte en wuifde de jongen weg.

Horace liep met bonzend hart de zaal rond en toen naar buiten, het parkeerterrein op. Hij schudde zijn hoofd onder het lopen. Waarom had hij nou gelogen? Waarom moest hij altijd liegen als hij bang werd of zich geneerde? Zou hij ooit veranderen? Wanneer ging hij zich nou eindelijk eens als een man gedragen? Een man met karakter. Een man die zo naar een brandende auto zou rennen om een baby en een hond te redden. Zijn haar zou in brand vliegen, de blaren zouden op zijn handen springen, maar dat zou hem niets kunnen schelen. Hij zou die hond en die baby redden. Hij zou ze in veiligheid brengen.

Palmbomen die vier verdiepingen hoog reikten omzoomden het pad naar de hoofdingang van het winkelcentrum. Hoe kwamen die aan water? Had dit soort bomen geen water nodig? Zijn palmbomen wel van hout? Dat soort dingen zou hij moeten weten, toch?

Hij keek over het parkeerterrein naar een McDonald's en toen naar een Pep Boys-handel in auto-onderdelen. Hij liep langs het gebouw van het winkelcentrum, langs de kappersschool, en stak toen het parkeerterrein weer over naar de hoofdweg. Hij zag overal langs de weg winkelgalerijen en kantoorruimtes, zo ver hij kon kijken. Eindeloze kilometers aan auto's reden voorbij. Alle mensen die in die auto's zaten hadden stuk voor stuk een tv, een telefoon, een bed, aten kip en gingen soms aan de schijterij. Hoeveel kippen werden er elke dag geslacht?

Hij wendde zich af van het stadsgewoel en liep terug naar de evenementenhal. Hij kwam bij Botas Juarez, de winkel in westernkleding, en ging naar binnen. Hij liep door de gangpaden totdat hij een paar Mexicaanse cowboylaarzen in zijn maat zag staan. Ze waren donkerbruin en in het leer waren twee witte skeletten gekerfd met een krans van rozen eromheen. Het mannelijke skelet had een cowboyhoed op en het vrouwelijke skelet had een rode jurk met witte stippen aan en ze dansten arm in arm. De laarzen kostten tweehonderd dollar in de uitverkoop. Horace paste ze en vond ze lekker zitten. Hij liep in zijn zwarte joggingbroek de winkel door, bleef voor een grote spiegel staan en schaduwbokste terwijl hij naar de laarzen staarde.

Ruiz zag hem door de etalageruit heen staan en hij kwam rood aangelopen en ziedend de winkel in.

'Jezus christus, Hector, waar ben je nou mee bezig, verdomme? Je partij begint over twintig minuten. En weet je wel tegen wie je bokst? Je bokst tegen Purcell Jenny. Dat is de beste bokser van de staat, misschien wel van het hele land. Hoe vaak heb ik nou godverdomme tegen je gezegd dat je de hal niet uit mocht gaan? Hoe vaak?' Er zat ketchup en mosterd op Ruiz' overhemd en de twee winkelbediendes achter de kassa staarden naar hem terwijl hij stond te schreeuwen. 'Ik heb Johnny ook al betrapt. Die liep over Country Club Drive een reep te eten en uit een literfles cola te drinken, alsof het de normaalste zaak van de wereld was. Hij liep hier dik een kilometer vandaan toen ik hem vond. Hij had wel ontvoerd en vermoord kunnen worden. Hij had aangereden kunnen worden.'

Horace probeerde zijn verontschuldigingen aan te bieden, deed de laarzen uit, zette ze terug op de plank en liep achter Ruiz aan de winkel uit, terug naar de evenementenhal. De grote zaal zat inmiddels voor een derde vol. Er waren meer jongens met hun familie gearriveerd en eindelijk ook wat toeschouwers. Horace liep naar de wc's en kleedde zich om in zijn zwarte boksbroek. In Ruiz' hoek van de zaal trok hij zijn boksschoenen en zijn zwarte hemdje aan, waarop in gouden letters 'Eleventh Street Gym' stond en hij begon touwtje te springen. Ruiz deed zwachtels om zijn handen en trok hem dicht naar zich toe.

'Nou goed luisteren,' fluisterde hij. 'Jenny is vorig jaar kampioen van de staat geworden, nationaal verliezend finalist. Ze zeggen dat hij de olympische ploeg zou kunnen halen. Dus mijn advies is dat je probeert hem met één knal te slopen. Op punten zal hij winnen, maar daar zou jij hem van kunnen weerhouden. Daar heb je de kracht voor. Je moet alleen zorgen dat je dicht genoeg bij hem in de buurt komt om toe te slaan. Oké?'

Horace knikte, maar hij was te zenuwachtig en opgewonden om te luisteren. Om half een precies stapte hij met zijn hoofdbeschermer op, zijn handschoenen aan en zijn gebitsbeschermer in de ring in. Hij was zo opgefokt dat hij moeite had op adem te komen. Ruiz ging buiten de ring staan en zei tegen hem dat hij rustig moest worden, zei tegen hem dat hij niet als een aap op neer en moest springen, maar Horace kon er niets aan doen.

De omroeper, een dikke, kale man met een rood aangelopen gezicht en een grijs joggingpak aan zat naast de ring aan een desk. Hij zette de microfoon aan en zei met een bulderende stem: 'Laatste oproep voor Purcell Jenny. Ik herhaal: laatste oproep voor Purcell Jenny, de regionale Golden Gloves-kampioen lichtgewicht 2015 van de staat Arizona. Laatste oproep voor Jenny.' De omroeper keek nog een keer de zaal rond en sloeg toen met een klein hamertje op de bel. 'Horace Hopper gaat door naar de finale in het lichtgewicht, partij zeventien. Voor partij drie David Gonzales van het Phoenix Boy's Centre in de rode hoek en Marcos Villar van de Fuentes Boxing Club in de blauwe hoek. Breng beide jongens nu graag naar de ring brengen. Nogmaals: David Gonzales en Marcos Villar naar de ring voor partij drie.'

De scheidsrechter nam de handschoenen en hoofdbeschermer van Horace aan en de jongen klom de ring uit.

'Je hebt hooguit twee uur. Misschien drie,' zei Ruiz toen ze terugliepen naar hun hoekje in de zaal. 'Niet te veel eten, maar ga wel wat halen als je nu honger hebt. En wat je ook doet, en ik meen het: ga niet nog een keer het fucking gebouw uit.'

Horace zei niets. Hij staarde onder het lopen naar de grond.

'Niet zo somber kijken, Hector. Je mag gauw genoeg boksen. En trouwens, je hebt mazzel gehad. Purcell is een echte bokser. Hij is van een heel ander kaliber dan de rest.'

'Ik had hem kunnen verslaan,' zei Horace, en hij keek op.

Ruiz lachte en zuchtte toen vermoeid. 'Nou, dat is de goeie instelling. Je moet in jezelf geloven, dat is waar. Dat is het voornaamste. Maar je hebt ook af en toe een mazzeltje nodig, en we hebben gemazzeld. Ga nu maar wat eten en kom daarna naar Owen en Johnny kijken. Want als je niet bokst dan...'

'Supporter je,' zei Horace.

'Precies,' zei Ruiz.

Horace trok zijn joggingbroek aan, liep naar het etenskraampje, at het beleg van een hamburger en dronk een glas water. Vanaf een stoeltje op de achterste rij zag hij Johnny op punten verliezen in de gewichtsklasse tot veertig kilo, en vervolgens kwam Owen twee partijen later met zijn zevenentwintig kilo de ring in. Toen de bel klonk, sprintte hij op Davey Moreno af, een vierdeklasser uit Flagstaff, en begon wild op hem in te stoten. Moreno bleef achteruitdeinzen tot hij bijna de ring uit viel. Maar Moreno, zijn gezicht rood en onder het snot, kwam terug stormen en begon rotklappen uit te delen, en toen was de ronde afgelopen. Owen kwam in de tweede ronde uitgeput uit zijn hoek en Moreno begon te boksen. Hij raakte Owen met twee harde rechtse directen in zijn gezicht, maar daarop werd Owen kwaad. Hij begon weer wild op hem in te beuken, raakte hem vaak genoeg met een voltreffer om de scheidsrechter het gevecht te laten beëindigen en Owen werd tot winnaar uitgeroepen.

Ruiz leek zich beter te voelen toen Horace om kwart voor drie de ring in kwam. Het zweten was opgehouden, net als de hoest- en kokhalsaanvallen. Hij greep Horace bij zijn schouders, keek hem diep in de ogen en fluisterde: 'Je hebt weer mazzel, Horace. Je hebt dit joch eerder op de dag zien boksen, je hebt gezien hoe zwaar hij het heeft. Hij heeft zijn eerste partij maar net gewonnen. Het is een blanke boerenjongen uit Yuma. Het had niet beter voor je kunnen uitpakken, maar ga geen gekke dingen doen. En ook niet overmoedig worden. Zo te zien slaat-ie hard, maar hij is traag, zijn combinaties zijn traag en hij plaatst er ook niet al te veel. Je kunt die knul hebben. Dus ga die ring in en klaar die verdomde klus. Oké?'

Horace knikte telkens opnieuw, maar hij was te zenuwachtig en opgewonden om te luisteren. En toen, plotseling, begon het gevecht.

De boerenjongen uit Yuma kwam voorzichtig uit de startblokken en als hij Horace al raakte zat er niet al te veel kracht achter zijn stoten. En Horace' combinaties kwamen door. Het gezicht van zijn tegenstander kwam onder het roodgevlekte snot te zitten. Toen de eerste ronde eindigde begon hij al uitgeput te raken.

Ruiz kauwde verwoed op een stukje nicotinekauwgum terwijl hij Horace in zijn hoek toesprak. 'Je hebt hem in je zak, Hector. Gewoon combinaties blijven plaatsen, aan je voetenwerk denken en je dekking hoog houden. Hij heeft je nog geen pijn gedaan, maar dat zou hij wel kunnen. En denk eraan dat je je godverdomde voeten blijft bewegen. Waar moet je aan denken?'

'Dat ik mijn voeten blijf bewegen,' zei Horace, en hij keek naar de kleine schare toeschouwers.

'Ben je moe?'

Horace schudde zijn hoofd. 'Ik begin net op gang te komen.' Hij keek opnieuw het publiek in. Een derde zat naar hem te kijken. Ruiz gaf hem een slok water en zei: 'Niet naar het publiek kijken. Hier moet je kijken, in de ring. Je moet je focussen op dat joch uit Yuma. Dit gevecht is nog maar het begin.'

De bel voor de tweede ronde klonk en Horace ging aan de slag. Hij plaatste twee combinaties in het gezicht van de boerenjongen die hem op zijn benen deden tollen. Dertig seconden later plaatste Horace de hardste stoot op het lichaam die hij ooit had geplaatst. Het joch uit Yuma ging door zijn knieën en kon niet meer overeind komen. De scheidsrechter ging naar hem toe, bleef even staan en maakte toen een eind aan het gevecht. Het duurde bijna een volle minuut voordat het joch eindelijk wankel en aangeslagen ging staan. Bloed sijpelde uit zijn neus. In de blauwe hoek schudde een man die eruitzag als zijn vader bedenkelijk zijn hoofd.

De scheidsrechter ging tussen beide boksers in staan, Horace links van hem en de boerenjongen rechts. De stem van de omroeper klonk zo hard over de PA dat er een fluittoon uit de luidsprekers kwam. Hij riep Horace tot winnaar uit, de scheidsrechter tilde zijn arm in de lucht en ze kregen allebei een beker. Die van Horace was dertig centimeter groter dan die van de boerenjongen en er stond 'Golden Gloves-kampioen lichtgewicht van Arizona 2015' op.

Horace klom uit de ring en liep langs de toeschouwers, de boksers en de ouders, en voor het eerst van zijn leven voelde hij zich geen verschoppeling of mislukkeling. Hij voelde zich geen buitenbeentje, hij voelde zich niet raar of gemankeerd. Eindelijk, na al dat werk en al die ellende, begon hij Horace Hopper kwijt te raken. Die werd weggesneden om in het niets op te lossen. Hij had de beker in zijn hand en het respect van de mensen in de zaal verdiend. Hij had gewonnen.

Owen en Johnny hielden de beker vast terwijl Horace de wc's in ging, zich opfriste en zijn joggingbroek aantrok. Bij het etenskraampje betaalde een man in een groen pak zijn twee hotdogs, zijn zakje snoep en zijn cola. Twee andere mannen die op de tribune voor eenentwintig jaar en ouder zaten riepen zijn naam en staken hun duim op.

Toen hij was uitgegeten, liep hij terug naar het hoekje van Ruiz en ging zitten. Owen en Johnny waren aan het stoeien terwijl de twee jongens van Ruiz popcorn aten en met hun draagbare computerspelletje speelden. Horace leunde tegen de muur, opgelucht en vol trots, en deed zijn ogen dicht.

11

Meneer Reese klom uit zijn truck en liep over het parkeerterrein naar de Banc Club. Eenmaal binnen liep hij door het casino en het lawaai van de fruitautomaten naar de cafetaria, waar zijn oudste vriend, de vierenzeventigjarige Ander Zubiri, een glas wijn zat te drinken terwijl hij een lottokaart invulde.

'Ik begrijp niet hoe je om zeven uur 's ochtends wijn kunt drinken,' zei meneer Reese, en hij zette zijn cowboyhoed af, gooide hem op de bank aan het tafeltje en ging zitten.

Ander haalde zijn schouders op. Hij droeg een bifocale bril, een bevlekte strooien cowboyhoed, een vuile spijkerbroek en een groen, tot op de draad versleten westernoverhemd. Hij had zich in geen drie dagen geschoren. 'Ik heb voor ons allebei besteld toen ik je aan zag komen rijden,' zei hij, en hij ging verder met het invullen van zijn lottokaart.

'Dat nieuwe joch kon het niet aan,' zei meneer Reese, en hij zette zijn ellebogen op tafel.

Ander keek op. 'Wat is er dan gebeurd?'

'Moeilijk te zeggen. Hij spreekt alleen een Peruviaans dialect, dus ik kon niet echt met hem communiceren. Hij is familie van Pedro, daarom heb ik hem aangenomen, maar ik geloof niet dat hij ooit een kudde schapen onder zijn hoede had gehad. Ik weet niet eens zeker of hij al te veel tijd buiten de stad heeft doorgebracht. Ik weet het niet... Ik hoopte dat het goed zou uitpakken met hem. Dat Pedro dan iemand uit zijn familie bij zich zou hebben en ik Conklins kudde kon kopen voordat het lammerseizoen begon. Mijn kudde verdubbelen. Maar nu Horace weg is, en met het bedrag dat ik aan die waterbron heb uitgegeven, weet ik nog niet wat ik ga doen.'

Ander nam een slok wijn. 'Ik weet sowieso niet wat je bezielt,' zei hij. 'Je bent maar twee jaar jonger dan ik, je gezondheid is nog slechter dan de mijne en nou wil je gaan uitbreiden. Je wilt meer personeel, niet minder. Meer zorgen, niet minder. En de prijzen zijn aan het kelderen. Weet je dat ik gisteren naar de supermarkt ging en er op de hele vleesafdeling geen lamsvlees te bekennen was?'

Een ober van middelbare leeftijd met vet zwart haar en pleisters om drie van zijn vingers kwam naar het tafeltje. Hij pakte de lottokaart en het briefje van tien dollar dat erop lag en schonk een kop koffie voor meneer Reese in.

'Ik weet 't,' zei meneer Reese toen de ober weg was. 'Ik weet dat je gelijk hebt.'

'En wat is er nou precies gebeurd met dat nieuwe joch, hoe heet-ie ook weer?'

'Víctor. Hij was weggelopen bij Pedro en had zich een kilometer of twee verderop op de berg in een espenbosje verstopt.'

'Verstopt?'

Meneer Reese knikte. 'Horace vond hem en nam hem mee terug naar de ranch. En toen hebben we hem op de bus naar Los Angeles gezet.'

'Los Angeles?'

'Daar wilde hij heen.'

'Hoe gaat 't met Pedro?'

Meneer Reese haalde zijn schouders op. 'De laatste keer dat ik 'm zag, leek hij wel oké. De honden zien er goed uit. Hij verplaatst de kudde zoals het hoort. Hij scheert zich en hij eet. Maar volgens mij kan het nooit lang goed gaan. Ik voel aan m'n water dat het weer gaat gebeuren, dat hij er genoeg van heeft, daarboven.'

'De vorige keer was behoorlijk heftig,' zei Ander.

'Dat beeld toen ik het kamp in kwam en hem daar zo aantrof, naakt op z'n bed, onder de snijwonden, met het mes nog in zijn hand... Dat krijg ik nooit meer uit mijn hoofd.'

'Mensen draaien wel vaker door als ze te lang alleen zijn, maar ik heb nog nooit gehoord dat iemand zichzelf zo toetakelde.'

'Ik ook niet,' zei meneer Reese. 'Ik heb geprobeerd hem zover te krijgen dat hij naar een dokter ging en ik gok dat hij inderdaad één keer is gegaan en iets voorgeschreven heeft gekregen, maar ik geloof niet dat-ie dat slikt. Ik heb ook gezegd dat hij naar huis moest gaan voor een lange vakantie, maar als ik dat zeg klapt-ie alleen maar dicht. Hij heeft drie kinderen die hij volgens mij nauwelijks heeft gezien en evengoed wil hij niet terug. Ik heb hem telefoonkaarten en een zonnelader gegeven, omdat ik dacht dat het zou helpen tegen de eenzaamheid als hij vaker naar huis belde.'

'Misschien maakt naar huis bellen het wel erger.'

'Zou kunnen.'

Ander haalde een sigaret uit het pakje op tafel en stak hem met een koperen aansteker op. 'In de jaren dertig kwam een neef van mijn vader hierheen vanuit een klein stadje, een kilometer of vijftig van San Sebastián. Voor zover ik begrepen heb, kwam hij niet uit de bergen. Niet echt. Toen hij opgroeide hadie op een schip gewerkt. Maar zoals zo veel mensen kon hij geen werk vinden, dus kwam-ie hierheen. Hij sprak alleen Baskisch. Ze zeiden dat het een nogal gedwee joch was. Misschien was-ie van het begin af aan al depressief of psychisch niet in orde, dat weet ik verder niet. En het was verre familie, dus niemand was rechtstreeks verantwoordelijk voor hem. Ze zetten hem ergens in de buurt van Alturas aan het werk en lieten hem al in zijn tweede week in de States alleen met de schapen. En hij sprak dus geen Engels, en alleen wat gebroken Spaans. Een eenzame jongen in een land dat-ie niet begreep en vervolgens douwden ze hem zo in z'n eentje de bergen in. Ze gingen af en toe wel bij hem kijken, maar ik geloof niet dat iemand de moeite nam te begrijpen hoe hij er geestelijk aan toe was. Het was gewoon een arbeider, het zoveelste familielid dat werk nodig had. De jongen werd steeds depressiever. Hij begon zich te verwaarlozen, schoor zich niet, waste zich niet. Maar evengoed haalden ze hem niet van die berg af. Hij zat daar bijna vier maanden toen ze hem vonden, hangend aan een boom, dood, met een zakmes in zijn been gestoken.'

'Een zakmes?'

Ander knikte.

'Waarom zou hij een zakmes in zijn been steken?'

Ander haalde zijn schouders op. 'Pijn? Ik heb een knul in de buurt van Carson City gekend die zich na elf jaar bij de schapen door zijn hoofd schoot. Hij had een maand vrijaf gehad in de stad, geen drankprobleem en geld op de bank staan. Zijn maand vrijaf verstrijkt en dan zit hij weer met de schapen in de bergen. Hij is er nog maar vier dagen en dan schiet hij zichzelf overhoop. Waarom nam hij niet gewoon ontslag en bleef hij niet in de stad? Waarom ging-ie niet gewoon ander werk doen?'

Meneer Reese zuchtte.

'Ik probeer mensen nooit te vertellen wat ze moeten doen, maar ik ken jou al bijna mijn hele leven. Eerst die waterbron, en nu willen uitbreiden. Het lijkt wel alsof je in paniek raakt. Als je er objectief naar kijkt, klopt het gewoon niet. Binnenkort gaan ze de wettelijk regels voor het schapen hoeden sowieso veranderen en zul je Pedro meer moeten gaan betalen. En, jezus, hoeveel langer denk je überhaupt nog te leven?'

'Weet je wie ik vorige week tegenkwam?' zei meneer Reese, en hij nam een slok koffie. 'Roy Gifford.'

Ander lachte.

'Ik kwam hem bij de ijzerhandel tegen, samen met z'n pa. Hij was terug voor een familiereünie. Hij vertelde dat hij tegenwoordig een kudde van tweeduizend runderen beheert voor een of andere grote ranch in Wyoming. Runt de hele boel. Da's een flink bedrijf. Waarom is Cassie nou niet met hém getrouwd?'

'Omdat ze niet zo hoteldebotel van 'm was als jij.'

Meneer Reese lachte. 'Allebei mijn dochters hebben op hun zeventiende de benen genomen en ze zijn nooit langer dan een week of twee terug geweest.'

'Kun je het ze kwalijk nemen? Ze zijn slim, zien er goed uit en ze hebben gestudeerd. Die wilden niet hun hele leven in een of ander achterlijk gat zitten. Mijn jongens wilden ook niks van de ranch weten. Geen van drieën. Ik kon er niet één zover krijgen dat hij de boel overnam. Zelfs de klaploper niet.'

'Geen wonder dat je 's ochtends al zit te drinken.'

'Jij wilde de boerderij van je pa ook niet overnemen, weet je nog?'

Meneer Reese knikte en de ober verscheen met twee borden met biefstuk, eieren, aardappelen en toast en zette die op het tafeltje.

'Ik kan niet gewoon maar de hele dag tv zitten kijken,' zei meneer Reese.

Ander knikte en viel stil. Ze aten zwijgend en toen legde Ander zijn mes en vork neer. 'Als je nou eens een kleine rundveestapel ging houden? Je pa hield schapen en rundvee. Je hebt er de hooivelden voor. Je hebt het water. Ik heb twee goeie stieren. Je zou het meeste werk op een quad kunnen doen. Ik geef je die van mij wel. Verkoop die schapen en begin een nieuw bedrijfje. Overzichtelijk en makkelijk.'

Meneer Reese knikte en at door.

'Waarom ben je zo stil?'

'Ik zat na te denken, da's alles.'

'Waarover?' vroeg Ander.

'Persoonlijk zou ik hier wel weg kunnen. Echt waar. Je weet dat ik dat ook wel heb gewild. Maar Louise, die durft nauwelijks nog naar de winkel. Vorige week kregen we ontzettende ruzie omdat ik haar dwong het dorp in te gaan voor een afspraak met de huisarts. Het wordt nooit beter. Als ze nooit meer onder de mensen kwam, zou zij dat best vinden. Ze wil niet bij de meiden intrekken, ze wil niet reizen. Ze wil nooit ergens heen. Ze wil hier sterven, op de ranch. Dus wat moet ik anders dan de ranch draaiende houden? Of ik blijf mijn best doen, of ik geef 't op. En als ik 't opgeef, wat moet ik dan de hele dag doen?'

Ander knikte.

Meneer Reese schoof zijn bord van zich af en zette zijn ellebogen op tafel. 'Ik was laatst even bij het ranchersontbijt. De meeste van hen zijn er een hele tijd geleden al uit gestapt of met pensioen gegaan, de meesten leven van hun pensioen en spaargeld en redden het waarschijnlijk best aardig. Maar het enige wat ze zolang ik daar was deden was klagen. Het enige wat ze deden was zeiken en ze hadden geen van allen een truck van meer dan drie jaar oud. Wat hebben zij nou te klagen? Ik wil niet zo worden als zij. Ze doen helemaal niks.'

Ander knikte opnieuw.

'Weer rundvee gaan houden, dus?' zei meneer Reese, en hij nam nog een slok koffie.

'Daar heb je minder kopzorgen van. Een kleine kudde, een pensioenskudde.'

'Jezus, ik dacht dat ik minder om dingen zou gaan geven naarmate ik ouder werd, maar dat is niet zo. Ik geef er nog net zo veel om. Maar ik begin ook moe te worden.'

'Daarom drink ik nou de hele tijd wijn, op m'n ouwe dag,' zei Ander, en hij glimlachte.

'Maar je hebt altijd al wijn gedronken.'

Hij knikte weer. 'Wijn heeft me van twee huwelijken verlost,' lachte hij. 'Het is een meer dan goeie vriend voor me geweest.'

12

De volle Greyhound-bus stond stationair te draaien in het depot, terwijl de airco zwoegde tegen de hitte van de dag. Iedereen in de bus zweette en zat er ongemakkelijk bij. Horace ging twee rijen achter de chauffeur bij het raam zitten en deed zijn ogen dicht. Hij sliep bijna toen een jonge, zwangere vrouw met een baby in haar armen naast hem ging zitten.

'Is dit de bus naar Salt Lake?' vroeg ze buiten adem. Ze droeg een korte broek en een T-shirt met een eenhoorn erop, ze had dun bruin haar en een door acne geteisterd gezicht. Haar dikke, zweterige benen wreven tegen Horace' Levi's en hij schoof zo ver mogelijk bij haar vandaan.

Hij knikte en keek naar de baby.

'Maak je geen zorgen, ze gaat niet huilen. Ze huilt nooit als het buiten zo heet is.'

De chauffeur stapte de bus in, riep zijn mededelingen om en ze reden het station uit. Horace sliep bij vlagen, de baby hield zich stil en de dag verstreek. Toen ze een geplande tussenstop maakten voor het avondeten, duwde de zwangere vrouw tegen zijn schouder om hem wakker te maken. Ze vroeg of hij genoeg geld had voor een blikje Dr. Pepper. Horace ging rechtop zitten, wreef in zijn ogen en gaf haar vijf dollar uit zijn portefeuille. De passagiers stapten uit en hij keek toe hoe het meisje over het parkeerterrein naar een Jack in the Box liep. Hij volgde langzaam, ging drie plekken achter haar in de rij staan en bestelde zijn avondeten. Toen hij zijn zak met eten kreeg, zag hij haar aan een tafeltje in de hoek zitten eten, de baby op haar schoot.

Hij liep terug naar het parkeerterrein en at bij de bus. Toen mensen weer begonnen in te stappen, deed hij dat ook. De babytas van de vrouw en een pluche konijntje lagen op de stoel naast hem. Hij ging zitten, deed zijn ogen dicht en leunde tegen het glas van de ruit. De buschauffeur telde de koppen en bleef voor de rij van Horace staan. Hij vroeg waar degene die naast hem zat was, maar Horace deed zijn ogen open en zei dat hij dat niet wist. De chauffeur verliet de bus om rond te kijken. Korte tijd later kwam hij terug, deed de deur van de bus dicht en ze vertrokken zonder haar.

Toen ze over de Interstate 89 reden, raakte Horace overmand door schaamte en schuldgevoel. Hij had eraan meegeholpen dat een vrouw en haar baby waren gestrand. Ze zat waarschijnlijk nog aan datzelfde tafeltje in de hoek van het restaurant, terwijl haar baby'tje, dat zich niet verroerde of huilde, naar vieze luiers stonk. En wat was zijn excuus? Waarom had hij het niet voor haar opgenomen?

Hij kwam van zijn stoel en liep naar de voorkant van de bus. 'Die vrouw die niet is ingestapt, die zat in de Jack in the Box.'

De chauffeur keek hem via de achteruitkijkspiegel aan. 'Da's nu te laat. We hebben drie waarschuwingen laten omroepen. Ik heb tegen iedereen gezegd dat het een stop van een half uur was.'

Horace knikte en ging terug naar zijn zitplaats.

De schemering ging over in de avond en de bus zwoegde over de bergweggetjes. Hij probeerde zich te focussen op Salt Lake City, op het motel dat hij zou uitkiezen, op de route die hij elke ochtend zou hardlopen, wat hij als ontbijt zou eten, hoe hij zichzelf zou klaarstomen voor de wedstrijden, maar de zwangere vrouw en haar baby spookten steeds door zijn gedachten. Ze had geen luiertas bij zich en ze had waarschijnlijk een koffer in de bagageruimte liggen. Een blut zwanger meisje met een baby, dat midden in de zomer was gestrand in een Jack in the Box in een of andere verlaten uithoek. Hij trok zijn spijkerjack over zijn hoofd en viel als een blok in slaap.

*

De bus arriveerde om zeven uur de volgende ochtend in Salt Lake City en Horace stapte uit in de kleine terminal, pakte zijn reistas en haalde een kopie van een plattegrond uit zijn zak. Hij had Conferentiecentrum Salt Palace met een gele markeerstift omcirkeld en hij liep een half uur voordat hij het glazen gebouw met zijn ronde glazen toren zag. Hij ging op een bankje zitten, deed oefeningen met zijn handtrainer en wachtte tot de deur openging. Bussen en auto's reden voorbij. Om hem heen was er niets anders dan kilometers asfalt en beton.

Hij wachtte een uur en stond toen op van het bankje. Hij was het wachten zat en had honger. Hij liep een eindje verder de straat in, kwam een Lamb's Grill tegen en at aan de bar: drie eieren met bacon zonder gebakken aardappeltjes of toast. Na het eten bleef hij lopen. Er kwam een Howard Johnson Motel in zicht en hij nam een kamer op de eerste verdieping, keek tv en wachtte.

Het was middag toen hij terugging. Het Salt Palace was inmiddels open en krioelde van de mensen. Hij stond twintig minuten in de rij voordat hij ze kon vertellen hoe hij heette. Een zwarte vrouw met een Golden Gloves-T-shirt aan zat achter een tafeltje, keek een lijst door en zette een vinkje achter Horace Hopper, en hij kreeg een goodiebag, een toegangspas en zijn schema. Hij maakte zich los uit de mensenmassa, ging tegen een muur staan, bladerde het programmaboekje door en kwam erachter dat hij de volgende dag om één uur in ring drie moest boksen tegen Mickey Shrep uit Topeka, Kansas.

Een gestage stroom boksers, trainers en familieleden bleef binnenkomen en bij elke persoon die hij zag, voelde hij zijn zelfvertrouwen verder afnemen. Hij ging op de grond zitten en leunde tegen de muur terwijl boksverenigingen uit Boston, New York, Los Angeles, Houston, Miami, Kansas City, Seattle, Detroit, Minneapolis, Chicago, Cleveland, Philadelphia, New Orleans en Atlanta het gebouw binnenkwamen. De boksers, voornamelijk zwarte en Hispanic jongens, waren beter gekleed dan hij en liepen in groepjes. Ze waren geen van allen alleen.

Terwijl hij zat toe te kijken begon een duister gevoel bij hem binnen te sijpelen. Hij stelde niets voor, was een *nobody*. Een indiaan die geen indiaan was en een blank joch dat er als een indiaan uitzag. Toen, op dat moment, terwijl hij naar al die andere boksers keek, wist hij zeker dat hij nooit bokskampioen zou worden. Hij was te traag en hij verkrampte onder druk. En de besten, de elite, die verkrampten nooit. Érik Morales verkrampte nooit. En hij had niet eens een berooide zwangere vrouw met een baby wilen helpen. Geen enkele kampioen zou zich zo gedragen. Geen enkele.

De rij van boksers en trainers groeide: Buffalo, Cincinnati, San Francisco, El Paso, Raleigh, Lafayette, Oakland, Denver, Oklahoma City, Albuquerque, Tallahassee en Lincoln. Het waren er zo veel en ze hadden allemaal nieuwe trainingspakken en schoenen van Nike en Adidas aan, zo uit de doos. Ze hadden mooie kapsels en leken zich stuk voor stuk op hun gemak te voelen. Horace' stemming werd nog somberder, en hij besloot dat hij terug zou gaan naar het huis van zijn tante in Tucson. Hij zou zijn spullen pakken, een andere plek zoeken om te gaan wonen en het boksen voorgoed opgeven.

Hij sloot uitgeput zijn ogen en sliep bijna toen hij iemand zijn naam hoorde roepen. Toen hij zijn ogen opendeed, zag hij meneer Reese over hem heen gebogen staan in een paar cowboylaarzen, een spijkerbroek, een pasgestreken blauw westernoverhemd en met zijn grijsvilten cowboyhoed op.

'Hoe is 't met jou, Horace?' zei hij met zijn schorre, vermoeide stem.

Tranen stroomden plotseling over Horace' gezicht. 'Dat weet ik niet precies, meneer Reese.'

'Wat is er dan?' vroeg hij.

'Weet ik niet.'

'Is er iets gebeurd?'

'Nee.'

'Is er is misgegaan bij het inschrijven?'

Horace schudde zijn hoofd.

'Niks aan het handje? Geen problemen?'

'Geen problemen. Ik sta ingeschreven.'

'Maar er is wel iets mis?'

'Weet ik niet.'

'Wanneer heb je je eerste partij?'

'Morgen om één uur.'

'Waar is de ploeg van Arizona?'

'Weet ik niet precies.'

'Heb je een trainer om je te begeleiden?'

'Mijn trainer had geen andere boksers die deze kant op gingen, dus hij kon niet mee.'

'We zullen regelen dat er iemand in je hoek staat. Maak je je daar zorgen om?'

Horace veegde de tranen van zijn gezicht en haalde zijn schouders op.

'Heb je een plek om te overnachten?'

Horace keek naar de andere boksers in de ruimte. 'Ik logeer in het Howard Johnson,' fluisterde hij.

Meneer Reese ging bij de muur staan, leunde ertegenaan en zuchtte.

'Heeft u nog steeds last van uw rug?' vroeg Horace.

'Een beetje,' zei hij.

'Ik begrijp niet waarom u hier bent, meneer Reese.'

'Om jou te zien. Vind je het erg als ik blijf om naar je wedstrijden te kijken?'

'Nee hoor.'

'Denk je dat ze in het Howard Johnson nog kamers overhebben?'

'Er staat een extra bed in mijn kamer.'

'Ik wil me niet opdringen.'

'U dringt zich nooit op, meneer Reese. Om u de waarheid te zeggen dacht ik erover weer weg te gaan.'

'Weg te gaan?'

'Ja.'

'Waarom?'

'Moet je die gasten zien. Daar win ik nooit van. Ze komen allemaal uit grote steden.'

De oude man glimlachte. 'Dus dat is het?'

'Wat?'

'Je bent zenuwachtig?'

Horace knikte.

'Iedereen wordt wel eens zenuwachtig,' zei meneer Reese. 'Dat hoort erbij. Je bent jezelf op de proef aan het stellen. Je wordt zenuwachtig, als man, wanneer je jezelf op de proef stelt. Dat is al zo sinds het begin der tijden... Heb je honger?'

'Als u het ook heeft wel.'

'Laten we dan maken dat we hier wegkomen,' zei meneer Reese. Hij haalde zijn zakdoek uit zijn achterzak en veegde zijn neus af. 'Ik heb nooit aan die neplucht kunnen wennen.'

'Het is ook moeilijk om aan te wennen,' zei Horace, en meneer Reese stak zijn hand uit en hielp de jongen overeind.

*

In de ruimte die was gereserveerd voor de warming-up van boksers in de rode hoek strikte Horace de veters van zijn boksschoenen opnieuw en ging door met schaduwboksen. Een stuk of zes boksers stonden in verschillende delen van de ruimte en het geluid van gelach, gepraat en vuisten die tegen stootwanten sloegen overstemde de aankondigingen over de PA. Meneer Reese stond in de hoek te praten met een man die Link Wallace heette, een trainer en sportschooleigenaar uit Kalispell, Montana die meneer Reese zover had gekregen dat hij Horace tijdens het toernooi begeleidde.

Een obese man in een wit trainingspak kwam de ruimte in en riep: 'Horace Hopper, ring drie.' Link, meneer Reese en Horace volgden de man naar de grote zaal en wachtten aan de rand van de ring tot een omroeper de uitslag van het vorige gevecht bekendmaakte. Daarna stapte Horace de ring in.

Mickey Shrep was een gedrongen blank joch uit een buitenwijk van Topeka. Hij woonde in een kamer boven een garage tegenover zijn moeder, zijn drie halfzussen en zijn derde stiefvader. Hij struikelde toen hij tussen de touwen door klom en een handjevol kinderen keek lachend toe. Er waren nog twee ringen in dezelfde zaal en in elk daarvan waren partijen bezig. Maar een handvol toeschouwers zaten in de klapstoeltjes rondom ring drie. Er werden gebitsbeschermers in de mond van beide boksers gestopt, hoofdbeschermers en handschoenen werden aangedaan en de twee boksers werden naar het midden van de ring geleid.

Zonder enige drukte of opwinding klonk de bel voor de eerste ronde.

Horace had nog nooit tegen iemand gebokst die zo hard sloeg als Mickey Shrep, maar hij sleepte zich voort, was uit vorm en zette je niet onder druk. Het geluk was weer aan Horace' zijde. Toen de eerste ronde eindigde, had hij tien voltreffers op zijn conto en was hij nog nauwelijks buiten adem. De tweede ronde verliep net zoals de eerste en toen die afgelopen was, zei Link Wallace alleen maar: 'Gewoon doorgaan met wat je aan het doen bent, maar probeer wat meer te bewegen. Hij is traag, maar hij kan je evengoed nog bijbenen.' En toen, toen de derde ronde een minuut onderweg was, trof Horace Shrep met een stoot op het hoofd die zo hard was dat hij stond te zwabberen op zijn benen. De scheidsrechter legde het gevecht stil, ging even kijken bij Shrep en liet het gevecht doorgaan. Maar Shrep had er daarna geen zin meer in en was de rest van de ronde bezig met zich terugtrekken.

Toen de laatste bel klonk, verzamelde de scheidrechter de scorekaarten en de twee boksers kwamen naar het midden van de ring, elk aan een kant van de scheidsrechter. De omroeper zei over de PA: 'Horace Hopper gaat door naar de tweede ronde. Geeft u beide boksers maar een daverend applaus.' Een stuk of tien mensen klapten, de handschoenen werden afgedaan en beide boksers gingen de ring uit.

*

Horace kleedde zich om in zijn straatkleren en trof meneer Reese in de rij voor het etenskraampje. Ze lunchten, keken drie uur lang naar partijen en verlieten daarna het Salt Palace. Meneer Reese haalde een handgeschreven lijstje uit zijn portefeuille en ze namen het samen door en kochten dozen met kaarsen voor mevrouw Reese, plus vijf legpuzzels van duizend stukjes, een warmtekussen, een koptelefoon voor haar radio, een nieuwe broodrooster, twee pannen met een antiaanbaklaag van verschillende grootte en vier sets witte badhanddoeken. Bij Home

Depot kocht meneer Reese een nieuwe decoupeerzaag, een assortiment zaagjes, vijf paar handschoenen, een accuboormachine, twee sets bitjes en een stuk of tien doosjes spijkers en schroeven. Ze gingen vroeg eten en lagen om negen uur in bed met de lichten uit.

Om twee uur 's nachts werd meneer Reese wakker bij het geluid van Horace die in het bed tegenover hem lag te woelen.

'Kun je niet slapen?' vroeg de oude man.

'Ik ben gewoon zenuwachtig, denk ik. Bent u wakker van me geworden?'

'Nee,' zei meneer Reese, en hij hoestte. 'Ik word elke nacht een keer of vijf, zes wakker.'

'Heeft u pijn in uw rug?'

'Een beetje.'

'Dat komt vast omdat u niet gewend bent aan dit bed,' zei Horace.

'Gedeeltelijk, denk ik,' zei de oude man. Het geluid van een tv in een andere kamer drong door de muur heen, de airco die aansloeg begon te zoemen en meneer Reese trok het laken strak over zich heen. Hij draaide zich om en deed zijn ogen dicht.

'Ik begrijp niet waarom ik zo vroeg moet boksen.'

Meneer Reese deed zijn ogen open. 'Kwart over elf. Je hebt gelijk, da's behoorlijk vroeg. Maar ze moeten een hoop boksers afwerken.'

'De gast tegenover wie ik in de ring sta heet Modine Moffin. Een zwart joch uit Detroit. Hij is vorig jaar derde geworden tijdens de landelijke kampioenschappen.'

'Weet ik, ik heb hem ook zien boksen. Ik zat vlak naast je.'

'Hij is snel, hè, meneer Reese?'

'Daar leek het wel op.'

'Hij maakt me af.'

'Dat moet je niet zeggen.'

'Het is zo.'

'Je moet positief denken. Je moeten denken als een kampioen. Dat heb je altijd tegen mij gezegd en als er ooit een moment is geweest om als een kampioen te denken, dan is het nu wel.'

'Maar dat valt niet mee.'

'Vast niet. Het valt ook niet mee om zo je nek uit te steken. Daarom wagen de meeste mensen zich niet aan dingen die moeilijk zijn of waar ze bang voor zijn.'

'Heeft u ooit uw nek uitgestoken, meneer Reese?'

'Ikke?'

'Ja.'

De oude man zweeg even, en zei toen: 'Ik geloof het wel, ja.'

'Hoe dan?'

'Je wilt geen verhalen over mijn leven horen.'

'Ik zou graag iets over uw leven horen, meneer Reese. Echt.'

'Nou,' zei hij zachtjes, 'ik heb altijd piloot willen worden.'

'Piloot bij een luchtvaartmaatschappij?'

'Misschien... Vanaf dat ik een jongetje was, wilde ik twee dingen in het leven: aan zee wonen en piloot worden. Twee behoorlijk grote dingen, zeker als je weet dat ik op een ranch in Nevada ben geboren. Ambitieus, maar niet onbereikbaar. Of dat dacht ik althans. Dus na de middelbare school ging ik bij de luchtmacht, en dat beviel. Zelfs de minder leuke dingen vond ik niet erg. Maar ik werd van de vliegopleiding gestuurd omdat ik slechte ogen heb. Ik droeg toentertijd geen bril, omdat ik niet wilde dat iemand wist dat mijn ogen niet deugden, maar deugen deden ze natuurlijk niet en dus viel ik af voor de pilotenopleiding. Ik werd overgeplaatst naar een basis vlak bij Bakersfield in Californië en heb daar de rest van mijn dienst uitgezeten. Ik heb maar een paar keer de kans gekregen in een vliegtuig te zitten en ik heb er nooit een mogen besturen. Ik had gedacht dat ik louter omdat ik bij de luchtmacht zat grote delen van de wereld zou zien, maar dat was niet het geval. Dat was mijn taak niet. Het was mijn taak om de vliegtuigen vol te tanken. Ik bestuurde een tankwagen en ben die basis buiten Bakersfield nooit af geweest. Dat was de eerste grote tegenslag die mijn plannen in de war stuurde, maar ik zat mijn contract uit, verliet de luchtmacht en verhuisde naar La Jolla. Weet je waar dat ligt?'

'Nee.'

'Dat ligt in de buurt van San Diego. Het zal nu wel als een buitenwijk van San Diego worden gezien. Ik werkte in een machinewerkplaats en huurde een huis met één slaapkamer vlak aan zee. Elke ochtend voordat ik naar mijn werk ging stond ik op en ging ik in zee zwemmen.'

'Echt waar?'

'Echt waar.'

'Heeft u leren surfen?'

'Nee,' zei hij, en hij glimlachte. 'Surfen was toentertijd nog niet zo populair als tegenwoordig. In dat kleine huisje aan het strand wonen was een van de hoogtepunten in mijn leven. Maar, weet je, toen ik daar net kwam, kende ik er niemand en dat was best zwaar. Ik werd op de proef gesteld. Ik werkte in een betonnen gebouw met maar één raam en daar zat ik negen uur per dag achter een tafelboormachine. Da's moeilijk voor een joch dat gewend is de hele dag de hemel en het uitgestrekte landschap te zien. En daar komt nog bij dat ik nog nooit alleen was geweest. Nooit écht. Zelfs niet bij de luchtmacht, waar ik altijd nog kamergenoten had. Maar toen ik in La Jolla aankwam, kende ik er geen sterveling, ik zag de hemel bijna nooit en ik woonde in mijn eentje. Eenzaamheid. Ik moest leven met mijn eigen gedachten en dat kan zwaar zijn. Maar algauw raakte ik eraan gewend en ik was wel mooi dicht bij zee. Eén van mijn dromen was uitgekomen. En toen leerde ik een vrouw kennen.'

'Mevrouw Reese?' vroeg Horace.

'Nee,' zei hij. 'Dit was allemaal voordat ik mevrouw Reese tegenkwam. Ik was pas drieëntwintig. Ik leerde een vrouw kennen omdat de man van haar zus en ik collega's waren. We raakten allemaal bevriend. Die collega, zijn vrouw en de zus van zijn vrouw. Dan gingen we samen Chinees, Italiaans of Mexicaans eten. En daar moet je bij bedenken dat ik nog nooit buiten de deur had gegeten. Niet echt. De kookkunsten van mijn moeder en daarna het eten bij de luchtmacht waren zo'n beetje alles wat ik kende. Het klinkt misschien alsof het niet veel voorstelt, maar het was allemaal behoorlijk opwindend. En bovendien had ik, nadat ik een hele tijd alleen was geweest, eindelijk vrienden. En toen trokken die vrouw en ik naar elkaar toe. We begonnen samen uit te gaan. We gingen naar de film en bouwden samen kampvuurtjes op het strand. We gingen zwemmen. Soms reden we samen met haar zus en haar zwager naar Rosarito, in Mexico, om te zwemmen; 's nachts te zwemmen, zelfs. Als ik erop terugkijk, lijkt het wel alsof we altijd aan het zwemmen waren.

'Hoe zag ze eruit?'

'Ze had de blauwste ogen die ik ooit bij een vrouw heb gezien. Ze had blond haar, typisch een meisje uit Californië, denk ik. Zo'n meisje waar ze het in liedjes over hebben.'

'Waarom bent u daar weggegaan?'

'Mijn pa kreeg een hartaanval. Hij liep met de schapen in de bergen, voorbij Horse Canyon, en hij was daar in z'n eentje. Hij overleed. Hij was pas tweeënvijftig. Mijn zus belde me op mijn werk en vertelde me het nieuws, en met dat telefoontje hield mijn leven in Californië op. Ik had twee zussen die nog op de middelbare school zaten. Ik had mijn moeder, mijn tante en mijn oma. Die woonden allemaal op de ranch. Ze waren er allemaal van afhankelijk. Dus moest ik ter plekke ontslag nemen, nog diezelfde dag. Ik vertrok met mijn looncheque op zak en heb nooit meer een voet over de drempel van die machinewerkplaats gezet. Ik weet nog dat ik naar dat kleine huisje ging dat ik vlak aan zee had en dat ik begon te huilen. Ik huilde om mijn pa, uiteraard, maar ik huilde ook omdat ik de zee nooit meer zo zou zien. Ik had mijn droom verwezenlijkt, maar nu was die voorbij. Ik haalde mijn spullen weg, belde de huisbaas en liet mijn sleutels op de keukentafel achter. En toen moest ik die vrouw opzoeken. Ze werkte bij een lokale krant. Ik ging naar haar toe en vertelde dat ik terug moest. Ik zal van mijn leven nooit vergeten dat ik dat gigantische bakstenen gebouw in moest lopen om haar dat te vertellen. Na al die jaren is het nog steeds moeilijk om daaraan te denken.'

'Is ze u niet achternagereisd?'

'Ze is één keer op bezoek geweest. We waren verloofd, weet je? Maar ze kwam uit La Jolla en ze zou met vijf vrouwen in één huis hebben moeten wonen. Ze zou niks anders om zich heen hebben gehad dan saliestruiken, duizend schapen, een stuk of vijf paarden en honden, tientallen kippen, een handjevol varkens en een stel boerderijkatten. Overal alleen maar stof en mijn familie die haar elke dag in haar nek had gehijgd.

'Maar heeft ze het niet op z'n minst geprobeerd?'

'Dat wilde ze wel, maar ik zei tegen haar dat ik het leven een stuk makkelijker zou doorkomen als ik kon denken aan haar aan zee, en niet dat ik haar de oceaan had afgenomen. Ze had haar hele leven in San Diego gewoond. Ze was daar gelukkig. En ik wilde niet de reden zijn dat ze dat kwijtraakte. Ik heb altijd meer van de zee gehouden dan van wat dan ook op de hele wereld. Dus waarom zou ik de vrouw op wie ik verliefd was iets afnemen waar ik zo veel van hield?'

'Hoe heette ze?' vroeg Horace.

'Alice Hampel.'

'Wat is er van haar geworden?'

'Dat weet ik niet precies. Heeft waarschijnlijk gewoon haar leven geleefd. Een gezin gesticht en kinderen gekregen. Dat hoop ik althans.'

Horace draaide zich op zijn zij. Hij keek in het donker naar de oude man. 'Hoe heeft u mevrouw Reese dan ontmoet?'

'Haar vader had een boerderij in de buurt van Pony Springs, in Lake Valley. Een rundveehouder. Ze had twee broers en een zus. Mevrouw Reese is opgegroeid in wat ik een gewelddadig huishouden zou willen noemen. Haar pa sloeg hen allemaal. En daar hebben ze allemaal mee geworsteld in hun leven. Allebei haar broers zijn jong overleden en haar zus is lang geleden verdwenen. Toen Louise vijftien was, is ze met een man getrouwd en ontsnapt. Maar die man... Het is niet aan mij om het te zeggen, maar na een paar jaar werd ze zonder ook maar een dubbeltje in de steek gelaten in Chicago, Illinois. Ze zat in een lastig parket en was gedwongen terug te gaan en weer op de ranch van haar ouwelui te gaan wonen. Haar vader wilde niets meer met haar te maken hebben vanwege haar huwelijk, en haar moeder ook niet. En je weet hoe zachtaardig mevrouw Reese is. Vreselijk, zoals ze haar behandeld hebben. Afijn, ze werd als kokkin aangenomen op een ranch in de buurt van Pritchard's Station, alleen maar zodat ze het huis uit kon. Toen leerde ik haar kennen, we raakten bevriend en na een tijdje zijn we getrouwd. Zij vond mijn familie aardig en mijn familie haar en we leefden samen verder. Er gingen een paar jaar voorbij en toen overleed mijn oma en haalden mijn zussen hun eindexamen. Ze verhuisden samen naar Californië, trouwden allebei en begonnen kinderen te krijgen. Dus toen trokken mijn tante en mijn moeder bij hen in om een handje te helpen. Plotseling was ik dertig en woonde ik alleen met mevrouw Reese op de ranch. Ze was destijds een jaar of drie-, vierentwintig. En ze vond het daar fijn. Ik heb er altijd over gedacht om weg te gaan, maar daar was mevrouw Reese op tegen. Ik denk dat ze vanwege alles wat ze had meegemaakt de eenzaamheid van de woestijn, van de ranch en de rust en stabiliteit van ons leven fijn vond. En toen kregen we onze kinderen, dus zijn we gewoon gebleven.'

'Wat naar voor u, van de zee, meneer Reese.'

'De reden dat ik je daarover vertelde, is dat ik je wil laten weten dat je de gok moet wagen. Je moet proberen te krijgen wat je nodig hebt in je leven. Je wordt er een beter mens van, als je dingen probeert. Ik heb een kans gekregen en dat is niet helemaal goed uitgepakt, maar het was bijna gelukt. Ik was er dichtbij. Maar als ik überhaupt niet naar La Jolla was gegaan, had ik La Jolla nooit in mijn hart meegedragen. En nu draag ik La Jolla in mijn hart mee zolang ik het daar maar wil hebben. Jij bent nu Golden Gloves-kampioen van Arizona omdat je het lef hebt gehad naar Tucson te verhuizen en het te proberen. En morgen sta je in de ring tegen Modine Moffin en je gaat erheen en je gaat zo hard mogelijk je best doen, en als je dat doet, dan zul je hem verslaan.'

'Hij is anders behoorlijk snel, meneer Reese. Ik ben niet zo goed met snelle tegenstanders.'

'Maar hij heeft ook nog niet te maken gekregen met "het Machinegeweer", of wel soms?'

Horace lachte. 'Nee, meneer Reese, dat zal wel niet, nee.'

*

Horace stond in dezelfde hoek in de warming-upruimte van het Salt Palace terwijl Link Wallace zijn ingezwachtelde handen bekeek. Meneer Reese stond achterin tegen een muur geleund en toen kwam de obese man in hetzelfde witte trainingspak als de dag daarvoor door de klapdeuren en riep: 'Horace Hopper, ring één.'

Er waren nog minder toeschouwers dan de dag ervoor en Horace, Link Wallace en meneer Reese liepen naar de ring terwijl een partij in het vedergewicht eindigde en de winnaar werd aangewezen.

Modine Moffin was een zwarte man met donkere huid, één meter tweeënzeventig lang, met een kaalgeschoren hoofd. Zijn spieren glommen onder de lampen. Hij droeg nieuwe zwarte boksschoenen, een glimmend zwarte korte broek en een zwart hemd waarop in gouden letters 'Detroit Boxing' stond. Een grote kale man in een T-shirt waarop 'Detroit mijn stad' stond deed Moffin zijn hoofdbeschermer en handschoenen aan.

'Doe gewoon wat je gisteren deed,' zei Link tegen Horace. 'Maar denk aan je voetenwerk.' Hij deed Horace z'n gebitsbeschermer in en stapte de ring uit. De scheidsrechter controleerde de handschoenen van beide boksers en leidde ze naar het midden van de ring. Een bel klonk en het gevecht begon.

Al het wachten, het draaien en woelen, het in de loop van de nacht een keer of vijf, zes naar de wc gaan, het om vijf uur 's ochtends door de straten van Salt Lake City dwalen, het proberen iets te eten maar niet kunnen eten, het twee verschillende ontbijten bestellen, het halverwege een zin vergeten wat hij aan het zeggen was, het bijna niet in staat zijn te bevatten wat iemand tegen hem zei, het verlangen weg te vluchten en tegelijkertijd te smeken dat het gevecht zou beginnen – dat was nu allemaal voorbij. In een oogwenk, bij het klinken van de bel, werd Horace afgerammeld door een waas aan snelle combinaties van de bokser uit Detroit.

Modine Moffins stoten kwamen uit het niets. Ze leken zo snel als het licht. In de eerste ronde raakte Horace soms zo overweldigd dat hij, zoals altijd, tegen de touwen viel en verkrampte. Hij bewoog zijn benen en zijn hoofd niet. Hij stond daar gewoon, roerloos, met zijn handschoenen voor zijn gezicht.

Aan het eind van de ronde liep Horace verdwaasd naar zijn hoek. Hij zei tegen Link: 'Hij is zo snel dat ik niet weet wat ik moet beginnen.' Er droop snot met bloedspoortjes erin uit zijn neus en hij was buiten adem.

'Het ziet er niet naar uit dat dat joch kracht achter zijn stoten heeft zitten, dus begin gewoon te counteren. Als je in je dekking wilt kruipen, doe dat dan niet. Begin gewoon combinaties op 'm los te laten. Doen zijn stoten pijn?'

'Nee,' zei Horace. 'Niet echt.'

'Dan is dat wat ik zou doen,' zei Link, en de tweede ronde begon.

Moffin kwam opnieuw stevig opzetten. Hij gooide er de ene combinatie na de andere uit en zijn puntenvoorsprong groeide. Maar Horace begon stoten te incasseren om ze te kunnen uitdelen. Hij vond openingen vanuit vreemde hoeken. Hij trof Moffin in zijn gezicht met een rechtse hoek waardoor Moffins neus meteen begon te bloeden. En toen raakte hij hem met nog een rechtse hoek in zijn maag. Daarop liet hij een stoot op het lichaam volgen die Moffin de adem afsneed. Het joch uit Detroit was nog nooit zo hard geraakt. Met nog twintig seconden op de klok viel hij op zijn knieën. Hij was aangeslagen en had moeite weer overeind te komen. De scheidsrechter ging bij hem kijken en gaf het teken dat de partij verder kon. Maar toen Horace naar hem toe bewoog, eindigde de ronde.

Moffin kwam in de derde ronde uit zijn hoek en zette Horace nog zwaarder onder druk. Hij werkte hem tot drie keer toe in de touwen en verzamelde nog meer punten. Maar bij de derde keer verdween de verkramping en Horace wist hem met twee zware stoten op het lichaam te raken, waarvan de laatste Modine Moffin bijna voorgoed stuitte. De benen van het joch uit Detroit leken wel van rubber, het bloed stroomde uit zijn neus en de rest van de ronde trok hij zich terug, kon nauwelijks adem krijgen.

De laatste bel klonk, de scheidsrechter verzamelde de scorekaarten, wierp er een vluchtige blik op en gaf ze aan de omroeper. Vervolgens nam hij beide boksers mee naar het midden van de ring, Horace links van hem en Moffin rechts. Ze wachtten een volle minuut voordat de stem van de omroeper de zaal in schalde. De naam van Modine Moffin klonk als winnaar door de luidsprekers. De scheidsrechter hief de arm van het joch uit Detroit en daarmee was het over en uit. De scheidsrechter trok de handschoenen van beide boksers uit en Link hielp Horace de ring uit, verwijderde zijn hoofdbeschermer en zei: 'Ik dacht echt dat je die partij in je zak had.' Horace knikte en zweeg. Hij dacht dat hij, als hij iets zei, in huilen zou uitbarsten. Hij schudde Link de hand, mompelde een bedankje en zag de man nooit meer terug.

*

In het Howard Johnson stond Horace onder de douche zo zachtjes mogelijk te huilen. Waarom had meneer Reese hem nou moeten zien verliezen? Waarom was meneer Reese niet weggegaan nadat hij Mickey Shrep had verslagen? Dan had hij gedacht dat Horace talent had, dat het slim van hem was dat hij naar Tucson was verhuisd.

Toen hij de kraan dichtdraaide, kon hij het geluid van de tv horen. Hij kleedde zich aan en kwam de kamer in, waar meneer Reese rechtop op het bed zat, met zijn rug tegen de muur.

'Ik vergeet altijd dat er tegenwoordig zo veel zenders zijn,' zei de oude man.

Horace keek naar de tv, ging op het bed zitten en trok zijn schoenen aan. Hij keek naar het tapijt. 'Er vertrekt om zeven uur vanavond een bus,' zei hij. 'Ik denk dat ik die maar neem.'

'Ga je terug naar Tucson?'

Horace knikte zwakjes.

'En blijf je bij die autobandenhandel werken?'

Horace knikte. 'Ik ga prof worden nu,' fluisterde hij.

'Ga je profbokser worden?'

'Ja.'

'Weet je dat zeker?'

'Als ik meer ronden had gehad, weet ik zeker dat ik hem knock-out had geslagen. Denkt u niet dat ik hem knock-out had geslagen?'

'Ik weet het gewoon niet, Horace,' zei meneer Reese, en hij zette de tv uit. 'Ik zou denken van wel, maar ik weet gewoon niet zo veel van boksen. En ik weet ook niet veel van Modine Moffin.'

'U denkt niet dat ik het kan, hè, meneer Reese?'

'Het is niet zozeer dat ik denk dat je het niet kunt, ik denk alleen dat het een hoop van je zal vergen om daarachter te komen.'

Horace trapte met zijn voet in het tapijt.

'En ik ben niet de aangewezen persoon om dat aan te vragen. Ik wil niet dat je schade oploopt, Horace. Je bent meer dan een bokser voor me. Je bent verdomde belangrijk voor mevrouw Reese en mij.'

'Het kan me niks schelen als ik schade oploop,' zei Horace, en hij keek de oude man aan. 'Een echte kampioen kan het niet schelen of hij schade oploopt. Dus mij kan het ook niet schelen.'

Meneer Reese knikte traag. 'Waarom kom je niet mee naar de ranch om er een tijdje rustig over na te denken. We zouden je hulp goed kunnen gebruiken.'

Horace schudde zijn hoofd. De gedachten schoten zo snel door zijn hoofd dat hij nauwelijks adem kon halen. Hoe langer ze praatten, des te meer hij het gevoel kreeg dat er een gewicht op zijn rug viel. 'Ik moet een kampioen worden, begrijpt u dat nou niet? Ik moet bewijzen dat ik iemand ben, voordat ik terugkom. Ik ben nu helemaal niks, meneer Reese. Een mislukkeling, meer ben ik niet. Dat moet u toch zien. Dat moet u zien, elke keer als u naar me kijkt.'

'Nee,' zei meneer Reese, die zich plotseling ongemakkelijk begon te voelen. Hij haalde zijn voeten van het bed en ging tegenover Horace zitten. 'Dat vind ik helemaal niet. Ik heb nooit iets anders dan het tegenovergestelde gevonden.'

'Nou, ik kan niet terug. Niet voordat iedereen weet dat ik de beste ben, zelfs mijn vader en moeder. Dan kom ik terug en ik zweer u dat ik dan terug zal komen. Maar nu kan ik dat niet, begrijpt u? Het spijt me, echt waar, maar zo zal het moeten gaan. Ik ga terug naar Tucson en nog harder trainen. Ik ga harder trainen dan iemand ooit heeft getraind.'

'Wanneer zei je dat die bus vertrekt?'

'Om zeven uur.'

'Nou, laten we dan maar uitchecken en gaan lunchen,' zei meneer Reese, en hij probeerde te glimlachen. 'Ik heb trek in Chinees. Dat is het soort eten dat mevrouw Reese thuis niet kan maken. En daarna wil ik met je gaan winkelen. Dan kunnen we wat nieuwe trainingskleren en schoenen voor je kopen. Mevrouw Reese wist al dat je niet terug zou komen. Ze is slimmer dan ik. Maar goed, zij heeft me opgedragen, heeft me laten beloven, dat ik wat nieuwe kleren voor je zou kopen.'

'Dat hoeft u niet te doen.'

'Als je het me niet laat doen, dan zit ik straks behoorlijk in de narigheid. Mevrouw Reese gooit me zo een mijnschacht in.'

Horace keek op naar de oude man en barstte plotseling in lachen uit. 'Herinnert u zich die gast Lucky nog?'

'Ja hoor, die herinner ik me nog.'

'Toen hij met de tractor tegen de schuur reed, zei u tegen hem dat hij beter zijn spullen kon pakken en maken dat-ie wegkwam, voordat u hem een mijnschacht in gooide. Dat zegt u elke keer als u kwaad wordt.'

'Het was stom om hem aan te nemen, dat staat vast. Mevrouw Reese zag dat van mijlenver aankomen, maar ik niet.'

'Het is de enige vent die ik ooit 's morgens met wodka heb zien gorgelen,' zei Horace, en hij begon weer te lachen.

De oude man ging staan. 'We kennen elkaar al een hele tijd, Horace. Volgens mevrouw Reese was je veertien jaar en zeven dagen toen je die eerste zomer bij ons kwam en die kamer boven nam.'

'Fijne kamer vind ik dat.'

'Hij is er nog steeds,' zei meneer Reese. 'De caravan ook. En we zouden ook kunnen doen waar we het over hebben gehad, in de grote schuur een appartementje voor je bouwen.'

'Bedankt dat u dat zegt, meneer Reese.'

'Maar je moet alleen terugkomen als je er klaar voor bent en je het echt wilt.'

'Ik wil ooit terugkomen,' zei Horace. 'Ik hou meer van die ranch dan van wat ook. Maar nu kan ik het gewoon nog niet.'

Meneer Reese knikte. 'Chinees eten, kleren kopen, als we tijd hebben nog een maaltijd en dan breng ik je naar de bus.'

'Het is maar dat u het weet: ik draag geen dorpse kleren meer.'

'Je mag helemaal zelf beslissen wat voor kleren je wilt,' zei meneer Reese, en hij trok zijn laarzen aan.

'En misschien kunnen we een cadeautje voor mevrouw Reese kopen.'

'Je hebt gelijk, dat moeten we doen.'

'We moeten om te beginnen een paar dozen chocolaatjes van See's voor haar kopen,' zei Horace. 'Maar wel pure chocola en alleen met nootjes en karamel. Die vindt ze lekker. Heeft u eraan gedacht uw koelbox mee te nemen?'

'Heb ik,' zei meneer Reese.
'Heeft u die meegenomen voor de chocolaatjes van See's?'
'Yep,' zei hij.

13

Meneer Reese stopte bij een benzinestation in Wendover. Toen hij stond te tanken, merkte hij dat de rechterachterband van zijn truck zacht was. Hij verzette de truck in het bijna donker naar de rand van het station en vulde de band bij uit een luchtpomp die op muntjes werkte. Daarna ging hij naar binnen, kocht een kop koffie en een donut en ging de weg weer op. Hij luisterde naar de radio en ging van de ene zender naar de andere, al naargelang de avond ze gaf en weer wegnam. De Interstate 80 leidde naar de 93 en algauw reed hij over een desolate woestijnweg waar geen verkeer passeerde.

Op een uur rijden van Ely voelde hij iets bewegen in de laadbak en hij ging gauw de berm in en parkeerde daar. Uit het dashboardkastje haalde hij een zaklantaarn en hij stapte uit. Hij controleerde de banden en keek onder de truck, maar alles leek normaal. Toen hij weer ging staan, zag hij het strak over de laadbak gespannen canvas dekzeil bewegen. Hij maakte een van de hoeken bij de achterklep los en trof twee jongens aan die plat op hun rug lagen, met zijn spullen om hen heen.

'Wat doen jullie hierachter?' zei hij geschrokken.

'Niks,' zei een van de jongens.

'Eruit komen, allebei. Nu,' zei meneer Reese, en hij maakte nog drie haakjes los en sloeg het canvas terug. De jongens gingen in de laadbak staan en sprongen toen omlaag, de berm in. De grotere van de twee had een hond in zijn armen, een middelgroot zwart vuilnisbakje, en zette die op de grond. Er hing een slipketting om zijn hals die met een touw aan de riem van de jongen vastzat. Het vuilnisbakje ging in het stof zitten en begon aan zijn rechterpoot te likken.

Meneer Reese scheen met de zaklantaarn over ze heen. De grotere van de twee was zo te zien tegen de twintig en lang en zwaar. De andere jongen zag er jonger uit, hij was mager en zelfs in dit zwakke licht zag hij eruit alsof hij bloedarmoede had, zijn gezicht was ingevallen. Ze hadden allebei vlassige baardjes en droegen afgeknipte spijkerbroeken en zwarte T-shirts. Meneer Reese keek in de laadbak van de truck en zag twee rugzakken liggen met slaapzakken eraan vast.

'Waar willen jullie heen met z'n tweeën?'

'Mexico,' zei de grotere van de twee.

'Waar in Mexico?'

'Los Mochis.'

Meneer Reese schudde zijn hoofd. 'Hoe wisten jullie welke kant ik op ging?'

'Wisten we niet. We waren het wachten gewoon zat.'

'Weten jullie niet dat jullie wel neergeschoten kunnen worden als jullie dit soort fratsen uithalen?'

Ze keken hem alleen maar aan.

'Hoeveel water hebben jullie bij je?'

'Een liter of anderhalf,' zei de grotere.

Meneer Reese schudde opnieuw zijn hoofd. 'Het schijnt morgen zevenendertig graden te worden en er is hier verder niks. Geen schaduw te bekennen. Hebben jullie daar bij stilgestaan?'

De twee hielden hun mond.

Meneer Reese zweeg even en schopte toen in de grond. 'Het lijkt me niet dat jullie zo laat nog een lift kunnen krijgen en ik heb geen idee of 't morgen wel lukt, dus ik zal jullie meenemen tot Ely en dan stappen jullie uit. Oké?'

De twee knikten.

'Ga maar in de laadbak liggen zoals jullie lagen, dan doe ik het canvas terug.'

De grotere greep de hondenriem en rukte de hond aan zijn nek van de grond, keelde hem bijna toen hij hem in zijn armen tilde. De kleinere jongen klom in de laadbak, nam de hond aan, en toen klom de grotere jongen er ook in. Ze gingen allebei plat op hun rug liggen en meneer Reese haakte het canvas vast en ging de weg weer op.

In Ely parkeerde hij bij restaurant Silver State en maakte het canvas dekzeil los. De kleinere jongen sprong als eerste naar beneden en de grotere reikte hem hun rugzakken en de hond aan. Meneer Reese bekeek de spullen die hij achterin had liggen, wierp een vluchtige blik in de koelbox en toen hij zich ervan had overtuigd dat er niets was gestolen trok hij het canvas weer over de laadbak.

Het was na middernacht. De twee jongens keken om zich heen. De kleinere van de twee zei met stotterende stem: 'Wa... wa... wat is de dichtstbijzijnde sta... sta... stad?'

'Er is hier niet veel in de buurt,' zei meneer Reese, en hij zette zijn bril af en maakte die met zijn overhemd schoon. 'Je bent hier een behoorlijk eind van alles vandaan. Maar als jullie naar het zuiden gaan, zou ik zeggen Las Vegas. Dat is hier een uur of drie, vier vandaan, al naargelang.'

'Is... is... is het in La... Las Vegas ook zo heet?'

'Om deze tijd van het jaar is het in deze hele streek heet. En dat blijft 't ook nog wel even.' Meneer Reese keek naar de hond, die naast de grotere jongen stond. Er zat prut in zijn ogen, hij steunde niet op zijn linkervoorpoot en zelfs in het donker kon hij zijn ribben zien. Hij keek weer naar de jongens. 'Hebben jullie honger?'

Ze keken elkaar vluchtig aan en knikten.

Meneer Reese wees naar de voordeur van het restaurant. 'Ik trakteer jullie wel op wat te bikken, als jullie willen.'

De oudere van de twee bond de hond vast aan een fietsenrek bij de ingang en ze gingen naar binnen. Het restaurant was uitgestorven, afgezien van een dikke serveerster van middelbare leeftijd die hen naar een rechthoekig tafeltje in het midden van de ruimte leidde. De jongens zetten hun rugzakken tegen de rand van het tafeltje en gingen tegenover meneer Reese zitten. Onder het tl-licht zagen ze er nog beroerder uit. Hun kleren waren vuil en tot op de draad versleten en hun haar was slordig geknipt, op sommige plekken lang, op andere kort. Ze hadden allebei jeugdpuistjes, waarvan er sommige rood waren en op barsten stonden en op andere korstjes zaten. Ze stonken. De kleinere van de twee beet op zijn nagels en zat voorovergebogen toen de serveerster water en menukaarten kwam brengen. Ze bestelden allebei het kalkoenmenu met cola. Meneer Reese bestelde een cheeseburger en een kop koffie.

'En, hoe heten jullie?' vroeg hij toen de serveerster weg was.

'Mensen noemen me Captain, en hij heet Bob,' zei de grotere van de twee.

'Waarom zijn jullie niet op school?'

Ze haalden allebei hun schouders op.

'Hoe heet jullie hond?'

'N... N...' probeerde Bob.

'Knife,' zei Captain.

'Wat is er met zijn poot?'

'Heeft hij ergens aan opengehaald.'

'En met zijn ogen?'

Ze haalden opnieuw allebei hun schouders op en de serveerster kwam terug met hun drankjes. Bob keek meneer Reese aan. 'Er... er komen wor... wormen uit zijn reet.'

'Hij ligt zich de hele nacht alleen maar te krabben,' zei Captain, en hij nam een slok van zijn frisdrank.

Meneer Reese deed suiker in zijn koffie. 'Hebben jullie enig idee hoe erg jullie stinken? Je kunt bij tankstations douchen. Ze hebben douches en je kunt er je was doen, bij de meeste.'

De jongens keken elkaar aan en glimlachten.

Meneer Reese nam een slok koffie. 'Waarom gaan jullie naar Mexico?'

'Wat kan jou dat schelen?' zei Captain.

'Ik ben voornamelijk nieuwsgierig, eigenlijk,' zei meneer Reese. 'Ik probeer het gewoon te begrijpen. Ik heb jullie tenslotte een lift gegeven, jullie niet aan je lot overgelaten, de politie niet gebeld en ik trakteer op het eten. Het minste wat jullie kunnen doen is een paar vragen beantwoorden, dacht ik zo.'

'We... we... we kennen daar wat mensen. We kunnen op het strand gaan wonen,' zei Bob, en hij begon weer op zijn nagels te bijten.

'Maar het is toch een uur of negen, tien rijden naar Los Mochis vanaf de grens?'

Ze haalden hun schouders op.

'Weten jullie dat niet?'

Ze zeiden geen van beiden iets.

'Wat voor soort werk kunnen jullie daar krijgen?'

'We gaan er niet heen om te werken,' zei Captain.

'Hoe kom je dan aan je eten?'

'Je hoeft niet te werken om aan eten te komen,' zei hij spottend, en vervolgens stond hij op van het tafeltje en liep naar de wc's. Bob hield zijn hoofd omlaag en nam het ene slokje na het andere tot hij zijn frisdrank ophad.

'Hoe kom je aan al die tatoeages?' vroeg meneer Reese.

'O... op een heleboel ver... verschillende plekken la... laten zetten,' zei hij. Op zijn linkerhand zat een zwart pistool met drie grove kruisjes eromheen. Op zijn rechter- vier kruisjes en een rood-met-zwarte kardinaalvogel die de enige professionele tatoeage leek te zijn. Op zijn pols zat een rudimentair kruis met daarboven de tekst R.I.P. JO 23-9-15.

'Verstaan jullie Spaans?'

Bob schudde zijn hoofd.

'En die vriend van jullie?'

Hij haalde zijn schouders op.

'Ze spreken alleen maar Spaans in Mexico en ze hebben er ander geld.'

'Ander géld?'

Meneer Reese knikte. 'Ze gebruiken de peso. Hoe oud ben jij?'

'Zè... zè... zestien.'

Op dat moment kwam de serveerster, ze zette het eten neer en Bob begon te eten. Ze schonk zijn frisdrank bij en Captain kwam uit de wc's en ging weer zitten.

'Heeft ze er alweer een voor je ingeschonken?' vroeg hij.

Bob knikte en Captain pakte zijn glas, dronk het in één teug leeg en begon te eten.

Meneer Reese keek toe hoe de jongens aten. 'Ik weet wel dat jullie niet met een oude man willen praten, maar gewoon uit nieuwsgierigheid: wat voor plannen hebben jullie voor je toekomst?'

Ze keken hem aan maar gaven geen antwoord.

'Willen jullie later geen eigen plekje hebben om te wonen? Een auto kopen, je eigen geld hebben, op een dag een gezin stichten?'

De jongens keken elkaar aan, glimlachten opnieuw, maar zeiden niets. Ze aten gewoon door. Bob at de helft van zijn bord leeg en schoof het van zich af, dus trok Captain het naar zich toe, schraapte de rest op zijn bord en begon dat ook op te eten. De serveerster kwam allebei hun glazen bijvullen.

'Maken jullie ouders zich geen zorgen om jullie?'

Captain schudde zijn hoofd.

'Mijn... moeder maakt zich zorgen,' zei Bob.

'Maar zijn moeder is zo dik dat ze niet eens uit bed kan komen. Ze is zo vet dat ze daar vastzit. Mensen moeten haar komen helpen om naar de plee te kunnen.'

Bob knikte timide en de serveerster legde de rekening op het tafeltje. Captain vroeg om nog een glas frisdrank, de serveerster kwam terug met een vol glas en meneer Reese betaalde. Toen Captain zijn drankje ophad, vertrokken ze. Meneer Reese liep achter de jongens aan naar buiten en keek toe hoe ze hun rugzakken om deden.

'Ik heb een voorstel,' zei hij, en hij haalde zijn portefeuille tevoorschijn. 'Ik wil voor vijftig dollar jullie hond kopen.' Hij hield het geld op zodat ze het konden zien. 'Hij is er belabberd aan toe, dat moet jullie zijn opgevallen. Hij kan niet op zijn rechterpoot staan en zijn ogen zijn ontstoken. Hij weegt te weinig en jij zei dat hij wormen heeft. En jullie zullen hem de grens niet over kunnen krijgen. Dat zullen ze waarschijnlijk niet goedvinden. En zelfs al lukt dat wel, dan zal het nog moeilijker zijn om een lift te krijgen met een hond. Mijn vrouw en ik wonen op een ranch. Hij zal een goed leven hebben bij mij.'

Captain keek meneer Reese aan. 'Als je die koelbox er nou ook eens bij doet.'

'Dat zal niet gaan,' zei hij. 'Nee, vijftig is wat ik te besteden heb. Vijftig, dat is mijn bod.'

Captain keek niet naar Bob of de hond. Hij knikte alleen. Meneer Reese gaf hem het geld, en Bob maakte de hondenriem los van zijn riem en gaf die aan de oude man. 'En als u ons eens een lift naar Las Vegas gaf dan?'

'Gaat ook niet,' zei meneer Reese. 'Die kant ga ik niet op.'

Captain schudde zijn hoofd en de twee begonnen zonder iets te zeggen weg te lopen.

14

Horace ging voor het El Maida Shrine Auditorium zitten. Zelfs nu hij zich had gedoucht en omgekleed, zweette hij nog steeds in de avondhitte. Zijn gezicht was opgezet, zijn neus gebroken en hij had twee blauwe ogen. Ruiz had gezegd dat het geen erge breuk was, niet erg genoeg voor een bezoekje aan de eerste hulp, maar hij bloedde nog steeds en het wilde maar niet ophouden.

El Paso leek zich in Horace' ogen oneindig uit te strekken terwijl hij uitkeek over de lichtjes van de stad. Hij was toen ze hierheen reden zo zenuwachtig geweest dat hij zich niets meer kon herinneren van de aankomst en van de delen van de stad die hij had gezien.

Gejuich klonk op vanuit de hal, auto's reden af en aan op het parkeerterrein en uiteindelijk, na een half uur wachten, verscheen er in de verte een taxi en hij liep er zwaaiend met zijn handen naartoe.

*

Toen hij was thuisgekomen uit Salt Lake City, had Horace Ruiz medegedeeld dat hij prof wilde worden. Hij had gezegd dat hij wist dat hij nog verbeterpunten had, maar dat hij zeker wist dat als hij rustig begon, met een paar makkelijke partijen, het dan niet lang zou duren voordat hij klaar was voor een echte tegenstander. Ruiz zat op een oranje plastic stoel in het steegje bij de achterdeur van de sportschool op nicotinekauwgum te kauwen en op zijn telefoon te kijken terwijl Horace praatte.

'Ik weet het niet zo zeker met dat prof worden van jou,' zei hij, terwijl hij naar zijn telefoon bleef staren. 'Volgens mij is het niet zo'n goed idee, maar ik zal kijken wat ik kan doen.' En daarmee was het gesprek afgelopen geweest.

Het was bijna zes weken later toen hij Horace na een sessie apart nam. 'Ik ben bang dat de enige manier waarop ik je aan een gevecht kan helpen je geld gaat kosten.'

'Me geld gaat kosten?'

Ruiz knikte. 'Ik kan volgende week een gevecht voor je regelen, een partij over vier ronden tegen een knul uit Mexico. Zijn tegenstander is net gesnapt met een valse verblijfsvergunning en het land uit gezet. Ze belden gisteren of ik iemand wist. Ik kan dat gevecht waarschijnlijk wel voor je regelen, maar dat zal je driehonderdvijftig dollar kosten.'

'Hoeveel krijg ik als ik win?'

'Niks. Zo werkt het gewoon, tegenwoordig. Je doet het om een voet tussen de deur te krijgen. Je doet het zodat je de volgende keer wel betaald krijgt. Zo gaat dat in het moderne boksen.'

Horace schudde zijn hoofd. 'Dus het gaat me driehonderdvijftig dollar kosten, of ik nou win of verlies?'

Ruiz knikte. Hij zag er moe en opgezwollen uit en had vlekken op zijn overhemd. Hij hoestte. 'Ik heb je al zo vaak gezegd dat je iemand anders moest zoeken. Ik ben geen promotor. Luister, ik help je wel met je onkosten, benzine en eten en zo. Maar je zult die driehonderdvijftig dollar vooraf moeten betalen. Een beste deal is het niet, dus jij mag het zeggen.'

Horace kwam de avond daarop terug met het geld. De sportschool was leeg, op twee middelbare vrouwen in identieke sportleggings na die naast elkaar stonden en tegen de boksballen probeerden te slaan. Hij reikte Ruiz de contanten aan en Ruiz stopte het geld in de zak van zijn korte broek.

'En wie is die gast waar ik tegen ga boksen?'

'Edgar Samaniego,' zei Ruiz. 'Heeft al zijn zeven partijen gewonnen, een straatjoch uit Oaxaca. Er wordt gezegd dat hij een grote toekomst tegemoet gaat. Ze zeggen dat hij snel is, een goeie kin heeft en een echte straatvechter is, maar dat zeggen ze over elk joch uit Mexico. Hij heeft nog nooit een partij over zes ronden gebokst en nog nooit tegen een goeie tegenstander gestaan.'

'Over hoeveel ronden is deze partij ook weer?'

'Vier.'

'Denk je dat ik een kans maak?'

'Je hebt wel een verdomd harde stoot over je. Hij gaat nog een harde dobber aan El Paso krijgen, dat is zeker.'

'El Paso?'

'Daar wordt het gevecht gehouden.'

'Hoe moeten we daar dan komen?' zei Horace, die zich zorgen begon te maken.

'Ik rij je er wel heen. Ik moet daar toch een bankstel ophalen. We kunnen logeren bij Russell, een vriend van me.'

'Ik ben nog nooit in Texas geweest.'

'Texas is maar een streep in het zand. En als je eenmaal klappen krijgt, is het sowieso overal hetzelfde.'

*

Horace werd de vijf dagen daarop elke ochtend om vijf uur wakker. Hij ging hardlopen, deed zijn sit-ups en push-ups. Hij sprong touwtje, werkte voor de spiegel aan zijn combinaties en deed na zijn werk zijn avondsessies met Ruiz. Maar er was niet genoeg tijd om fatsoenlijk te trainen en hij had de laatste tijd gezondigd. Hij had bij McDonald's en Kentucky Fried Chicken gegeten en er lag een half leeggegeten bak *chocolate chip*-ijs in de vriezer. En, wat het ergste was, hij had frisdrank gedronken, elke dag, soms wel vier flesjes cola tussen de lunch en het avondeten.

Eerlijk gezegd was hij lui geweest. Hij was sinds hij terug was uit Salt Lake City niet vooruitgegaan. Hij was niet zo met zijn sport bezig geweest als had gemoeten, zoals hij tegen meneer Reese had gezegd dat hij ermee bezig zou zijn en nu zou hij daar de tol voor betalen.

Toen het eenmaal zaterdagochtend was liep hij naar het huis van Ruiz, uitgeput. Hij had zich zo'n zorgen gemaakt dat hij te laat zou komen dat hij niet had kunnen slapen. Hij was er een uur voor de afgesproken tijd en wachtte onder de carport. Om acht uur klopte hij op de voordeur en kwam hij erachter dat Ruiz zoek was. Hij was afgelopen nacht niet thuisgekomen. Twee uur later kwam hij eindelijk aanrijden. Zijn vrouw stond op de oprit in het Spaans tegen hem te schreeuwen.

'*Eres un borracho!*'

'Godverdomme,' riep hij uit. 'Ik ben net thuis.'

'*¿No podrías incluso llámarme por teléfono?*'

'Heb ik geprobeerd,' mompelde hij, en hij ging naar binnen.

Horace ging op de bank zitten en keek toe hoe Ruiz' zoons computerspelletjes speelden op de tv terwijl Ruiz en zijn vrouw verder ruzieden. Zij krijste in het Spaans en hij brulde in het Engels terug. Dat ging zo een tijdje door, tot Ruiz de badkamer in stormde. Daar bleef hij bijna drie kwartier. Toen hij tevoorschijn kwam, ging hij zijn slaapkamer in, pakte een reistas in, en Horace en hij vertrokken.

Ruiz' ogen waren bloeddoorlopen en hij kokhalsde, spuugde uit het raam en liet scheten onder het rijden. Ze zeiden tijdens de hele rit maar heel weinig. Hij maakte een eerste tussenstop bij een In-N-Out Burger en twee uur later nog een bij een Burger King. Beide keren zat hij een hele tijd op de wc.

Ze kwamen nog geen twee uur voor Horace' gevecht aan bij het El Maida Shrine Auditorium. Een groepje oude mannen met Shriners-fezzen op was in een bijzaaltje aan het pingpongen en op het parkeerterrein achter het gebouw was een ander groepje skelters op een truck met open laadbak aan het laden. De skelters waren rood en er stonden namen op de portieren: Fritz, Gary, Dotty, Lloyd en Jerry. De grote zaal was klein, met vijfhonderd zitplaatsen. Werklui klapten rondom de ring stoeltjes uit en Horace keek toe tot Ruiz hem naar een klein vergaderzaaltje leidde om zich om te kleden. Hij ging in de hoek op de vloer liggen, sloot zijn ogen en probeerde het gevecht voor zich te zien. Toen hij ze weer opendeed stond er een groepje mannen aan de andere kant van het zaaltje. Alle boksers waren er, maar maar eentje was zich aan het opwarmen. Een Mexicaan. Hij had kort haar, was netjes geschoren, had een groen trainingspak aan en hij praatte in het Spaans tegen een grijsharige man die stootwanten vasthield. Horace nam aan dat het Edgar Samaniego was.

Ruiz was verdwenen, dus ging Horace naar buiten en deed in zijn eentje bij de vuilcontainers achter het gebouw zijn warming-up. Vervolgens haalde hij een dunne kartonnen doos uit zijn reistas. Hij maakte hem open en haalde er de rode boksbroek met de gouden tailleband en borduursels uit. Hij keek naar het borduurwerk van mevrouw Poulet: 'Hector' in grote schrijfletters voorop, het geborduurde Thompson-machinegeweer op beide pijpen en achterop in cursief 'Hidalgo', met aan weerszijden van de naam een geborduurd Thompson-machinegeweertje. Hij trok de broek aan en wachtte tot Ruiz zijn handen kwam inzwachtelen.

*

De zaal zat halfvol en niemand klapte toen Horace de ring betrad. Hij was zo zenuwachtig en opgewonden dat hij niet kon nadenken. Zijn ogen schoten alle kanten op en hij kon niet stil blijven staan.

'Word verdomme eens rustig en kom hier, Hector,' schreeuwde Ruiz vanuit de hoek. Hij knipte voor Horace' gezicht met zijn vingers. 'Kom op, je moet je focussen nu. Je moet met je kop in de ring blijven. Niet buiten de ring. Je moet je op de eerste ronde concentreren. En ik wil dat je het volgende doet. Luister je?'

'Ik luister,' zei Horace.

'Ik wil dat je er combinaties uit gooit, maar het lijf-aan-lijfgevecht mijdt. Ik wil dat je de boel in de eerste ronde een beetje aftast, voorzichtig bent. Dan zien we daarna wel hoe we ervoor staan. Oké?'

Horace knikte, maar hij was te afgeleid. De toeschouwers zaten te praten en dingen te roepen en er klonk harde muziek over de PA. Het was een chaos in zijn hoofd. Edgar Samaniego kwam de ring in en de scheidsrechter, een lange magere blanke man met blauwe latex handschoenen aan, bracht ze naar elkaar toe. En toen hij dat deed, hield alles op. Het werd muisstil, en de bel klonk.

Samaniego kwam zijn hoek uit stormen. Hij was nog sneller dan Moffin en plaatste in de eerste minuut de ene rake stoot na de andere. Het lukte Horace nauwelijks een klap uit te delen. Maar er zat geen kracht achter Samaniego's stoten en hij was ook niet zo'n harde als ze zeiden, want tegen het eind van de eerste ronde raakte Horace hem met een stoot op het lichaam waar hij last van had en die liet hij volgen door een rechtse hoek waardoor Samaniego's gebitsbeschermer uit zijn mond vloog. Samaniego overleefde de eerste ronde, maar zijn zelfvertrouwen had een deuk opgelopen.

In de tweede zette Samaniego Horace met een reeks combinaties onder druk en Horace verkrampte tegen de touwen zoals altijd. Hij kreeg een aframmeling. Stoot na stoot kwam ongehinderd door en zijn neus werd platgeslagen, zijn ogen begonnen op te zwellen en zijn lippen bloedden. Al Samaniego's stoten waren voltreffers en hij leek nauwelijks vermoeid te raken.

Maar te midden van die gekte begon Horace op de een of andere manier helder te denken. Hij merkte dat hij de afstraffing zonder angst incasseerde. De verkramping zakte af en hij kreeg eindelijk de controle over zijn lichaam terug. Hij bewoog naar het midden van de ring, Samaniego volgde, en aan het eind van de ronde raakte Horace hem met een linkse hoek.

In de derde kwam Samaniego uit de startblokken met een reeks combinatiestoten, waarvan er één Horace' rechteroog raakte en het zicht erin volkomen wazig maakte. Hij kon alleen nog strepen licht en donker onderscheiden en het oog traande onophoudelijk. Maar hij ging naar het midden van de ring en wist één combinatie op Samaniego's lichaam te plaatsen waar zo'n kracht achter zat dat Samaniego op zijn knieën viel, en toen was het afgelopen met het joch uit Oaxaca. Hij kon niet overeind komen. Er was nog een minuut te gaan in de derde ronde toen de scheidsrechter een eind aan het gevecht maakte.

Hector Hidalgo, overwinning door K.O.

*

In de keuken van het Shriners was een wc-ruimte en Horace ging op het toilet zitten, terwijl er een constante stroom bloed uit zijn gebroken neus liep. De huid rond zijn ogen was aan het zwellen en blauw aan het worden. Hij hield een handdoek onder zijn neus terwijl Ruiz die zette en vervolgens gaasjes in zijn neusgaten propte. Hij zei tegen Horace dat hij zijn hoofd naar achteren moest houden tot het ophield met bloeden en liep weg om naar het volgende gevecht te kijken. Horace bleef twintig minuten zo zitten en ging toen douchen. Zijn hele gezicht deed pijn, net als zijn zij, waar Samaniego hem met tientallen voltreffers had geraakt. Zelfs in zo'n korte partij had hij een hoop klappen geïncasseerd. Hij was door tien keer zo veel klappen geraakt als hij had uitgedeeld. Hij bleef voor zijn gevoel een uur onder de douche staan. Hij kleedde zich in de hoek van de ruimte aan, bijna in het pikkedonker, en toen kwamen Ruiz en een Mexicaanse man met een cowboyhoed op binnen. Ze zagen hem niet. De man met de cowboyhoed haalde een envelop uit zijn jaszak en gaf die aan Ruiz. Ruiz maakte hem open, haalde het geld eruit, telde het na, stopte het in zijn portefeuille, en ze gaven elkaar een hand en vertrokken.

Horace kon niet geloven wat hij had gezien. Hij pakte zijn sporttas verder in en liep naar het auditorium, waar hij Ruiz aantrof, die aan de bar zat te drinken en in het Spaans praatte met een oude man met een gehavend gezicht en een bruin pak aan.

'Heb je geld voor eten nodig, Hector?' Ruiz dronk van zijn rum-cola.

Horace schudde zijn hoofd.

'Je mag wel een paar van mijn uienringen hebben, als je wilt. Kun je kauwen?'

'Ik kan kauwen,' zei Horace.

Ruiz ging staan, dronk en sloeg zijn arm om hem heen. 'Je hebt het goed gedaan vanavond. Ik zei toch dat die klootzak uit Oaxaca een aframmeling zou krijgen? Hoe gaat het met je neus?'

'Gaat wel,' zei hij.

Ruiz inspecteerde hem. 'Ziet er beroerd uit, maar niet erger dan een uur geleden. Dat komt wel goed, denk ik. Je eerste profgevecht, je eerste gebroken neus, je eerste winstpartij. 't Was me het avondje wel. We gaan straks na het laatste gevecht met deze ouwe man mee. Russell. Je had hem vroeger moeten zien. Zo snel als een cobra en zo vals als een das. We kunnen in zijn trailer overnachten.'

Horace knikte.

Ruiz dronk zijn glas leeg en glimlachte. 'Waarom kijk je zo verdomde verdrietig? Je hebt net een joch verslagen dat zeven profpartijen heeft gebokst, een joch van wie mensen zeggen dat het wel eens wat kan worden met 'm. Je bent een ongeslagen profbokser.'

'Mijn hoofd en mijn neus doen gewoon pijn, denk ik,' zei Horace. Hij kon Ruiz niet eens aankijken.

'Die klootzak uit Oaxaca heeft je behoorlijk vaak geraakt. Je bent het type bokser dat een hoop gaat incasseren. Daar hadden Russell en ik het net nog over. Maar mensen zijn dol op straatvechters. Ze zijn dol op straatvechters, of niet dan Russell?'

De oude man knikte vaagjes.

Horace keek de zaal rond en zei zonder er goed over na te denken: 'Ik wilde je even laten weten dat ik zelf mijn rit naar huis regel.'

'Zelf je rit naar huis regelt?' zei Ruiz.

'Ik heb hier vrienden wonen. Is dat oké?'

'Doe maar wat je doen moet.' Ruiz haalde zijn portefeuille tevoorschijn. Hij haalde er tweehonderd dollar uit. 'Dit is voor je onkosten. Ik vertrek morgenmiddag pas. Dan moet ik dat bankstel bij mijn schoonzus ophalen. Bel maar als je van gedachten verandert. En een beetje vrolijker, oké? Je hebt het goed gedaan vanavond.'

Horace knikte zwakjes en stopte het geld in zijn zak en liep naar de andere kant van het auditorium om naar het volgende gevecht te kijken. Hij probeerde het beeld van Ruiz die geld aannam van die Mexicaanse man uit zijn hoofd te krijgen, maar dat lukte niet. Misschien vergiste hij zich in wat hij gezien had, maar hij dacht van niet. Ruiz had geld voor zijn gevecht ontvangen, want anders had Ruiz nooit zo makkelijk tweehonderd dollar weggegeven. Ruiz had tegen hem gelogen. Ruiz had geld voor het gevecht gekregen en hem belazerd. De hoofdpartij begon en Horace keek vanaf de rand van de zaal toe. Maar hoe langer hij daar stond des te somberder hij werd, dus vertrok hij.

*

Toen de taxi hem bij het Greyhound-station in het centrum van El Paso afzette, waren de deuren op slot en de lichten uit. Wat moest hij nu? En waarom had hij tegen Ruiz gezegd dat hij alleen naar huis zou gaan? Waarom had hij nou niet eens voor één keer zijn hersens gebruikt? Zelfs al had Ruiz zijn geld ingepikt, dan had hij toch op z'n minst gratis een lift en onderdak kunnen krijgen, of niet? Nu had hij helemaal niets.

Hij liep over het trottoir. Hij kwam bij een karaokebar en kon mensen binnen horen zingen. Hij liep drie straten verder en zag in de verte een Church's Chicken die open was. In de wc's controleerde hij of zijn neus nog bloedde en stopte een handjevol toiletpapier in zijn zak. Hij bestelde een extra large cola, twee broodjes kip met kaas, een portie macaroni met kaas, een portie aardappelpuree met jus, een portie friet en twee appeltaartjes. Hij ging aan een tafeltje zitten en at de macaroni met kaas, de frietjes en één van de broodjes op. Hij deed eindeloos over zijn cola, tot een vrouw van middelbare leeftijd in een Church's-uniform tegen hem en twee mannen aan de andere kant van het restaurant zei dat ze gingen sluiten.

Hij liep nog een uur – straat na straat aan gesloten winkels –

en at een van de appeltaartjes op. Hij kwam langs een kledingwinkel die Los Dos Hermanos heette en een andere die Sexy Jeans heette. Hij passeerde een schoenenwinkel, een meubelzaak en een leegstaand gebouw. Onder de overkapping van een Dollar Tree-winkel zag hij een man op een slaapzak zitten. Naast hem lag een dikke vrouw te slapen. De vrouw had een witte blouse aan en een rode joggingbroek die ze bij de knieën had afgeknipt. Er zat loopgips om haar rechtervoet. De man dronk uit een halveliterfles bier en zat tegen de muur van het gebouw geleund.

'Waar loop jij zo haastig naartoe?' vroeg de man. Het was een indiaan, zwaargebouwd en met kort zwart haar. Hij had een blauwe joggingbroek en een T-shirt van de Dallas Cowboys aan en een rode bandana om zijn hals gewikkeld. Hij had geen tanden.

'Ik wacht tot het busstation opengaat,' zei Horace.

'Dat is tot zes uur dicht,' zei de man. 'Hoe laat heb jij het nu?'

Horace keek op zijn telefoon. 'Het is één uur.'

'Dan heb je vijf lange uren voor de boeg, man… Je bent geen Mexicaan, hè?'

'Nee,' zei Horace.

'Waar kom je vandaan?'

'Nevada.'

'Wat ben je dan, een fucking Paiute of zo?' zei de man, en hij lachte.

Horace knikte.

'Waarom kleed je je dan als een bonenvreter?'

'Hoe moet ik me dan kleden?'

'Da's een goeie vraag. Je bent behoorlijk slim jij, voor een Paiute.'

'Wat ben jij?'

'Wat kan jou dat schelen? Ben je een smeris of zo?'

‘Ik ben geen smeris,’ zei Horace.

‘Ik maak maar een geintje, bro. Ik ben ook een Paiute. We zijn broeders. Wat is er met jou gebeurd? Heb je gevochten?’

‘Ik ben bokser. Ik heb vanavond een partij gehad bij de Shriners.’

‘De Shriners? Die gasten met die kleine hoedjes?’

Horace knikte.

De man lachte. ‘Heb je gewonnen?’

Horace knikte.

‘Wil je wat drinken om het te vieren?’

‘Nee,’ zei Horace. ‘Ik drink niet.’

‘Da’s mooi, want aangezien je een Paiute bent, zou je waarschijnlijk in één keer het hele flesje leegdrinken en op de bodem spugen.’ Hij lachte, zuchtte toen en nam een slok uit het flesje. ‘Indianen zijn altijd de beste boksers geweest. Altijd. Ken je Henry Armstrong? Die klootzak was nog eens een bokser.’

‘Maar het was geen Paiute.’

‘Hoe weet jij dat nou, verdomme?’ zei de man, plotseling met donderende stem. ‘Zat jij te kijken toen zijn moeder avond aan avond van bil ging? Iedereen weet dat de enige indiaan die goed is tussen de lakens een Paiute is. Hebben ze je dan helemaal niks geleerd op school?’

Horace lachte en door dat lachen gingen er pijnscheuten door zijn gezicht en zijn neus en hij slaakte een zacht kreetje.

‘Doet ’t erg pijn?’

‘Een beetje,’ zei Horace.

‘En wat dacht je van Ernie Lopez?’

‘Wie?’

‘Ken je Ernie Lopez niet?’

Horace schudde zijn hoofd. ‘Ik heb wel gehoord van Dánny Lopez.’

‘Ernie was zijn broer. Ze noemden hem “Red Indian”. Ze zeiden dat 't een Ute was, maar dan moet er op een nacht bijna wel een Paiute over het hek zijn gesprongen toen de echtgenoot ergens aan stierenballen zat te likken, zoals alle Utes doen. Nee, reken maar dat het een Paiute was. Ik kan in de eerste dertig seconden dat ik iemand tegenkom zien of diegene het wel of niet is. En ik heb hem vier keer zien boksen en hij bokste als een Paiute.'

'Was het een goeie bokser?'

'Ze zeggen dat als Nápoles er niet was geweest, hij wereldkampioen was geworden. Zo goed was-ie. Zijn broer, Danny "Little Red", is wel wereldkampioen geweest. Maar ik vond "Indian Red" beter. Het was een Paiute met rood haar en sproeten. Een gringo-indiaan. Een indiaan die zonnecrème nodig had.' Hij lachte en nam nog een slok uit de fles.

'Maar die Mexicaanse gast heeft hem dus verslagen?'

'Nee, Nápoles was een Cubaan. Je weet waarschijnlijk niet eens waar Cuba ligt!'

'Dat is een eiland bij Florida,' zei Horace. 'Maar wat is er van Lopez geworden?'

'Hij heeft twee keer tegen Nápoles gebokst, beide keren verloren en daarna is-ie doorgedraaid. Volgens mij heeft hij nog drie partijen gebokst maar ze allemaal verloren.' De dikke vrouw naast hem begon te praten in haar slaap. De man legde zijn hand op haar been en wreef eroverheen.

'Waarom is-ie doorgedraaid?'

'Wie?'

'Ernie Lopez,' zei Horace.

'Weet ik niet. Misschien raakten Indian Red's hersens wel gehusseld. Sufgeslagen, misschien. Boksers worden altijd knetter, of meestal in elk geval. Misschien kon hij niet tegen verliezen. Dat kunnen de meeste mensen niet. Maar wat er ook is gebeurd, Lopez redde het niet na zijn tweede verliespartij tegen Nápoles.

Toen smeerde zijn vrouw 'm. En daarna ging de hele boel bergafwaarts. Maar zo gaat het altijd. Als je zinkt, verlaten mensen het schip. De meesten nemen niet eens afscheid.'

'Wat is er daarna met hem gebeurd?'

'Met wie?'

'Ernie Lopez.'

'Hij is een zwerver geworden. Hij gaf alles op en werd een landloper. In goederentreinen meerijden, al dat soort shit. Hoe heet je eigenlijk?'

'Horace. Horace Hopper.'

De man lachte een hele tijd. 'Mooie Paiute-naam is dat. Wat is Horace nou voor naam?'

'Weet ik niet. De opa van mijn moeder heette Horace.'

'Wat was-ie dan, een zeekapitein of zo?'

'Ik weet niet wat hij was.'

De man keek naar de slapende vrouw. Ze draaide zich op haar zij. Ze had een tatoeage van een slang met een rode bloem in zijn bek op haar kuit. Haar grote rechterborst glipte uit haar blouse en de man nam die in zijn hand, duwde hem terug en legde een deken over haar heen. Naast haar lag een groenleren handtasje. Hij haalde er een pakje sigaretten en een aansteker uit.

'Is dat je vrouw?'

Hij schudde zijn hoofd en stak een sigaret op. 'Jezus nee, ik ben al vaak genoeg getrouwd geweest.' Hij blies de rook uit en glimlachte. 'Maar we zijn al een jaar of zeven, acht bij elkaar. Ik geloof dat je in de meeste staten zou zeggen dat we getrouwd waren. Maar ik ben nooit gescheiden van mijn laatste vrouw, dus misschien ook niet. In sommige staten zou je denk ik zeggen dat ik een bigamist ben, maar in de meeste staten zou je volgens mij kunnen zeggen dat ik gewoon de lul ben.' Hij lachte weer.

'Hoe vaak ben je getrouwd geweest?'
'Twee keer.'
'Hoe heet je?'
'Billy Malachowski.'
Horace lachte.
'Wat sta je nou te lachen?'
'Da's ook niet echt een Paiute-naam.'
'Mijn opa was een Pool. Dat was ik vergeten,' grijnsde Billy. 'Mijn vader was Iers, Mexicaans en Pools, maar mijn moeder was een Paiute. Voor de volle honderd procent, als zoiets al bestaat. Wat heb je in die zak?'
'Church's Chicken,' zei Horace. 'Wil jij wat?'
'Ga zitten.'
Horace ging tegenover hem zitten. Er stonden twee *hardcase* koffers naast hen en een paar nieuwe basketbalschoenen naast Billy's arm. Horace haalde het broodje kip uit de zak en gaf het aan Billy, die het bakje openmaakte, ernaar keek en het naast de vrouw neerzette. 'Dat kan ik niet eten omdat ik geen tanden heb. Wat heb je nog meer?'
'Appeltaart.'
'Geef die maar.' Hij legde de brandende sigaret naast zich op het beton en pakte het appeltaartje aan.
'Heb je altijd in El Paso gewoond?'
Billy schudde zijn hoofd. 'Echt niet. Ik kom uit Los Angeles. Ik heb daar een hele tijd een goeie baan gehad. Ik had een auto van de zaak en een onkostenrekening. Ik woonde in Oxnard, in een huis met drie slaapkamers dat als het nog van mijn ex is, inmiddels waarschijnlijk vijf ton waard is. Ben je wel eens in Oxnard geweest?'
'Nee,' zei Horace.
Billy had zijn appeltaart op en stopte de sigaret weer in zijn mond. 'Is geen gekke plek. Ik was vertegenwoordiger bij een

groothandel in auto-onderdelen. Ging per dag bij twintig winkels langs. En maar rijden en praten. Ik had vijf gasten onder me werken. Heb ik veertien jaar gedaan. Ik kreeg goed betaald, maar we voelden allemaal aankomen dat het bedrijf het niet ging redden. Onze dagen waren geteld. En in diezelfde tijd kon ik merken dat mijn vrouw genoeg van me begon te krijgen. Waarom weet ik niet precies, maar het was zo. Ik heb haar nooit bedrogen, ging nooit uit. Ik dronk maar drie biertjes op een avond. Nooit meer, nooit minder. Maar ik wist diep vanbinnen dat ze niet meer van me hield. Het ging tegelijkertijd mis met vrouw en het werk. Dus op een dag ging ik na mijn werk niet naar huis. Ik reed met de bedrijfsauto helemaal naar het hoofdkantoor in Miami. Weet je waar Miami ligt?'

'In Florida,' zei Horace.

Hij knikte. 'Florida, aan de andere kant van het land. Die auto had dertigduizend op de teller staan toen ik wegreed. Toen ik in Miami aankwam was dat bijna vijfenveertigduizend. Ik liet hem wassen en schoonmaken en liet hem achter op het parkeerterrein van het hoofdkantoor. Ik legde de sleutel onder de mat, belde mijn baas in LA, vertelde hem waar hij stond en dat was dat.'

'En je vrouw dan?'

'Ik heb haar nog een paar keer gebeld maar ik ben nooit teruggegaan.'

'Ben je echt nooit teruggegaan?'

Hij schudde zijn hoofd en nam een slok.

'Wat deed je toen?'

'Van alles, maar eigenlijk ook weer geen reet. Ik heb een paar jaar als barkeeper in een sportkroeg in Vero Beach gewerkt. Nam werk aan als dagloner, als het moest. Ben taxichauffeur geweest.'

'Maar nu werk je niet meer?'

De vrouw begon weer te praten in haar slaap. Hij gaf haar een por en ze deed haar ogen open. 'Ik heb honger, Poppa,' zei ze.

Hij gaf haar het broodje kip aan. Ze bleef op haar zij liggen en begon te eten. Aan de overkant stopte een auto en er stapten twee mannen uit die tegen iemand verderop in de straat begonnen te schreeuwen en vervolgens achter hem aan renden. In de stilte die volgde stak Billy nog een sigaret op. Toen de vrouw de helft van het broodje ophad, legde ze het neer en deed haar ogen dicht.

'Heb je je vrouw ooit nog gezien?'

'Tuurlijk wel. En m'n kinderen ook.'

'Hoeveel kinderen heb je?'

'Drie.' Hij keek in een gele plastic tas aan zijn voet en haalde er nog een flesje bier uit. Hij pakte een opener die aan zijn nek hing en maakte het flesje open.

'Was je vrouw kwaad op je?'

Hij knikte. 'Tuurlijk, een tijdje wel. Maar ze is hertrouwd. Mijn kinderen haten me. Mijn twee dochters maken zich eerder zorgen dan dat ze kwaad zijn, maar mijn zoon heeft een bloedhekel aan me. Hij vindt me een klaploper. En daar heeft-ie gelijk in, dat ben ik ook. Heb ik in elk geval één slim kind.' Hij lachte. 'Mona,' zei hij. 'Mona.'

De vrouw deed haar ogen open en keek hem aan. 'Wat is 'r Poppa?'

'We zitten hier met een Paiute-bokskampioen.'

'Oké, Poppa,' fluisterde ze en ze sloot haar ogen weer. Billy keek even naar haar, wierp een vluchtige blik naar de overkant van de straat en keek Horace toen weer aan.

'Wat heb je nog meer te eten?'

'Aardappelpuree met jus. Die mag je wel hebben, als je wilt.'

'Echt eten,' zei Billy, en hij glimlachte.

Horace haalde het bakje uit de zak, gaf hem een plastic lepel en Billy begon te eten.

‘Hoe kwam je aan een tweede vrouw?’

Billy at het laatste restje van de aardappelpuree op en nam een grote slok bier. ‘Ik werkte in een magazijn. Er werkte daar een Lakota met een hele dikke reet op kantoor. Toen ze erachter kwam dat ik een Paiute was, dook ze erbovenop. Het was een indianengek, alles draaide om indiaan-zijn. We moesten de hele tijd naar Pow Wows. Het was elk fucking weekend wel wat. Ze had een kamergenote, maar die trapte ze eruit. Het was een stevige vrouw, maar ik hou van stevige vrouwen. Ze kon driftig worden. Driftig worden vind ik niet erg, zolang er maar geen klappen vallen of messen bij komen kijken. En ook geen vorken.’ Hij lachte. ‘Ik ben vijf jaar bij haar in Cleveland gebleven, getrouwd. Als ze niet kwaad of humeurig was, had ze een goed gevoel voor humor. Maar ze dronk, en zwaar ook, en uiteindelijk vond ze daardoor Jezus. Ze ging van de drank af en daarna hielden we het niet lang vol. Een jaartje misschien. Er was geen lol meer met haar te beleven, toen. Zonder de drank had ze geen gevoel voor humor. Alleen nog een bek alsof ze een fucking citroen had opgevreten. Dus toen ben ik naar Colorado getrokken, heb ik een baantje genomen als barkeeper in Durango, en verdomd als er toen geen beslag op een deel van mijn loon werd gelegd, omdat die christelijke vrouw van me de termijnen niet kon betalen van haar autolening en een paar creditcards die ze op allebei onze namen had gezet. Ik trok naar Denver en maaide zwart gazons voor een blanke gozer die Sid heette. Daar ben ik een paar jaar gebleven. Ik had de leiding over een ploeg van drie man. Een gozer die daar een tijdje in opdook, Rob, was jarenlang gevangenis in, gevangenis uit gegaan. Hij snoof gas en dacht dat Mexicanen andere ingewanden hadden dan blanke mensen.’ Hij zweeg even, lachte en nam een slok. ‘Ik ging naar een familiebarbecue van hem en daar kwam ik zijn zus tegen, die net uit een afkickkliniek kwam. Die zus is Mona, die hier naast me ligt te slapen. We hebben in Denver gewoond tot haar moeder ziek werd en toen zijn we naar El Paso verhuisd om haar te verzorgen. Toen overleed haar moeder en bleek dat er allerlei belastingcertificaten op haar huis rustten en dat ze een hele zooi mensen allerlei shit schuldig was. Dus toen hebben we al haar spullen in de opslag gedaan, zijn we uit het huis getrokken, hebben haar Chrystler Cordoba uit 1978 gepakt en zijn we naar Houston gereden, waar Mona een kroegbaas kende, en daar heb ik toen achter de bar gestaan. Maar die tent ging failliet. We gingen terug naar El Paso om die spullen uit de opslag te halen toen Mona haar enkel brak toen ze van een stoep stapte. Dat nekte ons. Ze moest geopereerd worden. En ik kon ook geen vaste baan krijgen, omdat mijn gebit helemaal naar de kloten was en mijn gezicht opzwol. Ik zag er nog beroerder uit dan jij. Het was al moeilijk om over straat te lopen, met al die starende mensen. We raakten door het geld dat we hadden heen, ik liet mijn tanden en kiezen trekken en zij moest nog een keer aan haar enkel geopereerd worden. Toen begaf de radiateur van de Cordoba 't. Niks ernstigs, maar ik liet 'm op straat staan en deed er niks aan omdat mijn mond ontstoken raakte en ik aan bed gekluisterd was Toen ik uiteindelijk weer buiten kwam was de auto weg. Ze hadden 'm weggesleept en we konden hem niet terugkrijgen omdat ze duizend dollar wilden hebben en die auto niet eens van ons was. De papieren stonden op naam van haar oma.'

'En wat gaan jullie nu doen?'

'Mijn zus runt een Applebee's in Omaha. Maar ze zit bij de AA en wil niet dat er in haar huis gedronken wordt. Als ik mijn kunstgebit eenmaal heb, over twee dagen, dan vraag ik haar om geld voor twee buskaartjes en verhuizen we daarheen. Ze kan me aan het werk zetten als afwasser en dan klim ik op tot ik achter de bar sta. Ik ben een goeie barkeeper. Ik heb 't altijd goed gedaan, waar ik ook werkte.' Hij nam nog een slok, Mona begon weer te praten in haar slaap en Billy wreef over haar arm tot ze stil werd. 'Wanneer heb je je volgende gevecht?'

'Weet ik niet.'

'Hoe heet je ook weer?'

'Horace Hopper.'

Billy barstte weer in lachen uit. 'Mooie Paiute-naam is dat. Ik zal je in de gaten houden.' Hij dronk zijn bierflesje leeg. 'Nou moet ik gaan pitten. Leuk je ontmoet te hebben en bedankt voor het bikken.'

Horace stond weer op. Hij haalde honderd dollar uit zijn portefeuille en gaf het aan hem.

'Da's een hoop geld,' zei Billy. 'Hou dat zelf maar.'

'Ik heb het niet nodig,' zei Horace.

'Paiutes onder elkaar,' zei Billy, en hij lachte. Hij stopte het geld in de zakken van zijn joggingbroek, schoof naar de vrouw toe en ging liggen.

15

Toen meneer Reese Tonopah in reed, ging zijn telefoon. Het was zijn derde rit in het dorp in vijf dagen en dat allemaal vanwege de tractor. Elke keer als hij wegging bij Napa Auto Parts wist hij zeker dat hij alles had wat hij nodig had, maar telkens als hij terug was op de ranch was er óf weer een ander onderdeel kapot óf kwam hij erachter dat hij weer iets op zijn lijstje was vergeten te zetten.

Het was laat in de middag en meer dan vijfendertig graden, er zat geen airco in de oude truck, er was geen wolkje aan de lucht en er stond geen zuchtje wind. Hij reed naar de kant van de weg en parkeerde voor een dichtgetimmerde, al lang geleden vergeten winkel. De telefoon bleef rinkelen. Hij deed zijn cowboyhoed af, legde die op de zitting naast hem en veegde zijn voorhoofd af met een rode zakdoek die hij altijd in zijn achterzak had zitten. Hij schraapte zijn keel en nam op. 'Ben jij dat, Cassie?'

'Ik hoopte al dat ik je te pakken zou krijgen, pa. Heb ik even mazzel.'

'Volgens mij ben ik de mazzelaar,' zei hij. 'Ik wil dat je weet dat er geen dag voorbijgaat dat ik niet aan je denk.'

'Dat zeg je altijd,' zei ze, en ze lachte.

'Dat komt omdat het waar is,' zei hij, en hij keek door het raampje aan de bestuurderskant naar buiten. Een grote camper die een auto sleepte kwam voorbij, reed de andere kant op. Op de kentekenplaat stond Louisiana. De man achter het stuur had een kleine hond op schoot en de hond had zijn poten op het stuur. Meneer Reese kon op de bijrijdersstoel een vrouw met een zonnebril op onderscheiden, haar blote voeten op het dashboard. 'Ik denk dat ik wel weet ik waar je over belt. Dat waardeer ik, en ma waardeert het ook, op haar manier.'

'Lynnie en ik maken ons allebei weer zorgen om haar.'

De oude man veegde zijn gezicht weer af met de zakdoek. 'Dat spijt me dan. Ik weet dat jullie de laatste tijd allebei moeizame gesprekken met haar hebben gehad, aan de telefoon.'

'Ik vind het heel vervelend om je voor het blok te zetten, pa, maar we denken allebei dat ze achteruitgaat.'

'Dat is vanuit jullie perspectief misschien het geval, maar naar mijn inschatting is ze er zo ongeveer hetzelfde aan toe.' Hij zweeg even en haalde diep adem. 'Wat ik me ben gaan realiseren is dat jullie moeders stemmingswisselingen min of meer een cyclus doorlopen. Ik heb een schrijfblok in mijn werkplaats liggen en daar hou ik de goeie en slechte tijden op bij. We zitten nu gewoon even in een dalletje, da's alles.'

'Ik wist niet dat je het bijhield,' zei ze.

'Het is vooral een poging er wijs uit te worden, denk ik. Ik weet wel dat ze er in de afgelopen dertig jaar al een keer of tien, twaalf zo'n beetje net zo aan toe is geweest in de maand september. Volgens mij stamt mijn eerste aantekening in september uit 1981.'

'Wat naar voor je, pa.'

'Dat hoef je niet naar te vinden,' zei hij. 'Het hoort gewoon bij wie ze is. Het is zwaarder voor haar dan voor ons.'

'Komt ze het huis überhaupt nog uit?'

'Ze geeft de honden, de ezels en de kippen te eten en ze zorgt natuurlijk voor de katten. Maar of ze het dorp in gaat, bedoel je? Of ze onder de mensen komt?'

'Dat bedoel ik, ja.'

'Ik ben een maand geleden met haar naar de huisarts geweest en toen hebben we samen de boodschappen gedaan en in het park geluncht.'

'Echt waar?'

'Min of meer,' zei hij. 'Ik laat het je wel weten als je je zorgen moet gaan maken, maar volgens mij is dat nu nog niet nodig.'

'Oké,' zei ze, en ze zweeg even. 'En je rug?'

'Met mijn rug gaat het prima. Bijna over.'

'Zomaar ineens?'

'Nee, het is geleidelijk gegaan, maar nu gaat 't wel.'

'Ik kan er niks aan doen dat ik me zorgen maak.'

'Weet ik wel.'

'Ik hou van je, pa, maar ik moet het toch zeggen: ma lijkt anders, dit keer... Zelfs aan de telefoon. Ik voel het gewoon.'

'Da's waarschijnlijk wel waar. Je ma is er ongeveer zo aan toe als toen jij het huis uit ging, en daarna Lynn. Maar daar is ze in beide gevallen weer bovenop gekomen en moet je kijken wat er toen gebeurde. We zijn jou op de universiteit komen opzoeken. We zijn Lynn op de universiteit komen opzoeken. We zijn naar de baby's komen kijken. Ze zit nu gewoon even in een dalletje. Ik denk dat 't er veel mee te maken heeft dat Horace is vertrokken.'

'Hoe gaat het met hem?'

'Om eerlijk te zijn weet ik dat niet zo goed.'

'Toen ik laatst wakker werd, 's nachts, moest ik aan mijn oude vriendje denken, aan Roy Gifford.'

De oude man lachte. 'Ik heb in de loop van de jaren ook vaak aan hem gedacht.'

'Het spijt me dat ik niet met hem wilde trouwen, pa.'

'Je bent niet in de wieg gelegd voor het leven op een ranch,' zei hij.

'Misschien niet, nee... Je weet dat ik meer dan wat ook wil dat de ranch blijft bestaan.'

'Weet ik wel.'

'Denk je echt dat Horace terugkomt?'

'Ik weet het wel zeker.'

'Ik hoop het,' zei ze.

'Het is een goeie jongen.'

'Ik ben zo blij dat je hem gevonden hebt, pa.'

Meneer Reese lachte opnieuw. 'Ik ben blij dat hij óns heeft gevonden. Hij heeft ons geholpen de boel draaiende te houden toen wij dat zat begonnen te raken. En hij heeft me een hoop geleerd. En je ma ook. Hij kan je inspireren, dat is één ding wat zeker is. Je had hem tegen je moeder moeten horen praten over dat ze haar eigen kampioen moest worden, dat ze haar eigen boot moest bouwen en het beste uit zichzelf moest halen. Hij heeft aardig wat zelfhulpboeken gelezen, da's zeker.'

Cassie zuchtte. 'Ik denk dat ik me gewoon schuldig voelde toen ik vanochtend wakker werd.'

'Je hoeft je niet schuldig te voelen. Tegen de tijd dat je elf was, wist ik al dat je ooit weg zou gaan.'

'Is dat zo?'

'Yep.'

'Hoe wist je dat dan?'

'Omdat je slim en nieuwsgierig was. En vooral omdat er wereldkaarten aan de muren van je kamer hingen. Dat was een behoorlijk duidelijke hint dat je misschien wel niet je hele leven op een kleine ranch midden in Nevada wilde doorbrengen. En je zus was net zo, weet je nog? Jullie hadden allebei grotere plannen en ik ben alleen maar blij dat jullie hebben gedaan wat jullie wilden doen.'

'En je denkt dus echt dat Horace het van je gaat overnemen?'

'Dat is mijn plan. Hij is nog jong, maar het werk op de ranch zit 'm in het bloed. Dat voel ik. Het is een natuurtalent.'

'Ik hoop dat je gelijk hebt, pa.'

'Ik ook. Maar goed, hoe is het met Scott?'

'Prima, hoor,' zei ze.

'En de jongens?'

'Het gaat met iedereen goed.'

'En op je werk?'

'Alles gaat hier z'n gangetje. Ik werd vandaag gewoon bezorgd wakker, denk ik.'

De oude man keek naar de opgeheven winkel. Het triplex dat de ramen afdekte zat onder de graffiti en een deel van de overkapping was afgebroken en hing naar beneden. Aan de zijkant van het gebouw lagen tientallen pallets en stond een oude tafel schuin tegen de muur. 'Ik hoor het aan je stem,' zei hij. 'Luister, jullie willen verandering in een paar dingen brengen. Dat snap ik. Je wilt dat we bij jullie intrekken. Snap ik ook. Maar daar is ma nog niet aan toe. Ik weet niet wat ik er verder over moet zeggen. Het goeie nieuws is dat de ranch er prima bij staat, dat het beter gaat met mijn rug, en als ik Horace een jaar of twee geef om zijn wilde haren te verliezen, weet ik zeker dat hij terugkomt. Dus maak je om ons maar niet al te veel zorgen.'

'Oké,' zei ze, en ze slaakte een zucht. 'Je kunt in elk geval beter liegen dan ma.'

Hij lachte.

'Kom alsjeblieft eens langs.'

'Vandaag of morgen sleur ik haar de truck in, ontvoer haar en scheuren we jullie kant op alsof we net een bank hebben overvallen.'

16

Horace dronk uit een drieliterfles water en staarde naar het betonnen trottoir. Hij was kwaad op zichzelf omdat hij de laatste tijd steeds minder streng had gelet op wat hij at. De afgelopen zes avonden was hij aan het eind van zijn training naar de Lucky Wishbone gerend, waar hij het 'Pop-menu' had besteld met vijf stukken kip, knoflooktoast, frietjes en coleslaw. Het was te veel eten en het was niet goed voor hem, maar evengoed had hij elke keer het hele menu opgegeten en minstens één keer zijn beker cola bijgevuld. De twee meisjes achter de counter flirtten met hem en geen enkele andere vrouw in Tucson had ooit met hem geflirt. Hij had een van hen zelfs mee uit gevraagd, een mager Mexicaans meisje met lang haar dat Mariana heette. Ze had tegen hem gezegd dat ze een vriendje had, maar vervolgens had ze hem het menu met drie stukken kip laten afrekenen, niet dat met vijf, en hem nooit meer voor zijn frisdrank of salade laten betalen.

Toen hij naar huis liep, schoten telkens dezelfde vragen door zijn hoofd, zoals elke avond. Waarom was zijn favoriete eten nou niet iets wat goed voor hem was, of op z'n minst iets Mexicaans? En waarom was Mexicaans eten zo scherp? En waarom moest het nou zo heet zijn in Tucson? En waarom was Spaans zo'n moeilijke taal om te leren? En ging het wel goed met de Reeses? Ging meneer Reese echt in zijn eentje bij de schapen kijken? Waarom gebruikte hij geen quad, net als iedereen? En waarom wilde hij per se op Slow Poke rijden? Dat paard was oud en zijn zicht was wazig van de staar. En waarom werden Golden Gloves-partijen nou niet over vier ronden gebokst? Hij zou gewonnen hebben als het vier ronden waren geweest. Toch? En waarom bloedde zijn neus na zes weken nog steeds de hele tijd?

Hij ging het draadhek door en liep langs de carport tot hij bij zijn huisje was. Hij haalde de deur van het slot en ging naar binnen, om verzwolgen te worden door de hitte. Hij zette de airco aan, ging aan de keukentafel zitten en werd nog somberder. Hij vond het nooit fijn om thuis te komen in dat ouwevrouwtjesgastenhuis. Nooit. Het deed hem alleen maar aan zijn moeder en haar familie denken en het rook er altijd naar vieze ouwevrouwtjesluchtverfrisser. Hij kleedde zich om in een korte broek en een T-shirt, pakte zijn cd-speler en vertrok. Hij liep kilometers en ging, in een zwak moment, naar Zia Records en kocht *Reign in Blood* van Slayer weer op cd. Hij schaamde zich dat hij hem gekocht had, maar hij kon er geen weerstand aan bieden en luisterde er eindeloos naar terwijl hij door de stad liep. Het was na middernacht toen hij moe genoeg was om terug te gaan naar zijn huisje. Hij sliep tot vijf uur onder de airco, stond toen op, deed zijn hardloopkleren aan en werkte zijn ochtendtraining af.

Toen hij die middag de banden van een witte Yukon met getinte ruiten en custommade Tuff-velgen aan het verwisselen was, kreeg hij een telefoontje van Ruiz over een gevecht in Monterrey, Mexico. De partij was over vier dagen, over zes ronden, in een voorprogramma.

'Waarom zo snel al?' vroeg Horace, terwijl hij op de vloer van de werkplaats ging zitten.

Ruiz was buiten adem. 'Een van de boksers heeft een motorongeluk gehad en zijn sleutelbeen gebroken. De gast tegen wie je zou staan gebruikt deze partij als een opwarmertje voor een belangrijk gevecht in november. Hij heeft de ronden gewoon nodig. Het probleem is dat ik nu meteen moet weten of je kunt, anders geven ze hem aan iemand anders.'

'Moet ik nu beslissen?'

'Ja.'

'Tegen wie zou ik dan boksen?'

'Die knul heet César "El Clavo" Jiménez.'

'Is-ie goed?'

'Ik weet verder niks van hem, behalve dat hij al z'n twaalf partijen heeft gewonnen.'

'Wat betekent "El Clavo"?'

'De Spijker.'

'Hoeveel krijg ik ervoor?'

'Ik zal een beetje moeten onderhandelen, maar waarschijnlijk kan ik wel driehonderd voor je regelen. Heb je een paspoort gehaald, zoals ik zei?'

'Ja.'

'Mooi,' zei Ruiz. 'Hoor eens, ik moet gaan. Wil je dat ik die partij aanneem?'

'Ik weet het niet,' zei Horace, plotseling nerveus. 'Wat vind jij dat ik moet doen?'

'Het is riskant. We weten niet wie die gast is en hij staat op twaalf winstpartijen. En daarbij is het een knul daar uit de buurt. Da's allemaal niet gunstig, aangezien jij een groentje bent. Maar het is een gevecht, en daar is moeilijk aan te komen.'

'Hoe moet ik daar komen?'

'Over de details maken we ons later wel druk. Maar ik weet wel dat je een dag nodig zult hebben om er te komen, en na afloop een dag om thuis te komen. Drie dagen vrij van je werk, op z'n minst. Het is geen geweldige kans, het is alleen het enige wat me is aangeboden. Wat denk je ervan?'

'Ik weet 't niet,' zei Horace.
'Wil je dat ik zeg dat je 'm niet aanneemt?'
'Nee... Nou, misschien moet ik het maar doen.'
'Weet je 't zeker?'
'Ik denk 't wel,' zei hij, en hij hing op.

*

Horace was niet in topconditie, maar ook niet helemaal uit vorm. Hij had vier avonden in de week bij Ruiz getraind en hij had de afgelopen drie weken elke ochtend hardgelopen. Hij begon beter te worden, zelfs als hij onder druk werd gezet. Het moment was aangebroken om het erop te wagen.

Zijn oma verzamelde vroeger zelfhulpboeken. Ze had soms last van lange periodes van melancholie en dan ging ze naar Whitney's Bookshelf in Main Street, nam de hele plank met zelfhulpboeken door en ging er met een stuk of zes de deur uit. Zo had Horace *De B.O.O.T. – Bouw de kampioen in jezelf: Besluiten, Overwinnen, Opeisen, Triomferen* gevonden. Het lag op een stapel naast de tv, en ze keken elke dag tv. Het was een boek dat hij eindeloos had herlezen en het enige boek dat hij had meegenomen naar Tucson. In het derde hoofdstuk stond dat een kampioen voorzichtig en precies moest zijn, maar dat er ook momenten waren dat een kampioen risico's moest nemen om het volgende niveau te bereiken.

Test je boot, test jezelf. Laat de bakstenen (gebouwd met eerlijkheid, integriteit, hard werken en dienstbaarheid) je beschermen. Laat ze je omringen tijdens de voortdurende oorlog van het leven en je naar de volgende horizon leiden. Laat ze je schip door de storm naar het succes voeren.

Toen hij binnenkwam, zat zijn baas in zijn kantoortje tv te kijken en Horace vroeg of hij die dagen vrij kon krijgen. Benny haalde een blikje bier uit de koelkast en belde zijn neef, die zei dat hij die diensten wel kon overnemen. Het was geregeld. Horace werkte die avond tot zeven uur, kleedde zich om in zijn hardloopkleren en ging de weg op. Hij liep meer dan zijn gebruikelijke acht kilometer en bleef lopen tot zijn benen trilden en hij moeite had erop te blijven staan.

*

De volgende dag ging hij na zijn werk naar de bibliotheek en zocht op YouTube naar gevechten van César 'El Clavo' Jiménez, maar die kon hij niet vinden. Hij trainde die avond met Ruiz, werkte de volgende dag tot vijf uur, liep daarna met een kleine reistas en zijn paspoort naar het busstation en nam de nachtbus naar San Antonio, Texas.

Het was ochtend toen hij aankwam. Hij had in de halflege bus bijna vijf uur geslapen en voelde zich uitgerust. Hij waste zijn gezicht in de wc's van het busstation en belde het nummer dat op het papiertje stond dat Ruiz hem had gegeven. Een uur later kwam een magere Mexicaan met met haarvet achterovergekamd haar het station in, gekleed in een glimmende rode trainingsbroek en op zwarte tennisschoenen. Horace zag de kleur van de trainingsbroek, stond op uit zijn stoel en liep naar hem toe.

'Ben jij Diego?'

'Dat ben ik,' zei de man.

'Ik ben Hector,' zei Horace, en hij stak zijn hand uit.

De man schudde die en glimlachte. 'Heb je honger?'

Horace knikte.

'Haal je je gewichtslimiet nog, als je wat eet?'

'Die haal ik wel.'
'Was je busrit oké?'
'Ging wel.'
'We hebben niet veel tijd. We stoppen wel even bij een Cracker Barrel, als dat goed is.'
'Ik weet niet wat dat is.'
'Dat is een restaurant,' zei Diego, en hij begon te lopen. 'Ze hebben er alles. Het zal je bevallen. Daarna zullen we, pakweg, een uur of vijf non-stop rijden. Als we mazzel hebben, heb je voor het gevecht nog een paar uur om uit te rusten.'
Diego leidde hem het station uit, de hitte van de ochtend in. Horace' T-shirt werd nat van het zweet toen ze over het verlaten parkeerterrein liepen en in een rode twintig jaar oude Toyota Corolla stapten.
'Waarom is het hier zo heet en nat?'
'Dat komt door de luchtvochtigheid.'
'De luchtvochtigheid?'
'Je weet wel wat luchtvochtigheid is, toch?'
Horace knikte, maar hij wist niet zo zeker of hij dat wel wist. Hij had nog nooit zoiets gevoeld, dat wist hij wel. Het was net alsof ze in een hete badkuip liepen. Hij deed zijn gordel om en Diego startte de auto.
'Ruiz vertelde dat je een bokser traint die vanavond een gevecht heeft.'
Diego knikte.
'Waar is die dan?'
'Hij is er gisteravond heen gegaan. Als het even kan, heb ik liever niet dat mijn jongens de dag van een gevecht in een auto zitten. Ruiz had je eerder moeten laten komen.'
'Daar heeft hij niks over gezegd.'
'Waarschijnlijk wilde hij er gewoon van profiteren dat je gratis met mij kon meerijden.'

'Dus het is oké dat ik je er niets voor betaal?'

Diego glimlachte. 'Maak je maar geen zorgen, ik ben niet zo'n graaier als Ruiz. Hoe heb je die gozer eigenlijk ontmoet?'

'Ik ben van een ranch in Nevada naar Tucson verhuisd. Hij was de enige trainer die ik daar kon vinden toen ik op internet zocht.'

'Dus je komt van een ranch?'

'Ja.'

'Met koeien en paarden?'

'Schapen.'

Diego lachte. 'Hoe ben je dan gaan boksen?'

Horace haalde zijn schouders op.

'Kom je uit een boksfamilie?'

'Niet echt. Ik heb het gewoon altijd leuk gevonden, denk ik,' antwoordde Horace.

Diego knikte. 'Ik ook. Mijn vader vond het altijd wel aardig, maar man, ik was er gék van.' Hij zette de radio aan en ze gingen op weg.

Horace leunde tegen het portier aan de passagierskant, sloot zijn ogen en moest onwillekeurig aan Arnaldo denken. Hij had die vent op zijn dertiende ontmoet, via zijn grootmoeder. Arnaldo was klein en pezig, met dik zwartgeverfd haar en hij was barkeeper bij het Banc Club Casino. Hij had Horace verteld dat hij in Italië was opgegroeid, maar hij had totaal geen accent. Hij zei ook dat hij zestig profpartijen in het vlieggewicht had gebokst, maar Horace had nooit iets over zijn partijen op internet kunnen vinden. Überhaupt geen vermeldingen van hem. Maar hij had het gezicht en de neus van een gehavende bokser. Hij zag eruit alsof hij een stuk of duizend klappen had gekregen en daarna was overreden.

Horace herinnerde zich de middag nog dat hij van school thuiskwam, zo in elkaar geslagen dat hij nauwelijks kon lopen.

Hij was in een hoek gedreven door een footballspeler van de middelbare school, een enorm blank joch dat Lester heette. Dat joch had Horace een blauw oog geslagen en een van zijn vingers gebroken. Hij had ook een rib gebroken, of zo voelde het althans, aangezien het al pijn deed om adem te halen. Zijn oma wilde de politie bellen, maar Horace smeekte haar dat niet te doen. Ze liet Arnaldo langskomen om hem te leren boksen. Ze hadden drie maanden samen gewerkt toen het weer gebeurde.

Horace werd achter Barsanti Park besprongen. Dit keer vermoordde Lester hem bijna. Hij was dik een meter tachtig en woog meer dan honderd kilo. Horace had teruggevochten, Lesters neus gebroken en hem een bloedlip geslagen. Er zat kracht achter zijn stoten, zelfs toen al. Maar Lester begon wild om zich heen te maaien en Horace was onder het spervuur daarvan bezweken. Hij wist niet precies waarom hij verkrampte, maar het was zo. Lester gooide hem op de grond, ging boven op hem zitten en begon Horace' hoofd tegen het droge parkgras te rammen.

'Fucking hippieflikker-Pow-Wow-indianenklootzak,' wist hij nog dat Lester zei. Ze stonden met z'n vieren om hen heen en toen trok een van die gasten Lester van hem af. 'Kijk maar uit,' had dat joch gezegd. 'Straks sla je 'm nog dood.'

Horace was door die aframmeling drie dagen niet naar school geweest, maar de pijn deed hem niets. Dat hij geslagen werd, daar zat hij ook niet mee. Niet dat hij het nou prettig vond, hij zat er gewoon niet mee. Hij wist dat toen hij op het gras en de aarde had gelegen, bebloed was en pijn had, die vechtpartij het enige was waar hij aan dacht. Zijn combinaties waren in orde, zijn korte directe was beter aan het worden en er zat kracht achter zijn stoten. Lester woog bijna vijftig kilo meer dan hij en toch had hij zich een tijdje aardig geweerd. De voorkant van Lesters T-shirt zat onder het bloed en hij wist zeker dat Lesters neus zou opzwellen en dat een paar van de stoten op zijn lichaam aan waren gekomen. Hij had die blanke klootzak pijn gedaan.

Horace deed zijn ogen open en draaide zich naar Diego. 'Ik ben echt gaan boksen vanwege een blanke gast, een lineman in het footballteam in mijn dorp. Hij had de pik op me omdat ik destijds lang haar had en omdat ik Mexicaans ben. Hij was enorm, misschien wel een meter negentig. Maar ik had getraind met een ouwe vent, Arnaldo heette die. Die footballspeler was een taaie, maar hij was traag. Ik ben niet de allersnelste, maar best snel. Sneller dan een blanke gozer in elk geval. Dus ik sloopte hem gewoon, stoot voor stoot, tot zijn vrienden me dwongen op te houden. Daarna kreeg ik van Arnaldo een boksbal en een stootzak, die hingen we in zijn garage en toen begonnen we het serieus aan te pakken. We keken samen naar oude gevechten op internet en dan gaf hij me advies. Hij kookte voor me, hielp me met mijn huiswerk. Ik zat daar bijna elke avond. Je zou denk ik kunnen zeggen dat hij mijn vader en mijn coach in één was.'

'Is hij er nog?' vroeg Diego.

'Nee, hij overleed toen ik op de middelbare school zat. Hij kreeg longkanker. Maar ik was bij hem, zat bij zijn bed tot hij ophield met ademhalen. Zelfs op het eind was hij me nog advies aan het geven, me aan het helpen.'

'Triest dat hij is overleden,' zei Diego. Hij haalde een doosje Tic Tacs uit het dashboardkastje, nam er een paar en gaf het doosje aan Horace.

Hij pakte er drie, leunde weer tegen de ruit en sloot zijn ogen. De waarheid was dat Arnaldo vreselijke driftbuien had. Hij was gemeen tegen Horace en gemeen tegen zijn grootmoeder. Het was een zuiplap die met dingen gooide en wiens stemmingen altijd onberekenbaar waren. Het was vlak voor de kerstvakantie toen Horace naar Arnaldo's huis ging voor een trainingssessie en erachter kwam dat Arnaldo voorgoed weg was. Zijn grootmoeder zei dat hij het land uit was gezet, terug naar Italië, maar de mensen bij het casino zeiden dat hij 'm was gesmeerd, dat hij uit de kas had gestolen, had verduisterd of zo. Zijn auto en zijn kleren waren verdwenen, maar verder was alles er nog. Bijna een half jaar lang was er niemand die andere sloten op de deuren zette, de elektriciteit liet afsluiten of in Arnaldo's huis trok. Dus bleef Horace naar zijn garage gaan om te trainen. Hij had het sowieso niet fijn gevonden om met Arnaldo te trainen, aangezien hij alleen maar tegen hem schreeuwde dat hij harder moest slaan. 'Harder slaan, Horace. Godverdomme, harder slaan. Harder tegen die fucking zak slaan.' En nog erger was dat Arnaldo hun trainingssessies meestal vergat en als hij wel kwam opdagen was hij meestal dronken en wilde hij alleen maar tv-kijken.

*

Bij de Cracker Barrel ontbeten ze en daarna stapten ze weer in de auto en reden bij Nuevo Laredo Mexico in. Ze stopten maar één keer, halverwege naar Monterrey. Er stond een klein winkeltje langs de kant van de weg, met niets eromheen. Horace stapte uit de auto, maar hij was te zenuwachtig om aan het meisje achter de toonbank te vragen of ze Engels sprak, en Diego moest een fles water voor hem kopen en hem wijzen waar de wc's waren.

Het was laat in de middag toen de buitenwijken van Monterrey opdoemden en algauw stonden ze in de file. Horace keek door het raampje naar de stedelijke wildgroei: huizen, woonblokken, bouwterreinen en gigantische fabriekscomplexen. Het was de grootste stad die hij ooit had gezien en volgens Diego woonden er alles bij elkaar meer dan vier miljoen mensen. Ze stonden een uur vast in de file en toen ging Diego de snelweg af. Hij reed een half uur als een bezetene door zijstraatjes en parkeerde toen voor een blauw gebouw met een metalen overkapping. Daarboven stond in rode art-deco-neonletters 'Coliseo'.

Aan de overkant waren mannen met een drilboor de bestrating aan het openbreken en een groepje vrouwen liep toen ze uit hun auto kwamen vlak voor hen langs. De bordjes waren in het Spaans, alle mensen die ze passeerden spraken Spaans en Horace realiseerde zich voor het eerst dat hij echt in een ander land was, en dat hij nog nooit in een ander land was geweest.

Ze liepen onder een viaduct door en langs een stuk of tien winkels tot ze bij Hotel Victoria kwamen, een verweerd en vervallen hotel van twee verdiepingen. Binnen sprak Diego Spaans tegen een receptionist en hij ontving een sleutel. Hij nam Horace mee naar boven en deed de deur open. In de kamer stonden een tweepersoonsbed, een bureau en een kledingkast en er was een kleine badkamer en een tv. 'Dit is jouw kamer,' zei Diego. 'Die betaalt de promotor. In de toekomst moet je tegen Ruiz zeggen dat je in een beter hotel wilt overnachten.'

'Overnachten jullie hier?'

'Echt niet,' zei hij, en hij lachte. 'Wij logeren in het Hilton.' Hij keek op zijn telefoon. 'Je kunt óf hier blijven om een uurtje uit te rusten óf nu met mij meekomen en de arena bekijken.'

'Ik ga wel met jou mee,' zei Horace, die steeds nerveuzer werd.

Diego gaf hem de kamersleutel en ze liepen terug naar het Arena Coliseo. Het was vier uur 's middags en het was er uitgestorven. Ze zagen een rode ring midden in de grote zaal. Er hingen reclamespandoeken van Tecate-bier aan de verhoging, er stonden blauwe stoelen om de ring heen en verder naar achteren werd hij aan alle kanten omringd door een eenvoudige tribune.

'Zit het straks vol?' vroeg Horace.

'Ik weet de aantallen niet precies,' zei Diego, 'maar het zou grotendeels vol moeten zitten, zou ik denken. De hoofdpartij, Moreno tegen Rivera, zou aardig wat mensen moeten trekken. Ik zal je je kleedkamer laten zien en je tijdens het gevecht begeleiden. Ruiz heeft nog wat van me tegoed, dus ik sta in je hoek. Weet je iets van de gast tegen wie je moet boksen?'

'Nee,' zei Horace.

'Niets?'

Horace schudde zijn hoofd. 'Jij wel?'

'Hij schijnt klappen als mokerslagen uit te delen,' zei Diego, en hij glimlachte. 'Daarom zullen ze hem wel "de Spijker" noemen. Maar je weet nooit wat je moet geloven... Maar goed, als je klaar bent, ben je op jezelf aangewezen ben ik bang. Ik zal mijn handen vol hebben.'

'Maak je geen zorgen. Dat vertelde Ruiz al.'

'Heeft hij je verteld hoe laat de bussen naar Nuevo Laredo vertrekken?'

Horace knikte.

'Van daaraf rijden er een paar bussen per dag naar San Antonio en daarna moet je nog terug naar Tucson.'

'Ik heb het reisschema in mijn tas zitten.'

'Mooi,' zei Diego. 'Dan zie ik je later.'

*

Het was na middernacht, de straten rondom het Coliseo wemelden van het verkeer en er kwam muziek uit de auto's en de clubs langs de hoofdstraat. Horace liep over het trottoir, langs drommen mensen en liep langzaam terug naar het Hotel Victoria. Hij haalde zijn kamerdeur van het slot en ging met veel moeite op bed liggen. Hij dacht dat zijn ribben misschien wel gebroken waren, maar Diego had gezegd dat hij dacht van niet, hoewel hij er ook bij zei dat ze er weinig aan konden doen als het wel zo was. Zijn neus was weer gebroken en zijn rechteroog zat dicht. Er zat een snee boven zijn rechterwenkbrauw, waar tape op was gedaan; en wat hij ook deed, zijn neus bleef weer bloeden. Volgens Diego braken sommige boksers hun neus wel en andere niet. 'Jij hebt een goeie kin en een zwakke neus,' zei hij tegen hem. 'Dat heet mazzel.'

Toen de partij begon was Jiménez meteen op hem afgekomen en hij sloeg harder dan iedereen tegen wie Horace ooit had gebokst. De eerste ronde ging in een waas voorbij en er regenden tientallen vernietigende stoten op hem neer. Zelf deelde hij geen klap uit. Diego brulde vanuit de hoek dat hij moest bewegen, brulde dat hij moest stoten, brulde dat hij zijn dekking hoog moest houden, maar Horace kon zich nergens op concentreren. Het ging allemaal langs hem heen. Alles was wazig.

De tweede ronde ging van start en Horace begon eindelijk kalm te worden. Hij incasseerde drie harde stoten in zijn gezicht, maar plaatste zelf een solide combinatie. Jiménez counterde, duwde Horace tegen de touwen, gooide er een zware reeks stoten op het lichaam uit en Horace' ribben liepen schade op. Maar toen week Jiménez terug en Horace counterde met twee goede stoten, de ronde ging verder en wat hij zich tegen het eind van de tweede ronde realiseerde was dat Jiménez nu al moe begon te worden. De bel werd geluid, de ronde was voorbij en Horace was nog nauwelijks buiten adem.

Terwijl hij op zijn krukje ging zitten, gaf Diego hem water en zei dat hij op het lichaam moest stoten. Hij zei het telkens opnieuw, tot Horace uiteindelijk luisterde. De derde ronde begon en hij deed wat Diego van hem gevraagd had. Hij concentreerde zich op Jiménez' lichaam en met nog twintig seconden op de klok bracht hij Jiménez met een nierstoot op de knieën. Het publiek joelde en schreeuwde. Het Coliseo zat inmiddels voor driekwart vol en er kwamen steeds meer mensen binnen. Ze moedigden Jiménez brullend aan, en die kwam overeind, wankel en met een wazige blik in zijn ogen, en hield het tot het eind van de ronde vol.

In de vierde kwam Jiménez terug. Hij werkte Horace tegen de touwen en brak zijn neus, bezorgde hem een snee boven zijn rechteroog en het zicht daarin werd volkomen wazig. Hij kon de hele ronde alleen maar incasseren, maar hij was niet moe en voelde geen pijn. Toen de bel werd geluid, ging hij op het krukje zitten en Diego brulde telkens opnieuw: 'Dekking, Horace, dekking!'

De bel klonk weer en de vijfde ronde begon. Jiménez zette Horace meteen onder druk en werkte hem opnieuw tegen de touwen. Hij deelde ongehinderd klappen uit, tot hij zichtbaar vermoeid raakte. Vervolgens ging hij achteruit, en toen hij dat deed raakte Horace hem met een stoot op het lichaam die hem deed wankelen. Hij vervolgde met een combinatie naar het hoofd waar zo veel kracht achter zat dat Jiménez meteen tegen de grond ging. De Mexicaan lag plat op zijn buik. Hij bewoog twintig seconden niet en ging toen eindelijk, met hulp van zijn trainer en een arts, rechtop zitten.

Diego omhelsde Horace en hij praatte luidruchtig terwijl hij hem de ring uit hielp, terug naar de kleedkamer. Hij straalde. 'Godverdomme wat sla jij hard. Ik heb al heel, heel lang geen knul zo hard zien slaan. Je loopt tegen een hoop klappen op, maar man o man, wat heb jij een kracht achter je stoten zitten.'

Diego hielp Horace in de kleedkamer te gaan zitten, halfblind en bebloed. 'Ik moet gaan, maar een ouwe vent die Pancho heet zal je oplappen. Oké? Ik heb hem betaald, dus zit daar maar niet over in. En het is een goeie gast en hij weet wat hij doet. Beter dan ik, in elk geval. Nogmaals, goed gedaan vanavond, en gefeliciteerd.'

Horace knikte, en Diego vertrok. Hij kleedde zich uit en ging onder de douche, maar tegen de tijd dat hij daaronder vandaan kwam, kon hij zich nauwelijks afdrogen. Zijn ribben deden al pijn als hij ademhaalde, laat staan als hij zijn armen bewoog. De oude man, Pancho, klopte op de deur en kwam binnen. Hij zei een paar dingen in het Spaans, die Horace niet kon verstaan, en vervolgens zette hij Horace in een stoel neer en richtte zijn aandacht op diens verwondingen. Hij zette zijn neus en zorgde dat het bloeden ophield. Hij wikkelde rekverband over Horace' ribben en deed een pleister op de diepe snee boven zijn oog, dat inmiddels dichtzat. Hij hielp hem zich aan te kleden. Toen hij hem eenmaal overeind had geholpen, leidde hij Horace naar de bovenste verdieping van het Coliseo en liet hem achter op de viptribune.

De mensen daar, die chic gekleed waren en er rijk uitzagen, feliciteerden hem. Ze zeiden dingen in het Spaans en glimlachten. Mannen schudden hem de hand. Diego's bokser, Adolfo Venegas, werd door een meerderheid van de jury tot winnaar uitgeroepen en na afloop jouwden mensen hem uit en gooiden dingen de ring in omdat hij een plaatselijke bokser had verslagen. Horace ging twee keer naar het buffet en dronk drie glazen cola voordat hij aan het eind van een rij stoelen ging zitten om naar de hoofdpartij te kijken. Tegen de tijd dat die afgelopen was en hij Diego zag, kon hij niet meer uit zijn stoel komen.

Diego lachte en hielp hem overeind. 'Je ribben?'

Horace knikte.

'Dat doet behoorlijk pijn,' zei Diego met een ontspannen glimlach. 'Wat mij betreft is dat de ergste pijn die er is. Red je het wel?'

'Ja, dat komt wel goed.'

Diego haalde een envelop uit zijn broekzak en gaf Horace negenhonderd Amerikaanse dollars en dertienhonderd peso's.

'Da's ongeveer zeventig dollar in peso's, mocht je dat niet weten. Daar kun je morgen ontbijt en lunch van kopen en een buskaartje naar Nuevo Laredo. Heb je al gegeten?'

Horace knikte en keek naar het geld. 'Ruiz zei dat het driehonderd dollar zou zijn.'

Diego lachte. 'Ruiz wilde dat ik jou die driehonderd gaf en de rest aan hem, maar het is jouw geld. Ik wil niet bij wat voor lulkoek dan ook betrokken raken, en Ruiz is de koning van de lulkoek.'

Horace stopte het geld in zijn broekzak.

'Je hebt het goed gedaan vanavond,' zei Diego, 'maar je hebt ook mazzel gehad. Hij stootte hard, maar hij was uit conditie. Ik heb gehoord dat hij een bloedhekel aan conditietraining heeft en dat hij te graag wiet rookt. Je moet werken aan hoe je reageert als je onder druk komt te staan. Je hebt gelijk. Dat is je voornaamste zwakke punt.'

'Denk je dat jij dat zou kunnen verhelpen?'

'Ik zou er verbetering in kunnen brengen, maar je woont in Tucson.'

'Als ik naar San Antonio verhuis, zou ik dan bij jou kunnen trainen?'

Diego legde zijn hand op Horace' schouder. 'Ik heb nu eigenlijk al te veel hooi op mijn vork, maar ik zou je kunnen helpen. Je zou zelf onderdak en werk moeten vinden. En je zou me moeten betalen. Laten we het daar een andere keer maar over hebben, oké?'

Horace knikte.

Diego haalde een kaartje uit zijn portefeuille en gaf het aan hem. 'Ik mag je wel, je bent een goed joch, maar je bent het type bokser dat een hoop klappen zal moeten incasseren. Zeker als ze eenmaal filmbeelden van je hebben. Als gasten eenmaal beeldmateriaal van je krijgen, dan kom je behoorlijk in de problemen. En luister, als je zo veel klappen krijgt als jij zult krijgen, dan verander je daardoor. Het verandert je hersens, het verandert hoe je denkt, hoe je op dingen reageert, je stemmingen. Het verandert je toekomst. Ik zal eerlijk tegen je zijn: je bent geen goeie bokser. Je bent een straatvechter en daar zul je de tol voor betalen.'

'Ik vind het niet erg om de tol te betalen,' zei Horace.

Diego lachte. 'Elk joch dat ik ken zegt dat, zonder na te denken over wat ik net heb gezegd.'

'Maar ik heb er wel over nagedacht.'

'Weet je echt zeker dat dit het leven is dat je wilt?' vroeg Diego.

Horace knikte, maar voor het eerst sinds hij uit Tonopah was vertrokken had hij het gevoel dat hij misschien wel loog.

*

Toen hij de volgende ochtend wakker werd, kon hij niet uit bed komen. Hij leunde op zijn zij en nam twee codeïnetabletten uit het doosje van tien dat Diego hem had gegeven. Hij spoelde ze met water weg en wachtte tot de pillen begonnen te werken. Hij was nu een ongeslagen profbokser met twee gewonnen partijen op zijn naam. Hij had in Mexico gebokst en gewonnen. Hij had in korte tijd twee ongeslagen tegenstanders verslagen. Hij had door het dolle heen en opgelucht moeten zijn, maar in plaats daarvan voelde hij zich eenzamer en somberder dan ooit.

Het leek wel alsof hij zich, naarmate hij dichter kwam bij wat hij wilde, steeds verlorener ging voelen. Dat weeë gevoel dat hem al zijn hele leven had achtervolgd ging niet weg. Het werd juist erger. En waarom beangstigde Mexico hem nou zo? Hoe kon hij nou een Mexicaan zijn, als hij de taal niet kon leren en het eng vond om zelfs maar in dat land te zijn? Meneer Reese had tegen hem gezegd dat het leven in de kern een wrede last was, omdat we wisten dat we geboren werden om te sterven. We werden geboren met onschuldige ogen, en die ogen moesten pijn en sterven en bedrog en geweld en verdriet zien. Als we geluk hadden, leefden we lang genoeg om bijna alles waar we van hielden dood te zien gaan. Maar, zei hij, als je eerzaam en eerlijk was, haalde dat de angel er een beetje uit. Dat maakte het leven draaglijk. Volgens meneer Reese waren leugenaars en lafaards de ergste mensen die je kon kennen, omdat ze je hart braken in een wereld die erop gebouwd was om je hart te breken. Ze goten benzine op een toch al wreed en nauwelijks te bedwingen vuur.

Terwijl hij daar in dat benauwde kamertje lag, probeerde hij een houding op het bed te vinden waarin zijn ribben geen pijn deden, maar dat lukte niet. De minuten kropen voorbij. Waarom werkten die pillen niet? Hij was moe van het denken en hoe langer hij wakker was, des te erger de pijn in zijn ribben leek te worden en er kwam weer bloed uit zijn neus. Hij ging op zijn zij liggen, nam nog twee codeïnetabletten in, deed verse tissues in zijn neusgaten en dacht aan Mariana in de Lucky Wishbone. Hij concentreerde zich op haar en zijn zenuwen zakten langzaam weg, de pijn nam af en hij sloot zijn ogen.

Hij werd om negen uur wakker. Hij probeerde te gaan zitten, maar dat ging niet. Hij rolde zich op zijn zij en schoof zijn benen van het bed tot ze de grond bereikten. Hij steunde op het nachtkastje, stond met grote moeite op en liep naar de wc. Hij keek in de spiegel en zag dat een van zijn ogen nog dichtzat en het andere blauw was. Zijn neus zag er afgrijselijk uit, vreselijk opgezet en verkleurd. Hij nam een lange douche, kleedde zich aan en liep het trapje af naar de receptie. De receptionist verstond Engels en belde een taxi, en de taxi bracht hem naar het busstation, waar hij een kaartje terug naar Nuevo Laredo kocht.

Daarvandaan nam hij een bus naar San Antonio, waar hij twee uur moest wachten. Hij vroeg aan een dame achter de Greyhound-balie of er in San Antonio een Church's Chicken was en ze keek op haar computer en vond er eentje. Hij nam er een taxi naartoe, at gefrituurde kip, coleslaw, gefrituurde okra en macaroni met kaas, en was net op tijd terug om de bus naar Tucson te halen.

17

Meneer Reese zat op het tapijt in de huiskamer naar een dvd te kijken die *Yogatherapie tegen rugpijn* heette. De zon was opgekomen boven het Monitor-gebergte en het zonlicht stroomde door de ramen de oude boerderij in. Hij had een vale joggingbroek aan en hij bewoog en rekte mee met de jonge vrouw op tv. Mevrouw Reese, die in de keuken het ontbijt aan het klaarmaken was, kwam af en toe de kamer in om te kijken. 'Helpt het?' vroeg ze.

'Weet ik niet,' antwoordde hij.

'Het duurt even, zeggen ze.'

'Weet je, dit hele gedoe doet me aan mijn pa denken.'

'Hoezo?'

'Mijn ma en mijn tante moesten hem soms z'n bed uit rollen, zo verstijfd raakten zijn spieren. Hij heeft waarschijnlijk nooit van zijn leven rekoefeningen gedaan.'

'Zo vader, zo zoon.'

'Hij zou me uitlachen als hij zag waar ik mee bezig ben.'

'Hij zou blij zijn dat je op je gezondheid lette,' zei ze, en ze kwam dichter bij de tv staan en kneep haar ogen tot spleetjes. 'Ze heeft wel een mooi figuurtje, zeg.'

'Klopt.'

'Ik wou dat ik zo'n figuurtje had.'

'Ik ook,' zei hij, en hij glimlachte.

Ze gaf hem een duw tegen zijn schouder, liep de keuken weer

in en hij ging verder met het volgen van de reeks oefeningen. Toen de dvd afgelopen was, kwam hij van zijn yogamatje, zette de tv uit en kleedde zich om in zijn werkkleren. Ze aten samen havermoutpap in de keuken terwijl ze naar de radio luisterden. Na afloop ruimde mevrouw Reese de tafel af en ging meneer Reese naar buiten, gevolgd door Little Lana en het zwarte vuilnisbakje dat hij van de twee jongens had gekocht en dat mevrouw Reese de naam Ely had gegeven.

In de schuur stonden de twee Massey Ferguson-399-tractors. Die van Morton, inmiddels een leeggesloopt wrak, stond in de verre hoek. Meneer Reese had met de bruikbare onderdelen van Mortons motor die van hemzelf weer in elkaar gezet en was inmiddels bijna klaar. Hij zette Mortons cabine op zijn tractor, haalde zijn banden eraf, zette de nieuwe van Morton erop en sloot de airco aan. Er stond een klein radiootje op de werkbank en Ely en Little Lana zaten allebei op een paardendeken en keken toe hoe de oude man werkte.

Om twaalf uur luidde mevrouw Reese de bel die altijd aan de overkapping van de veranda had gehangen. Ze begon de lunch naar de picknicktafel in de voortuin te brengen. Meneer Reese waste zijn handen bij de wastafel in de schuur en liep naar de oude populier die schaduw op het bankje wierp. De honden liepen achter hem aan, hijgend in de middaghitte. Ze aten boterhammen met kalkoen, wortelsticks en chips en dronken ijsthee. Na het eten wreef mevrouw Reese tijgerbalsem op de rug van meneer Reese en hij nam drie ibuprofen en ging weer naar de schuur.

Het was laat in de middag toen hij de veranda op liep en op de voordeur klopte. Mevrouw Reese deed open.

'Ik ben te vuil om binnen te komen, maar ik wil dat je je overall aandoet en twee biertjes pakt, en dan zie ik je buiten.'

Ze glimlachte en deed de deur dicht. Little Lana en Ely stonden naast hem op de veranda. 'Af en blijf,' zei hij rustig, en de honden gingen op de veranda liggen. Hij ging terug naar de schuur en startte de tractor. Hij reed hem de schuur uit, naar de traptreden naar de veranda, waar mevrouw Reese in een overall vol verfvlekken naar buiten kwam met twee blikjes bier. Hij hielp haar de cabine van de tractor in, zette haar op zijn schoot en reed over de grindoprit bij de ranch vandaan.

'Hoe is je dat gelukt? Hoe heb je hem weer aan de praat gekregen?'

'Een heleboel bezoekjes aan de handel in auto-onderdelen,' zei hij, en hij glimlachte.

'En nu heeft-ie zelfs een cabine,' zei ze. 'Dan krijg je niet de hele dag op je lazer van de wind en de zon.'

'We hebben mazzel gehad. Mortons versnellingsbak was naar de kloten en Eddie heeft de motor ook niet fatsoenlijk onderhouden, maar hij heeft er wel een hoop toeters en bellen op gemonteerd. Hij heeft er een jaar of vier, vijf geleden zelfs nieuwe banden op gezet.'

'Zie je wel, die jongelui doen soms best iets goed,' zei ze, en ze trok de blikjes open en gaf er een aan hem.

'En ik heb een cadeautje voor je,' zei hij.

'Wat dan?'

'Heb je het warm?'

'Ik zit als een ei te bakken,' zei ze. 'Waarom zet je de raampjes nou niet even open?'

'Ik wil dat je op die knop daar drukt.' Hij wees naar een zwarte knop.

Ze drukte erop en uit twee ventilatiegaten voor hen kwam koele lucht. 'Zit er zelfs een airco in?!' riep ze uit.

'Yep,' zei hij.

'Heeft Morton een bank overvallen?' zei ze, en ze lachte.

'Zou best kunnen,' zei meneer Reese, en hij sloeg zijn rechterarm om haar middel. 'Stuur jij maar, dan doe ik de pedalen.'

Mevrouw Reese lachte opnieuw.

'Jezus, wat vind ik het toch heerlijk om je te horen lachen. Da's lang geleden.'

Mevrouw Reese gaf hem een kus, nam een slok bier, zette het blikje in de bekerhouder rechts van de stoel en legde haar handen op het stuur. 'Waar zullen we heen?'

'Wat dacht je van Hawaï?' zei hij.

18

Naarmate de weken verstreken sprak Horace steeds minder mensen, en toen ging Benny op vakantie. Die droeg de zaak aan hem over, maar de klanten die langskwamen spraken voor het merendeel Spaans. Zelfs als ze Engels spraken, was Horace zijn toch al gebrekkige vermogen om met vreemden te praten aan het kwijtraken.

Hij stond elke ochtend op, deed zijn work-out en ging naar Máximo's. Drie avonden in de week rende hij naar Ruiz' sportschool voor trainingssessies, maar daarmee bleven er nog vier avonden en twee volle dagen in het weekend over waarop hij alleen was. Soms ging hij in het weekend gewoon voor de airco tv liggen kijken. Dan stond hij alleen op om te eten, naar de wc te gaan en om 's avonds, als het was afgekoeld, boodschappen te doen bij Food City of naar de Lucky Wishbone te gaan, waar hij wat te eten bestelde en een praatje probeerde te maken met Mariana achter de counter.

Hij gokte dat die eenzaamheid ook een test was. Iets om zijn doorzettingsvermogen, moed en standvastigheid op de proef te stellen. De queeste om een kampioen te worden was een eenzame queeste, nam hij aan. Maar wat hij ook begon te begrijpen, waar hij hiervoor nog nooit aan had gedacht, was dat eenzaamheid ook een soort ziekte was. Het was niet zozeer dat hij alleen maar door eenzaamheid op de proef werd gesteld, hij was ermee geïnfecteerd. Hij begon de telefoon niet op te nemen als meneer Reese belde en toen zijn tante hem een keer uitnodigde om Mexicaans te komen eten, zei hij zonder enige reden tegen haar dat hij niet kon.

Toen Benny terugkwam van vakantie, realiseerde Horace zich dat hij sowieso nauwelijks met Benny praatte. En Benny leek geen enkele wezenlijke interesse in hem te hebben. In het begin was Horace degene geweest die vragen stelde, was het Horace die de gesprekken op gang bracht en dingen over Benny's leven vroeg. Maar daar was hij langzaam mee opgehouden, en toen hij dat deed, bleef er alleen stilte over. Bij Ruiz speelde hij alleen maar de rol van een boksleerling en in hun tijd samen had Ruiz niet één keer gevraagd hoe het ging in Tucson, waar hij woonde, hoe zijn werkdag was geweest, of hij broers en zussen had, of zijn moeder nog leefde, of hij een hond of kat had.

Horace was alleen in de stad en hij realiseerde zich dat alleen zijn in de stad erger was dan alleen zijn op de ranch. Omdat hij toen hij op de ranch alleen was, de droom van de stad nog had gehad, de droom van wat hij in de stad zou worden. Maar nu was hij daar, en nog was hij alleen. Hij was gewoon zichzelf, maar dan ergens anders.

*

Het was een aantal maanden later toen Horace de sportschool binnenkwam en Ruiz een handdoek door de zaal zag gooien en hem zag wenken. Zijn gezicht was rood en opgezet en er zaten dikke wallen onder zijn ogen. Hij kuchte. 'Ik heb na zitten denken over ons gesprek van gisteravond en ik moet je zeggen dat je me gekwetst hebt, Hector. Zomaar achter mijn rug om met Diego praten, en nu zit je vast aan een gevecht dat je je leven wel eens kan kosten. Ik weet dat het zicht in je oog af en toe nog wazig wordt en we weten allebei dat je nog pijn aan je ribben hebt. Het ziet er allemaal beroerd voor je uit en het wekt ook de indruk dat ik niet weet waar ik mee bezig ben. Dat ik niet goed voor mijn boksers zorg, dat ik mijn boksers in gevaar breng. Ik dacht we een afspraak hadden. En die afspraak was dat ik je zou vertegenwoordigen.'

'Diego heeft me gisteren gebeld,' zei Horace verdedigend. 'Hij heeft me die partij aangeboden. Ik heb ja gezegd omdat hij het meteen moest weten. Maar zodra ik had opgehangen, heb ik jou gebeld. Zo snel ging het en dat heb ik je ook verteld, keer op keer. Ik weet niet waarom Diego jou niet heeft gebeld. Ik deed niks achter je rug om. Hij vroeg of ik met jou werkte en ik heb hem verteld van wel. En trouwens, jij bent degene die altijd zegt dat je het te druk hebt om gevechten voor me te regelen.'

Ruiz zag dat Horace kwaad begon te worden. Hij zag dat zijn voeten op en neer gingen op de versleten betonvloer. Hij zag dat zijn handen vuisten werden. Hij schudde zuchtend zijn hoofd. 'Oké. Diego is hier de echte klootzak, Hector. Zo zit 't.' Hij spuugde op de vloer en zijn stem werd kalmer. 'Maar ik moet wel zeggen dat ik echt niet weet waarom ik dit nog doe. Al dat achterbakse gedoe, verdomme. Ik denk er de laatste tijd steeds vaker over de sportschool te verkopen. Ik zou voor mijn zwager verwarmings- en koelingssystemen kunnen gaan installeren. Dan zou iedereen me met rust laten en zou ik gewoon op mijn werk verschijnen en een salaris krijgen. Makkelijk verdiend. Ik stop mijn hart en ziel in deze tent, en waarvoor?' Hij schudde zijn hoofd en spuugde weer op de grond. 'Hoor eens Hector, ik weet gewoon niet of ik nog wel met je kan werken.'

'Maar ik heb hulp nodig voor dat gevecht. Ik heb heel hard hulp nodig.'

'Ik weet 't niet.'

'Alsjeblieft,' zei Horace. 'Het is de belangrijkste partij waar ik ooit in heb gestaan. Over acht ronden.'

'En tegen wie sta je?'

'Hij heet Vicente Salido. Hij staat op veertien gewonnen partijen en twee verloren, maar dat zegt niet alles, denk ik. Bij de eerste verliespartij was de jury verdeeld. Diego is erbij geweest en zei dat-ie bestolen was. De tweede was zijn laatste gevecht. In Las Vegas was dat. Hij won, maar werd gediskwalificeerd omdat hij cocaïne had gebruikt. Dus eigenlijk staat hij op 16-0. Volgens Diego denken mensen dat hij een kampioen zou kunnen worden, maar hij drinkt, snuift coke en raakt betrokken bij vechtpartijen in clubs. Plus dat-ie zijn hand al drie keer heeft gebroken. Diego zei dat de fans dol op 'm zijn omdat hij ooit met een gebroken kaak en een gebroken hand in de ring heeft gestaan, en nog won-ie.'

'Wanneer is het ook weer?'

'Over zeven dagen.'

'Zeven dagen?' Ruiz schudde zijn hoofd.

'Diego zei dat hij ons er een lift naartoe kon geven, omdat er een bokser van hem in een openingspartij over vier ronden staat.'

'Diego dit en Diego dat,' blafte Ruiz. Hij stopte een Nicorette-kauwgumpje in zijn mond en slaakte een diepe zucht. 'Ik zal je helpen, Hector, maar óf als je officiële manager óf helemaal niet. Wat voor gage zei Diego dat je kreeg?'

'Tweeduizend.'

'Dan krijg ik daar dertig procent van.'

'Dus dat is dan...' zei Horace, en hij deed zijn ogen dicht. 'Zeshonderd dollar?'

Ruiz knikte vaagjes.

'En dan ga je met me mee naar Tijuana en sta je in mijn hoek?'

'Ik ga niet naar Tijuana. Ik haat het daar. Ik heb het daar altijd gehaat. En trouwens, de neef van mijn vrouw gaat dat weekend trouwen. Maar ik train je wel.'

'Diego zei dat hij er tweehonderd dollar voor zou rekenen om in mijn hoek te staan. Dus dertig procent van achttienhonderd is...' Horace sloot opnieuw zijn ogen terwijl hij het uitrekende. 'Vijfhonderdveertig.'

'Ik ga niet met je staan pingelen,' zei Ruiz, en plotseling kwam zijn woede tot een uitbarsting. 'Dit bedoel ik nou. Dit bedoel ik nou als ik denk dat ik er gewoon mee moet uitscheiden. Ik pingel niet en ik weiger voor fooitjes te werken. Wil je mijn hulp nou of niet?'

'Jawel.'

'Dan wordt 't zeshonderd.'

Horace trapte in het beton. 'Oké,' zei hij. 'Deal.'

*

Ze kwamen op de ochtend van het gevecht in Diego's rode auto bij het Marriott in Tijuana aan. Diego en diens bokser, Juan Pablo Martínez, checkten in de ene kamer in en Horace in een andere. Ze aten in het restaurant van het hotel en vervolgens ging Horace terug naar zijn kamer en ging in het grootste bed liggen waar hij ooit in had gelegen. Hij zette de airco op de hoogste stand en kroop onder de schone lakens. De kamer rook naar bloemen en zeelucht uit een spuitbus.

Diego klopte om vier uur 's middags op zijn deur en ze namen een taxi naar het Auditorio Municipal, een groot wit gebouw omgeven door palmbomen. Horace en Juan Pablo kregen een kleine, raamloze kleedkamer toegewezen, en Diego verdween om de promotor te zoeken. Juan Pablo stopte de stekker van een boombox in een stopcontact en luisterde naar rapmuziek terwijl hij voor een passpiegel schaduwbokste. Horace bleef een tijdje naar hem zitten kijken en liep toen door de lange gang naar de begane grond van het auditorium. Aan alle vier de zijden van de rood-met-witte boksring hingen reclamespandoeken van Tecate. Er stonden twintig rijen stoelen omheen, met daarachter tribunes. Hij zocht een plekje helemaal bovenin op, keek naar de werklui en wachtte.

*

Toen het gevecht eindelijk aanbrak en zijn naam werd omgeroepen, werd Horace met louter boegeroep ontvangen toen hij in zijn rood-met-gouden boksbroek naar het midden van de ring stapte. Diego had tegen hem gezegd dat dat te verwachten was. 'Ze zijn allemaal stom en dronken,' had hij gezegd. 'Ze weten niks van je, ze moeten alleen maar tegen iets schreeuwen en ze willen dat de plaatselijke gast wint. Zo simpel is 't en zo stompzinnig zijn ze.'

Vicente Salido werd bij binnenkomst op een stormachtig applaus van zijn thuispubliek onthaald. Hij knikte naar de mensen in hun stoelen en zwaaide met zijn armen. Hij was lang en knap en droeg een met nepdiamanten bezaaide groene boksjas en een turquoise broekje. Het Auditorio Municipal zat voor twee derde vol en een constante stroom mensen bleef binnenkomen en hun zitplaats opzoeken. Er kwam nog één opwarmpartij na de hunne en daarna de hoofdpartij. Horace keek bijna in trance naar de menigte om hem heen, totdat Diego tegen hem schreeuwde: 'Het moet hier gebeuren, Hector, in de ring.'

'Maar er zijn zo veel mensen,' zei Horace zenuwachtig. 'Hij moet wel erg goed zijn.'

'Zo goed is-ie niet,' zei Diego. 'Hij is niet degene voor wie de mensen hier zijn. En, niet vergeten: iedereen kan worden verslagen. Iedereen. Je bent net zo taai als hij. En maak je niet druk over wat er buiten de ring gebeurt. Daar kun je niks aan veranderen. Trouwens, vergeet dat nou maar allemaal, want, shit man: het is hoog tijd om te gaan rocken.' Horace keek naar de scheidsrechter en eindelijk, na een hele dag wachten en zich een hele week zorgen maken, luidde de bel.

Zoals Diego al had voorspeld, raakte Salido Horace in de eerste drie ronden waar hij maar wilde. De klappen deden geen pijn, maar ze begonnen aan te tikken. Zijn ribben deden zeer en zijn oog begon op te zwellen. Maar wat zowel hij als Diego zich algauw realiseerde was dat Salido niet graag klappen incasseerde en dat hij bovenal afgeleid was. Hij was met zijn gedachten niet bij het gevecht.

'Je zult vijf klappen moeten incasseren om er eentje uit te delen,' zei Diego na de derde ronde opgewonden. 'Maar die ene klap zou wel eens genoeg kunnen zijn. Het klopt niet, zoals hij eruitziet. Ik kan mijn vinger er niet precies op leggen, maar het is zo. Je zult hem onder druk moeten zetten en dat zul je moeten bekopen, maar je moet hem opjagen. Je zult de ring klein moeten houden, de stoten incasseren en dicht bij hem komen. Maar als dat je lukt, kun je van hem winnen. Hij ziet er nu al uit alsof het beste er bij 'm vanaf is. Hoe voel jij je?'

'Ik ben nog niet moe,' zei Horace, terwijl hij zo diep mogelijk adem probeerde te halen. Er droop bloed uit zijn neus, zijn rechteroog zat half dicht en zijn lippen lagen open. 'Hij slaat niet zo hard als ik had verwacht.'

In de vierde en vijfde ronde incasseerde Horace tientallen stoten tegen zijn hoofd, in zijn maag, zijn nieren en zijn ribben. Diego kromp tijdens die twee ronden voortdurend ineen en overwoog halverwege de vijfde serieus de handdoek in de ring te gooien, maar op dat moment raakte Horace Salido met drie harde stoten op het lichaam en zijn tegenstander begon in te storten.

'Het wordt tijd dat je een nog groter risico neemt,' brulde Diego na de vijfde. 'Hou je dekking hoog, maar zet hem harder onder druk, en vervolgens nog harder.' Horace' rechteroog zat inmiddels bijna helemaal dicht en zijn lippen bloedden zijn mond in.

'Ik ben niet bang voor 'm,' zei hij, en hij probeerde op adem te komen. Een stroompje bloed liep uit zijn neus en bedekte zijn lippen terwijl hij dat zei. 'Ik ben helemaal niet bang voor 'm.'

De zesde begon ermee dat Salido met drie combinatiestoten Horace' gezicht trof. Horace counterde met een linkse hoek in Salido's nieren, waarop hij neerging. Salido kwam nog overeind, maar hij had niets meer over, en hij wist het eind van de ronde alleen maar te halen door zich vast te klampen en achteruit te lopen. In de zevende ronde kwam Salido maaiend uit de startblokken en Horace loerde op de genadeklap. Hij incasseerde een reeks harde stoten in zijn nieren en zijn gezicht, maar wist uiteindelijk een opening te vinden, raakte Salido met nog twee nierstoten op ongeveer dezelfde plek als voorheen, en Salido ging neer en stond bijna drie minuten niet meer op.

*

In de kleine, lege kleedkamer zat Horace er alleen, uitgeput en gehavend bij. Juan Pablo had het pand al verlaten. Hij was in de tweede ronde knock-out gegaan en had een taxi terug naar het hotel genomen. Het lukte Horace niet zijn ogen te laten focussen. Hij zag alleen wazige vlekken en strepen en zijn rechteroog zat dicht. Hij ging onder de douche en kleedde zich aan, maar toen het tijd werd om zijn schoenen aan te trekken kon hij dat niet. Net als na het gevecht in Monterrey deed het pijn om adem te halen, pijn om zijn overhemd dicht te knopen, pijn om überhaupt te bewegen.

Diego kwam vol opwinding binnen. Hij gaf Horace twee codeïnepillen, hielp hem zich verder aan te kleden en ze gingen de inmiddels uitverkochte arena in. Overal juichten en riepen mensen in het Spaans naar de boksers in de ring. Horace at twee hotdogs, dronk twee bekers cola en ging achter in de zaal staan kijken hoe Iván Morales vocht tegen een bokser uit Argentinië. Bij elke stoot van Morales stond de tent op zijn kop.

Maar terwijl het gevecht verderging, werd de pijn in Horace' ribben steeds erger en in de zevende ronde ging hij terug naar de kleedkamer, waarvan de deur op slot bleek. Hij hobbelde verder de gang door naar de andere kleedkamer, die wel open was. Hij ging op zijn rug op een bankje liggen en deed zijn ogen dicht.

Toen hij weer wakker werd, kon hij het lawaai van het publiek niet meer horen. Hij moest zich van het bankje laten rollen om te gaan staan. Zelfs lopen was lastig. Het was inmiddels rustig in het auditorium en de meeste mensen waren weg. Hij trof Diego vlak bij de ingang aan, waar die met drie oude mannen stond te praten.

'Waar heb jij gezeten?' zei Diego. 'Je hebt Érik Morales gemist.'

'Was Érik Morales er?!'

'Hij heeft je partij gezien.'

'Heeft hij me zien boksen? Echt waar?'

'Hij zei dat Vicente Salido nog nooit zulke harde klappen heeft gehad.'

'Echt?' Er brak een glimlach door op Horace' gehavende gezicht en de pijn in zijn ribben zakte af.

'Hij vertelde ook dat mensen hadden gezien dat Salido zich twee avonden geleden zat te bezatten en dat hij de laatste tijd heroïne en cocaïne door elkaar heeft gebruikt. Dus ga nog maar niet al te ver naast je schoenen lopen.' Diego lachte en reikte Horace vervolgens een envelop aan. 'Deze heb ik in het souvenirkraampje gevonden. Een promotiefoto van Morales toen-ie jong was. Hij heeft 'm zelfs voor je gesigneerd. "Voor Hector, die zo luid stoot als beton. *Buena suerta*, Érik Morales." Ik heb tegen hem gezegd dat je geen Spaans sprak, dus heeft hij in het Engels geschreven. Ik denk dat-ie bedoelde "die zo hard stoot als beton", maar je snapt het idee. Voel je je goed genoeg om een hapje te gaan eten en het te vieren?'

'Ik denk het wel,' zei Horace, die nog steeds naar de foto staarde.

'Weet je 't zeker?'

'Mijn ribben doen behoorlijk pijn.'

'Dat doen ze toch, wat je ook doet. Neem nog twee codeïnepillen. Als die eenmaal goed in je bloed zijn opgenomen knap je wel op.' Diego haalde ze uit een doosje in zijn jaszak. Horace spoelde ze weg met een slokje van Diego's bier.

'Je oog ziet er beroerd uit, maar niet erger dan de vorige keer dat ik je zag. Hij heeft in elk geval je neus niet gebroken. En daarbij is dit er nog.' Diego gaf Horace nog een envelop.

Er zaten achttien biljetten van honderd dollar in.

'Ik heb mijn tweehonderd er al uit gehaald.'

Horace haalde nog een briefje van honderd uit de envelop en gaf het aan Diego. 'Dat is voor de benzine en voor vanavond.'

'Vanavond?'

'Als je het niet erg vindt om voor me te bestellen en te betalen. Ik versta niks van wat mensen hier zeggen.'

Diego lachte en stopte het geld in zijn portefeuille.

'Komt Juan Pablo ook mee?'

Diego schudde zijn hoofd. 'Die zit in het hotel te mokken. Hij had een paar lokale partijen moeten boksen voordat hij zich aan het echte werk waagde. Maar hij wilde niet luisteren. Hij denkt dat hij taaier is dan-ie is en hij doet het ergste wat een bokser kan doen: hij geeft 't op. Hij gaf het aan het eind van de eerste ronde op, toen hij een uppercut kreeg waar-ie van schrok. Als-ie al ooit lef heeft gehad, raakte hij het kwijt toen hij die stoot incasseerde. Hij had op z'n minst moeten blijven om naar de andere partijen te kijken, om er wat van op te steken, maar zo'n soort joch is 't niet. Maar goed, laten we een beetje lol gaan maken. Dat heb je wel verdiend.'

*

Buiten kwamen ze een man van middelbare leeftijd tegen met een boksersgezicht en een zwarte spijkerbroek en een net zwart overhemd aan. Hij stond een sigaret te roken en Diego stelde hem voor als Javier Hernández. Hij sprak gebroken Engels. Diego hield een taxi aan en ze werden met z'n drieën naar de hoerenbuurt van Tijuana gereden en afgezet voor een restaurant dat Kentucky Fried Buches heette. Het uithangbord ervan was wit met rode letters en eronder stond: 'Desde 1963'. Om hen heen schalde muziek uit gebouwen en appartementen, auto's toeterden en dronken mensen liepen midden op de weg. Het rook er naar kapotte rioleringsbuizen, gegrild vlees, uitlaatgassen en urine.

'Je zei dat je van zuidelijk eten hield, toch, Hector?'

Horace knikte.

'Ze hebben hier alleen maar gefrituurde kippennekken.'

'Gefrituurde kippennekken?'

'Kijk niet zo bang,' lachte Diego, en hij legde zijn hand op Horace' schouder. 'Je zult ze lekker vinden. Iedereen vindt ze lekker. We nemen er gewoon een paar als borrelhap.'

Binnen was er een klein eetzaaltje en ze bestelden aan een rood-wit betegelde bar. De nekjes werden geserveerd met tortilla's en salsa en ze gingen met z'n drieën aan een borsthoge tafel staan eten. Toen ze ze op hadden liepen ze door de krioelende straat naar een restaurant dat Birriería Guadalajara heette.

'Ze hebben hier de beste geitenstoofpot die je van je leven hebt gegeten,' zei Diego, en ze gingen aan een hoektafeltje in het drukke restaurant zitten. Diego keek naar Horace en lachte. 'Kijk toch niet de hele tijd zo bezorgd, Hector. Je bent een Mexicaan en je bent in Mexico. Je zou opgelucht moeten zijn, niet bezorgd. Iedereen hier is net zoals jij. Hoef je eindelijk eens niet de hele tijd blanke mensen om je heen te hebben. Dus niet zo sip.'

Er kwam een serveerster en Diego bestelde bier en kommetjes *birria* en begon in het Spaans met Javier te praten. Toen het eten arriveerde at Horace zo veel als hij dacht dat hij moest eten om te voorkomen dat Diego hem belachelijk zou maken. Maar hij vond de smaak niet lekker en ook niet hoe gekruid het was. Hij dronk een biertje en toen bestelde Javier shots tequila en die sloeg hij ook achterover. Vervolgens nam Diego hen mee naar een drogisterij en kocht een eigen doosje codeïnepillen voor Horace. Ze bleven lopen. Ze passeerden Amerikanen in matrozenpakken, blanke studenten, straatmuzikanten die tejano- en rockmuziek speelden, een oude vrouw die op een Coleman-fornuisje op een melkkrat taco's zat te maken, straathonden en prostituees van alle leeftijden.

Ze liepen langs een lange rij lowriderauto's. Terwijl Horace daarnaar staarde, voelde hij een toenemende paniek. Hij hield niet eens van Mexicaanse áúto's. Hoe vaker hij banden verwisselde, des te meer wou hij dat alle auto's en trucks gewoon op hun assen bleven staan. Zoals meneer Reese altijd zei: waarom zou je geld steken in dingen die er niet toe doen? Grote wieldoppen, dunne banden en hydraulische systemen, het sloeg allemaal nergens op.

Javier nam hen mee naar een bordeauxrood gebouw waar een neonlichtbak die Horace niet kon lezen boven de deur hing. Binnen stond een uitsmijter in een zwart pak achter een balie. Diego gaf hem geld en ze werden langs de grote zaal met drie podia waarop drie blote vrouwen stonden te dansen naar een tweede zaaltje geleid, waar minder mensen waren en maar één meisje op het podium danste. Er stonden nog vier meisjes bij een kleine bar die van achter werd verlicht door rode tl-buizen. De barkeeper droeg een smoking.

'Hier hebben ze de jongste en knapste meisjes in TJ,' zei Diego tegen Horace. Er kwam een serveerster in een rood jurkje aanlopen en Diego bestelde voor hen alle drie bier en tequila. 'Deze meisjes zijn niet opgebruikt. Het kost meer, maar alles wat goed is kost meer. Ik zal nog wat geld moeten krijgen als je wilt dat ik er eentje voor je regel. En denk eraan dat je een condoom gebruikt. Die meisjes hier zijn jong, maar je moet evengoed oppassen.'

De serveerster kwam het bier en de tequila brengen. Ze proostten op Horace en hij dwong zichzelf het shotje achterover te slaan. Hij begon zich dronken te voelen en de pijn in zijn ribben ebde weg. Diego en Javier praatten verder in het Spaans. Horace keek twee liedjes lang toe hoe het meisje danste en tikte Diego toen op zijn arm. 'Denk je dat ik het in me heb om een bokskampioen te worden?' Zijn gezicht was nog steeds opgezet en zijn slechte oog zat nog bijna helemaal dicht.

'Je bent behoorlijk goed,' zei Diego, en hij draaide zich om in zijn stoel en keek Horace aan. 'Maar je hebt nog veel werk te doen. Om te beginnen moet je weg bij Ruiz. Hij is geen goeie trainer en geen goed mens. Met hem kom je nergens. Ik moet zeggen dat het me verbaasde hoe taai je vanavond was. Ik heb je onderschat. Je kunt een hoop incasseren. Maar, weet je, het is lang geleden dat ik een gast zo veel klappen heb zien krijgen. En ik zie elke week gevechten. Je loopt te veel klappen op. Veel te veel. Maar aan de andere kant, het is niet te geloven hoe hard je slaat. Dat is in je voordeel en iets waar je echt wat aan hebt.' Hij zweeg even, nam een grote slok bier en keek vluchtig naar het dansende meisje. 'Maar je moet goed onthouden dat je Vicente Salido op een slechte avond hebt getroffen. Dat is een feit. Hij heeft de natuurlijke aanleg, maar hij neemt zijn vak niet serieus en dat is hem vanavond opgebroken. Hij dacht dat hij beter was dan hij was en dat heeft hem net zo goed de das om gedaan als wat jij deed. De realiteit is dat je een paar ernstige gebreken hebt en zoals ik de vorige keer dat ik je zag al zei: als ze filmbeelden van je krijgen, wordt het behoorlijk zwaar. Je lijkt nu al tegen stoten op te lopen en dat zal nog een stuk erger worden als ze je stijl eenmaal kennen. Ik weet gewoon niet hoever je kunt komen, denk ik. Het zal pijn doen om daarachter te komen, dat weet ik wél. Maar je slaat "zo luid als beton".' Diego lachte en dronk zijn glas leeg. Hij klopte Horace op zijn schouder. 'Maar laten we het nu even niet over boksen hebben. Laten we gewoon lol maken en je succes vieren, oké? Je was een echte krijger in de ring, vanavond.' Hij praatte verder met Javier en bestelde nog meer bier en tequila. En ondertussen danste er al die tijd een meisje, zo te zien van een jaar of vijftien, op het podium.

Horace sloeg het volgende rondje van bier en tequila dat voor hem werd neergezet achterover, en tegen die tijd was hij dronken en was hij zijn opgezette oog en gezicht, zijn opengescheurde lippen en pijnlijke ribben vergeten. Diego vroeg om nog honderd dollar en die gaf Horace hem zonder door te vragen. Vervolgens kwam Diego van zijn stoel en begon met de barkeeper te praten. Hij kwam terug met nog drie biertjes en drie tequila's. Ze dronken het bier en de tequila alle drie tegelijk op en toen drukte Diego Horace een biertje in zijn hand en leidde hem naar de rand van de ruimte, waar twee jonge meisjes in schooluniform stonden. Diego nam er een bij de hand en zei tegen Horace: 'Ik heb al voor je betaald. Het enige wat jij hoeft te doen is achter haar aan het kamertje in lopen.'

Diego liep de trap op en verdween. Horace keek naar het

meisje dat naast hem stond. Ze was net boven de een meter vijftig, mager, heel jong en mooi. Ze had glimmende zwarte schoenen aan met witte kousen en een geruit rokje. Haar blote buik was te zien en daarboven droeg ze een dunne witte blouse tot haar navel en een zwart truitje. Ze pakte zijn hand en liep dezelfde trap met hem op.

Het kamertje was klein, met een tv in de hoek. Aan de andere kant van de kamer hingen kiekjes aan de muur, bij een bureautje, maar hij kon niet zien waarvan.

'*Habla inglés?*' vroeg hij.

Het meisje keek hem verlegen aan en schudde haar hoofd. Ze was te jong en hij wilde haar niet aanraken. Hij wilde weglopen, maar wist niet zeker of hij dat wel moest doen en toen stond ze voor hem en trok haar kleren uit. Ze knoopte Horace' broek los, duwde die omlaag naar zijn voeten en zakte door haar knieën. Eerst wilde hij niet dat ze dat deed, maar ze stopte hem in haar mond en voor hij het wist was hij klaargekomen.

Het meisje was daar niet op voorbereid en ging kokhalzend staan. Ze liep gauw naar een wasbak, spuugde het uit, waste haar handen en haar gezicht en poetste haar tanden. Hij kon niet zien of ze overstuur was of niet. Hij staarde naar haar: haar kleine kontje en dunne beentjes, haar kleine borsten. Hij keek toe terwijl ze zich aankleedde, haar schoenen met hoge hakken aantrok en er wankel op ging staan, als een kind.

'*Mi nombre es Horace*,' zei hij.

Ze knikte, glimlachte, pakte zijn hand en leidde hem de trap weer af, waar Javier zat met een biertje en een shot tequila. Diego kwam een half uur later naar beneden en ze bestelden nog een rondje. Toen ze vertrokken was het nog drukker op straat, de mensen waren dronken en wild. Ze liepen een kleine kilometer en bleven staan bij een tacokarretje, waar Diego drie taco's *al pastor* en een bekertje *horchata* voor Horace bestelde.

'Door die horchata komt je maag tot rust en heb je morgen een minder erge kater,' zei Diego. Horace at de taco's en dronk de horchata. Toen die op waren namen ze afscheid van Javier, en Diego en Horace namen een taxi terug naar het Marriott. In de lobby omhelsde Diego hem en zei dat ze de volgende ochtend om negen uur zouden vertrekken.

In zijn kamer liet Horace zich op het bed vallen en hij probeerde te slapen, maar de slaap kwam maar niet. Hij dacht aan het magere meisje en vroeg zich af hoe oud ze was. Terwijl hij daar in dat kingsize bed lag realiseerde hij zich dat dat meisje elke dag, terwijl hij trainde en autobanden verwisselde en bij de Lucky Wishbone at, sperma uitspuugde in een groezelige wasbak.

Een uur verstreek, zijn maag deed pijn van het eten en zijn hersens werden overspoeld door een tirade tegen zichzelf: 'Je zei dat je kampioen wilde worden, maar een kampioen doet dat niet. Een kampioen maakt geen misbruik van een straathoertje. En ga morgen in de auto nou niet de schuld aan Diego geven. Hij heeft je niet gedwongen die trap op te gaan. Hij heeft je niet gedwongen. Een echte kampioen denkt zelf na. Een echte kampioen bouwt zijn eigen schip en bepaalt zijn eigen koers. Een echte kampioen komt voor andere mensen op, zegt: "Dit deugt niet!"'

Hij keek op zijn telefoon. Het was half drie 's nachts. Waarom ging de nacht zo traag voorbij? Hij wilde opstaan maar hij wist niet waar hij heen moest en hij was te bang om alleen buiten te gaan lopen. Als ze een gym hadden gehad had hij kunnen gaan trainen, maar zijn ribben deden meer pijn dan ze ooit hadden gedaan en hij dacht dat zijn buik wel open kon knappen van al dat eten. Hij hield hem met zijn handen vast als een zwangere buik: twee hotdogs, vier glazen cola, twee taco's met kippennekjes, een kom geitensoep, drie taco's al pastor, een horchata, zes glazen bier en vijf shotjes tequila. Hij rolde van het bed en ging staan. Zijn ribben brandden al als hij ademhaalde. Hij begon te ijsberen.

Hij wilde niets liever dan terug naar Tucson, waar hij de taal in elk geval verstond, waar hij op z'n minst wist wat hij at en uit welke kraan hij kon drinken. En zodra hij terug was, zou hij uit het huis van zijn tante trekken en iets voor zichzelf zoeken. Hij zou de Reeses bellen en tegen ze zeggen dat hij ze miste. Hij zou zijn schip herbouwen. Steentje voor steentje en rij voor rij. Hij zou goedmaken wie hij was.

Hij bleef ijsberen en de nacht sleepte zich voort. Om vijf uur begon zijn neus weer te bloeden en om half zes ging hij aan de schijterij. Om half zeven moest hij overgeven en dat deed zo'n pijn in zijn ribben dat hij zich op de tegels van de badkamer liet vallen, waar hij bleef liggen tot om half negen de wekker ging.

19

Meneer Reese draaide de parkeerhaven bij Canyon Mine op en zette de motor af. Hij dronk langzaam een kop koffie, at een boterham met pindakaas en jam en luisterde naar de radio. Hij haalde een versleten gelamineerd briefje uit het dashboardkastje van de truck, 'Deze truck is eigendom van de Reese Ranch. Niet vernielen a.u.b.! We zijn een gezinsbedrijf!', en legde het op het dashboard. Hij nam zijn laatste slok koffie en stapte uit de truck. Hij nam zijn yogaoefeningen door, laadde Slow Poke en Honey uit en bond ze vast aan de paardentrailer.

In het vroege ochtendlicht haalde hij een buisje valium uit de zak van zijn overhemd, brak er eentje doormidden en slikte de helft zonder water door. Hij haalde de proviand uit de laadbak, stopte die in Honeys zadeltassen, trok beide riemen aan en leidde de paarden over het smalle, half weggespoelde mijnweggetje naar boven, tot ze bij een boomstronk in de berm kwamen. Hij ging erop staan, bracht Slow Poke naast zich, zette zijn voet in de stijgbeugel en klom op het paard.

Het eerste uur voelde hij zich best oké. Louise had voor hij vertrok zijn rug met tijgerbalsem ingesmeerd en er zat een ritme in Slow Pokes trage maar gestage tempo dat eerder verzachtte dan meer pijn opleverde. De oude man wiegde met elk van Slow Pokes wiegende bewegingen mee, concentreerde zich op zijn ademhaling en er verstreek enige tijd zonder noemenswaardige incidenten.

Hij had ongeveer drieduizend meter geklommen toen de wanden van de nauwe vallei zich openden en hij het eerste plateau bereikte. Hectaren aan weidegras verschenen, het ploeterende kreekje werd breder en bosjes espen stonden erlangs te beven. Meneer Reese moest plassen en de paarden moesten uitrusten, maar toen hij probeerde af te stijgen, merkte hij dat hij daar niet toe in staat was. Zijn rug zat vast en de kloppende pijn die even daarvoor was begonnen, was nu heviger. Hij haalde het buisje valium uit zijn borstzakje, haalde er een volledige pil uit en slikte hem door. Hij wachtte tien minuten, maar de pijn leek alleen maar erger te worden.

Hij haalde Slow Pokes leidsels van de zadelknop en haalde eerst zijn rechterbeen van de stijgbeugel en toen zijn linker. Hij duwde zijn cowboyhoed zo ver mogelijk omlaag, sloeg zijn armen om de hals van het paard en liet zich vervolgens langzaam van Slow Poke af rollen, tot hij op het gras viel. Het paard schrok niet, zag er alleen maar moe en warm uit in de middagzon.

De pijn werd erger en meneer Reese probeerde te gaan staan. Hij barstte in huilen uit. Hij wist overeind te komen, voorovergebogen en verstijfd, terwijl Honey lusteloos naast Slow Poke ging staan, haar ogen half gesloten en slapend. Hij greep beide leidsels vast, verplaatste de paarden naar de schaduw van de espen, bond ze vast aan bomen en ging plassen. Hij haalde zijn lunch en zijn waterfles uit Honeys zadeltassen, maakte de buikriemen van beide paarden wat losser en liet zich op het gras vallen. Hij probeerde een comfortabele houding te vinden, maar die was er niet. De pillen leken niets uit te halen, dus nam hij nog een halve en toen zakte de pijn eindelijk af. Hij raakte versuft en viel in slaap.

Het begon al te schemeren toen hij wakker werd. Hij stond gedesoriënteerd en met een pijnlijk lijf op, maar de spierkrampen waren opgehouden. Hij keek naar de donker wordende lucht. Het was te laat om Pedro's kamp te halen. Hij zou moeten wachten tot het weer licht werd. Hij besloot de paarden niet af te zadelen, uit angst dat hij de zadels er de volgende ochtend niet meer op zou kunnen krijgen. Hij bood Slow Poke en Honey zijn verontschuldigingen aan en leidde ze naar de kreek om wat te drinken voordat hij ze terugbracht naar het espenbosje en ze kluisterde. Hij pakte een klein zeiltje, een luchtmatras en zijn slaapzak, en spreidde die uit. Hij at in het donker een boterham met kalkoen.

Het briesje werd koeler en hij trok zijn laarzen uit en nam slokjes uit een heupflesje. In de verte hoorde hij het keffen van coyotes en boven hem schitterden de sterren en kon hij satellieten onderscheiden die aan de uitgestrekte hemel passeerden. Hij kroop in zijn slaapzak en viel in slaap.

*

Hij werd voor zonsopkomst wakker van de paarden, geschrokken van iets in de nacht. Het kleine luchtmatras dat Louise voor hem had gekocht hielp, maar feit was dat hij zo stijf was dat hij niet zeker wist of hij, wanneer de ochtend aanbrak, op zou kunnen staan.

Hij dacht aan zijn vaders dood, alleen in de bergen. Zou dat zo'n slechte dood zijn? Hij zou het niet erg vinden om alleen te sterven, zonder mensen in de buurt. Hij dacht niet dat hij dan banger zou zijn dan onder andere omstandigheden. Misschien zelfs minder, op de een of andere manier. Maar daar stond tegenover dat Louise buiten zinnen zou zijn. Ze zou de politie of de BLM niet bellen, ze zou alleen Ander bellen. En Ander, vierenzeventig inmiddels, zou dan proberen op een paard te klimmen en hem te zoeken. Uiteindelijk zou een ploegje van een man of vijf moeten zoeken. En het treurige was dat een van hen hem zou vinden, net zoals Ed Morton zijn vader had gevonden. Hij nam aan dat hij dan toch liever thuis in bed zou sterven. Dat zou alle betrokkenen het minste werk en de minste zorgen opleveren.

Hij keek naar de sterrenhemel boven hem en dacht aan zijn dochters en toen aan Horace en hij wenste dat hij Little Lana bij zich had om hem gezelschap te houden. Hij sloot zijn ogen en dutte weer in. De volgende keer dat hij wakker werd, was bij zonsopkomst. Hij nam een halve valiumtablet, wachtte tot die begon te werken en kroop toen langzaam uit zijn slaapzak. Hij deed de rekoefeningen waartoe hij in staat was en wreef tijgerbalsem op zijn onderrug. Hij stopte zijn slaapspullen weg, at een boterham met pindakaas en jam en trok in plaats van zijn cowboylaarzen een nieuw paar trimschoenen aan, waarop hij minder last van zijn rug had. De paarden stonden rustig naast elkaar. Hij trok beide buikriemen aan en ze begonnen in de richting van Pedro te lopen.

*

Het was laat in de middag toen hij in de verte het geblaat van de schapen hoorde. Hij kwam over een kleine richel en zag zijn kudde in een komvormige weide genesteld staan en een blauwe tarp in de verre hoek, half verborgen in een espenbosje.

Little Roy kwam als eerste naar hem toe, maar meneer Reese' rug was zo verstijfd en pijnlijk dat hij niet kon bukken om hem te aaien. De bordercollie ging naast hem lopen op weg naar het kamp, en algauw kon hij Whitey en Jip onderscheiden, en daarna Wally en Tiny. Iedereen was in orde. Hij bond de paarden naast Myrtle vast aan de hoge lijn en haalde het zadel van Slow Poke af. Hij pakte de proviand uit Honeys zadeltassen en haalde die van haar rug. Hij droeg zijn eigen tas naar het espenbosje en trof Pedro liggend op zijn buik aan, naakt op zijn slaapzak. Het kamp was een zooitje. Er lagen afgedankte conservenblikjes bij het kampvuur. Een driekwartliterfles rum lag voor driekwart leeg naast Pedro's hoofd.

Hij riep Pedro's naam een keer of vijf en schopte toen met zijn trimschoen tegen diens voet. Pedro ademde wel maar weigerde zich te verroeren. De oude man liep naar de andere kant van de uitgebrande vuurkuil, legde zijn zeiltje, het luchtmatras en zijn slaapzak neer, en stortte neer. Hij sliep tot het begon te schemeren. Toen hij wakker werd, moest hij zich op zijn buik rollen om zich overeind te duwen. Hij nam een half valiumpje en deed tijgerbalsem op zijn rug.

Pedro was nog steeds niet wakker geworden. Meneer Reese gaf de honden te eten en legde een kampvuurtje aan. Uit een nylon koeltas haalde hij twee biefstukken. Hij waste twee pannen af, keek tussen Pedro's voorraden en vond aardappelen, uien en knoflook. Die hakte hij en hij deed ze in een koekenpan op het Coleman-fornuis. De nacht brak aan en weer riep meneer Reese Pedro, en eindelijk rolde de arbeider zich om en ging zitten. Zijn ogen waren nat en bloeddoorlopen. Hij zag meneer Reese, knikte, ging vervolgens wankelend staan en zocht zijn kleren op.

Ze aten kijkend naar het kleine kampvuurtje. Wally ging naast Pedro zitten en Tiny en Little Roy naast meneer Reese. Ze zeiden niets, het kampvuur doofde uit en ze gingen slapen. Toen de dageraad aanbrak en meneer Reese zijn ogen opendeed, zag hij dat er weer een vuurtje brandde in de vuurkuil. Pedro was op en er stond koffie te pruttelen op het fornuisje. De oude man maakte zijn slaapzak open en rolde op zijn buik. Hij was zo stijf dat het moeilijk was om te gaan staan. Hij deed in zijn ondergoed tijgerbalsem op zijn onderrug. Hij deed rekoefeningen terwijl Pedro zittend op zijn slaapzak toekeek.

Pedro ontbeet niet. Hij dronk alleen koffie en ging naast het kampvuur zitten.

'We moeten praten,' zei meneer Reese, terwijl hij de laatste hap van zijn boterham met pindakaas en jam nam.

Pedro knikte.

'Heb je je telefoon nog?'

'Sí.'

'Heb je nog belminuten over?'

'Sí.'

'Als je je koffie ophebt, laat me dan zien waar ik hier bereik heb. Dan zal ik Louise bellen om te zeggen dat ik hier blijf. We laten Ander hier wel heen komen om proviand te brengen. Als we via Corral Canyon gaan, bespaart ons dat twee weken. Daarvandaan brengen we de schapen naar de boerderij. Dan zijn we een maand vroeger dan anders, maar ik heb hooi genoeg. Ik laat je hier niet meer in je eentje blijven.'

Pedro hield zijn ogen op het kampvuur gericht.

'In je hoofd, wat gebeurt er daar?'

Pedro haalde zijn schouders op.

'Wil je het niet zeggen?'

Pedro verroerde zich niet.

'Volgens mij wordt het tijd dat je teruggaat naar je vrouw en je gezin.'

Tranen stroomden over Pedro's gezicht.

Meneer Reese nam een slok koffie. 'Je zit al meer dan twintig jaar in je eentje hierboven. Tien jaar voor de ranch van McGill en nog tien voor mij. Da's een hele tijd, in de bergen.'

Pedro knikte.

'Hoe dan ook, ik ben er klaar mee,' zei meneer Reese. 'Ik kan de bergen niet meer in rijden en Horace is weg. Ik kan moeilijk aan personeel komen. Ik moet onder ogen zien dat het afgelopen is.' Hij zweeg even en keek Pedro aan. 'Kun je het nog een paar weken volhouden?'

Pedro knikte.

'Is er iets waar je over wilt praten? Is er iets waarmee ik je kan helpen?'

Pedro schudde zijn hoofd en keek naar de grond. Meneer Reese nam een laatste slok koffie en gooide de rest op het vuur.

20

Horace had wekenlang te veel pijn om iets anders te doen dan naar zijn werk gaan en naar huis lopen. Hij ging niet naar Ruiz en bracht zijn avonden alleen door met tv-kijken en wandelingen door de stad maken. Hij probeerde geld te besparen door thuis te eten, maar hij kreeg een bloedhekel aan het eten dat hij zelf kookte en raakte het zat het klaar te maken. Hij begon vier avonden in de week naar de Lucky Wishbone te gaan en Mariana bleef met hem flirten, zelfs al was zijn gezicht zo zichtbaar gehavend.

'Doet het erg pijn als je klappen krijgt?' vroeg ze hem.

'Niet echt,' zei Horace tegen haar. 'Niet als het gebeurt. Maar later wel.'

'Het ziet eruit alsof het nu pijn doet.'

'Het doet inderdaad pijn, nu,' zei hij, en hij glimlachte.

'Ik ben nog nooit in Tijuana geweest,' zei het meisje. 'Hoe is het daar?'

'Krankzinnig,' zei hij.

'En gevaarlijk?'

'Dat zal wel. Zo leek het wel.'

'Waren er veel mensen bij het gevecht?'

'Duizenden,' antwoordde hij.

'En je hebt gewonnen?' zei ze opgewonden.

Horace knikte en hoe hard hij ook zijn best deed, hij kon zich er niet toe zetten haar te vertellen dat het maar een partij in het voorprogramma was geweest. Dat die mensen er niet waren geweest om hem te zien of toe te juichen.

'Mijn oudste broer zit bij de mariniers,' zei ze. 'Hij heeft vroeger ook gebokst, maar niet als prof.'

Een klant kwam binnen en ging achter Horace staan.

Mariana rolde met haar ogen en haalde haar schouders op. 'Je hoeft niet te betalen hoor,' fluisterde ze, en toen zei ze: 'Hou je van films?'

'Jawel,' zei hij.

Ze liep naar de kassa, drukte op een knopje en er kwam een blanco bonnetje uit. Ze scheurde het af en liet hem zijn telefoonnummer opschrijven. 'Ik heb nog steeds een vriendje, maar ik wil wel met je naar de film, als je overdag kunt.'

'Welke dag?'

'Ik ga elke woensdag naar de film,' antwoordde ze. 'En ik ga altijd naar de voorstelling van half een of die van één uur.'

'Oké,' zei hij.

*

De week daarop wachtte hij haar bij de bioscoop op in zijn nieuwste spijkerbroek en zijn nieuwste langmouwige T-shirt. Hij had zelfs trimschoenen gekocht en die aangetrokken. Zijn rechteroog was niet meer opgezet, maar de huid eromheen was wel verkleurd en het oog werd vaak zomaar ineens wazig en waterig. Zijn ribben daarentegen deden pijn bij alles wat hij deed. Alleen al gaan zitten was moeilijk voor hem en zelfs zich omdraaien in bed was pijnlijk.

Hij betaalde voor zijn kaartje, ging naar binnen en zag dat ze naar ingelijste filmposters aan een muur stond te kijken. Ze droeg een zwarte jurk met dunne bandjes en witte tennisschoenen. Haar haar, dat hij alleen in een paardenstaart had gezien, hing los. Ze droeg lippenstift en mascara.

'Ik heb erover nagedacht en realiseerde me dat je me nog nooit zonder mijn uniform had gezien. Ik dacht dat je me niet zou herkennen.'

'Ik zou jou altijd herkennen, wat je ook aanhad,' zei Horace.

'En ik ruik niet eens naar die tent,' zei ze, en ze lachte.

Horace glimlachte. 'Ga je vaak naar de film?'

'Woensdag is een van mijn vrije dagen, dus als het even kan ga ik op woensdag naar de film. Het is te heet om iets anders te doen en bij mij thuis zijn er toch altijd te veel mensen. Vindt je baas het oké dat je een middag vrij neemt?'

Hij knikte.

'Wanneer moet je weer boksen?'

'Weet ik nog niet precies.'

'Boksen is mijn pa's favoriete sport.'

'En woon je nog thuis?'

'Ja, maar binnenkort ga ik het huis uit. Ken je dat meisje van mijn werk, Camila?'

Horace knikte.

'Misschien gaan we samen wel iets zoeken. Mijn twee jongere broers en mijn twee jongere zussen, mijn oma, mijn pa en ma en ik wonen met z'n allen in een huis met twee slaapkamers. Het is supervol. Je moet een uur wachten om vijf minuten alleen in de badkamer te kunnen zijn.' Ze rolde met haar ogen en glimlachte. 'Je gezicht ziet er beter uit.'

'Het zijn nu voornamelijk mijn ribben die nog pijn doen,' zei hij.

'Je moet wel een hele taaie zijn. Ik vind het al niet fijn als ik kouvat of me in mijn vinger snijd.'

'Zo taai ben ik niet.'

'Je ben waarschijnlijk nog stoerder dan mijn broer, en die zit in het leger. Heb je de andere *Hunger Games*-films ook gezien?'

'Ik weet er niks van.'

Mariana glimlachte en toen pakte ze zijn hand, alsof ze dat al duizend keer had gedaan en ze gingen de zaal in. Er waren maar drie stoeltjes bezet en ze leidde hem naar een hoek achterin. Ze gaf hem een stukje kauwgum, nam er zelf ook eentje en toen de film tien minuten bezig was, boog ze zich naar hem toe en kuste hem. Toen de film een half uur bezig was zaten ze alleen nog maar te zoenen. Toen Horace even ophield om naar haar vriendje te vragen, fluisterde ze alleen maar: 'Ik wil niet over hem praten. Hij is ontzettend saai en hij woont in Texas. Ik vind hem toch niet leuk meer.' Ze zoenden nog wat en toen de aftiteling voorbij was en de lichten aangingen, fluisterde ze: 'Ik wou dat-ie net begonnen was.'

Ze liepen samen de foyer in. 'Het is maar dat je het weet: ik ga alleen de bioscoop uit, voor het geval er familie van me langsrijdt. Ik ben familie van zo'n beetje iedereen in dit dorp, dus ik raak gauw in de problemen. Maar ik vond het erg leuk, Hector. Ik ga je mijn telefoonnummer niet geven, omdat dat van de vaste telefoon thuis is en als je belt zal mijn ma denken dat er iets loos is en ze vindt mijn vriendje aardig. Ik had wel een mobieltje, maar dat heb ik uitgerekend in de wc laten vallen en nu moet ik wachten tot ik mijn loon heb gekregen voordat ik een nieuwe kan halen. Maar als je naar de Wishbone komt, krijg je je eten morgenavond gratis van me. Oké?'

Hij knikte en keek toe hoe ze de bioscoop uit liep, en hij voelde zich beter dan hij zich zo lang als hij zich kon herinneren gevoeld had. Hij liep naar de balie, kocht een cola, een pakje Red Vines en een kaartje voor dezelfde film. Hij ging weer naar binnen en ging op de stoel zitten waarin zij had gezeten. Hij begon naar de film te kijken, maar zelfs nu hij alleen was, kon hij zich niet concentreren. Hij had een geschenk ontvangen, een kans om zich te revancheren voor Tijuana. Zich te revancheren voor het feit dat hij gefaald had, dat hij bier en tequila had gedronken, voor dat meisje, voor het feit dat hij altijd bang was in Mexico, en sindsdien somber en lui was geweest. Nu zou hij anders zijn. Hij zou de beste man zijn die ze ooit was tegengekomen. Hij zou haar leven makkelijker maken en haar elke dag aan het lachen maken. Hij zou haar beter kussen dan ze ooit gekust was en zo vaak als ze wilde met haar naar de film gaan. En als hij niet bij haar was, zou hij harder trainen dan ooit. Hij zou fatsoenlijk gaan verdienen als bokser en uit het huis van zijn tante trekken. Hij zou zijn leven weer op de rit krijgen, zijn boot vlot trekken.

*

Elke woensdag daarna spraken Horace en Mariana af in de bioscoop. Ze zoenden op de achterste rij. En de derde keer en alle keren daarna pakte ze zijn hand en stopte die tussen haar benen en in haar slipje. Als de film afgelopen was, liepen ze de foyer in en dan vertrok zij alleen en ging hij in zijn eentje nog een keer naar de film kijken.

Ze begon hem liefdesbrieven te schrijven en gaf hem elke keer als hij in de Lucky Wishbone kwam gratis menu's met extra bijgerechten. Door de week belde ze hem af en toe op zijn werk. Maar hij mocht haar nooit bellen, ze spraken nooit buiten de bioscoop af en ze maakte het nooit uit met haar vriend.

Horace' ribben genazen goed genoeg om weer te gaan trainen, hoewel hij niet meer zo zeker wist of zijn toekomst in Tucson lag. Diego had gelijk: om een echte bokser te worden, zou hij weg moeten bij Ruiz, weg uit Tucson. Terwijl hij daar net zijn draai begon te vinden. Zelfs zijn tante leek hem aardiger te vinden. Ze nodigde hem uit voor een feestje van haar werk dat ze bij haar thuis hield. Hij hielp haar de carport en de voortuin op te ruimen en een tafel en stoelen omhoog te dragen die ze in het souterrain had opgeslagen. Toen het feestje begon, stelde ze hem zelfs voor aan haar collega's. Ze deed niet echt aardig tegen hem en hij kon merken dat ze hem niet echt wilde leren kennen, maar het werd beter. Als hij inderdaad wegging, zou hij naar San Antonio moeten verhuizen en daar in zijn eentje opnieuw beginnen. Hij zou onderdak moeten vinden, een nieuw baantje en hij zou nog verder weg zijn van alles wat hij kende.

Hij begon erover te denken Mariana te vragen voortaan alleen nog met hem uit te gaan. Maar de woensdagen gingen telkens voorbij zonder dat hij er iets over zei. Hij was bang dat ze hem niet meer zou willen zien als hij dat wel deed. Dat hij haar er te veel mee onder druk zou zetten. Dus uiteindelijk hield hij zijn mond.

Op zijn werk deed hij gewoon wat Benny van hem vroeg. Soms kwamen er zendingen binnen en kwamen ze om in het werk en daarna werd het weer rustig. Er waren soms dagen dat hij niet echt wat te doen had, dus kreeg hij Benny zover hem de buitenkant van het pand te laten schilderen, het kantoor en de badkamer, en hem losse klusjes te laten doen om zijn werkuren op peil te houden. Hij begon de woensdagen ook elke week vrij te nemen.

En toen liep hij op een avond na zijn werk naar de Lucky Wishbone en bleek Mariana ontslag te hebben genomen. Het meisje met wie ze werkte, Camila, zei dat ze niet wist waarom en toen hij om Mariana's telefoonnummer vroeg, zei Camila alleen maar dat ze dat niet had, hoewel hij wist van wel. Daarna kon hij niet meer slapen en nauwelijks eten. Hij wist niet wat hij moest doen. Hij wist niet waar ze woonde of hoe hij haar moest bereiken. De woensdag daarop ging hij naar dezelfde bioscoop en wachtte in de foyer. Hij ging zenuwachtig op een stoel bij een nepopenhaard zitten en toen hij opkeek was ze er ineens.

Ze had een gele jurk aan en dezelfde witte canvas schoenen die ze altijd droeg. Ze droeg donkerrode lippenstift en eyeliner. Ze glimlachte naar hem, maar terwijl ze dat deed, sprongen er tranen in haar ogen.

'Camila zei dat je ontslag had genomen,' zei Horace.

'Ik moest wel,' fluisterde ze, en ze ging tegenover hem zitten. 'Ik ben zwanger, Hector. Ik heb het je nooit verteld, maar mijn vriend zit ook in het leger. Mijn broer en hij zijn in Texas gestationeerd en zijn elkaars beste vrienden. Maanden terug, voordat ik jou leerde kennen, waren ze met verlof en logeerde hij bij ons. Het gebeurde op een feestje waar we met z'n allen heen gingen. Ik wilde het uitmaken met hem, maar nu ga ik met hem trouwen en naar Texas verhuizen.'

'Verhuis je naar Texas?'

Ze begon onbedaarlijk te huilen.

Horace keek toe hoe ze huilde en toen keek ze naar hem op en veegde met haar handen de tranen weg. 'Maar kunnen we vandaag nog wel samen naar de film?'

'Ik wil wel, als jij ook wilt,' zei hij.

Ze knikte traag en de tranen bleven over haar wangen stromen.

In de zaal gingen ze achterin zitten, op hun vaste stoelen en de film begon. Ze hielden elkaars hand vast en zoenden, maar telkens wanneer ze dat deden, begon ze te huilen. 'Ik ben de grootste stommeling op de hele wereld,' fluisterde ze.

'Misschien kun je gewoon bij mij komen wonen,' zei Horace.

Mariana schudde haar hoofd. 'Mijn hele familie weet het al. We zijn heel erg katholiek en hij ook. Ik ga volgende week trouwen en aan het eind van de maand verhuis ik naar Fort Bliss.' Ze gaf hem nog een kus en hij hield haar in het donker vast, en toen was de film uiteindelijk afgelopen en liepen ze naar de foyer.

'Ik zal je niet vergeten, Hector, en ik zal je carrière volgen. Ik geloof dat ik van je hou en ik zal altijd uitkijken naar je partijen op tv en misschien zijn we op een dag wel weer samen, op de een of andere manier.'

Zijn hart begon als een razende te bonken toen ze dat zei. Hij wilde haar zijn echte naam vertellen, dingen over hemzelf, maar hij wist dat het daar het verkeerde moment voor was. Dus zei hij maar gewoon dat hij ook van haar hield, ze namen afscheid en zij vertrok.

*

Die avond belde Horace meneer Reese.

'Je klinkt alsof je iets dwarszit,' zei de oude man.

'Ik heb een meisje leren kennen,' gaf Horace toe.

'Een meisje?'

'Ja.'

'Hoe heet ze?'

'Mariana.'

'Wat is het voor meisje?'

'Ze gaat naar Texas verhuizen,' zei Horace, en hij ging weer op zijn rug op zijn bed op de vloer liggen. 'We waren een tijdje zo'n beetje aan het daten, maar ze heeft een vriend.'

'Heeft ze een vríénd?'

'Daar voel ik me ook schuldig over, meneer Reese. Maar ik vind haar leuk. En ze is het enige meisje dat ik ooit heb ontmoet dat mij leuk vond.'

'Dat is rot.'

'We zagen elkaar elke woensdag in de bioscoop.'

'Dat klinkt leuk.'

'Maar ze kan geen erg goed mens zijn, als ze met de ene gast gaat trouwen en met een andere zit te zoenen, toch?'

'Ze kan best een goed mens zijn. Ze klinkt alleen alsof ze in de war is. Met wie gaat ze trouwen?'

'Ze moet trouwen met haar vriend, die in het leger zit, omdat ze zwanger is geraakt. Maar ze zei tegen mij dat ze hem niet echt leuk vindt. Het is gewoon een vriend van haar broer en het is uit de hand gelopen.'

'Hoe oud is ze?'

'Negentien.'

Meneer Reese zuchtte. 'Ze is nog jong en zo te horen heeft ze zich nogal in de nesten gewerkt.'

'Rommelen meisjes in de stad altijd zo met twee jongens tegelijk, meneer Reese?'

'Nee,' zei hij, en hij lachte. 'Naarmate je ouder wordt, zul je dingen waardoor je gekwetst kunt raken steeds beter leren afkappen voordat ze beginnen. Je zult verder vooruit kunnen kijken.'

'Hoe bedoelt u?'

'Nou, de volgende keer dat een meisje dat je leert kennen een vriend heeft, zul je bijvoorbeeld misschien gewoon de andere kant op lopen. Met simpele logica kom je een heel eind, maar het is moeilijk om logisch te blijven denken als je hart erbij komt kijken. En je bent een romanticus, dus voor jou zal het nog lastiger zijn.'

'Een romanticus?'

De oude man lachte. 'Je probeert een Mexicaanse bokskampioen te worden. Dat zou je als romantisch kunnen zien.'

'Zo heb ik er nooit over nagedacht.'

'En herinner je je vriendinnetje op de middelbare school nog? Mandy?'

'Tuurlijk.'

'Voordat ze met haar ouders verhuisde, zouden jullie gaan trouwen. En toen waren jullie, wat, een jaar of zestien?'

Horace lachte.

'Luister, iedereen worstelt met dit soort dingen. En mensen worden eenzaam, en eenzame mensen hebben de neiging verkeerde beslissingen te nemen. Ik heb ook fouten gemaakt. Zo kom je erachter hoe dit soort dingen werkt. Het kan je soms een hoop verdriet besparen als je meer op daden dan op woorden afgaat... Hoe heette dat meisje ook weer?'

Horace ging rechtop op zijn bed zitten. 'Mariana.'

'Da's een mooie naam.'

'Haar daad was dat ze haar vriend bedroog, denk ik.'

'Ik heb een vraag voor je,' zei meneer Reese. 'Wist haar vriend van jou af? Vond hij het oké dat je met haar uitging?'

'Nee, hij wist het niet.'

'Heeft ze je mee naar huis genomen om kennis te maken met haar ouders en dat soort dingen?'

'Nee,' zei Horace, en zijn stem klonk plotseling bedroefder.

'Die daden zeggen wel wat, lijkt me,' zei meneer Reese.

'Lijkt mij ook,' fluisterde Horace.

'Maar je moet wel bedenken dat je elke week naar de film bent geweest met een meisje dat je leuk vond. Toch?'

'Da's waar.'

'En nu zul je onthouden dat het pijn doet als het op niks uitloopt. Dus de volgende keer zul je voorzichtiger zijn.'

'Maar ik denk nog steeds niet dat ze een heel slecht iemand is.'

'Dat denk ik ook niet. Ze vond jou leuk, toch?'

'Ik geloof het wel.'

'Dan moet er ook wel iets aan haar deugen.'

'En ik kreeg gratis eten van haar, waar ze werkte.'

De oude man lachte. 'Het spijt me dat je zo in de put zit, Horace, maar dat wordt wel beter met de tijd.'

'Denkt u?'

'Ik weet het bijna zeker.'

'Ik ga maar eens ophangen.'
'Oké.'
'En niet aan mevrouw Reese vertellen, oké?'
'Ik zal het niet vertellen.'

21

In de weken nadat Mariana was vertrokken zonderde Horace zich nog meer af. Afgezien van Benny op het werk, een enkele klant en tijdens de sessies die hij weer bij Ruiz was gaan doen, sprak hij niemand. Hij ging niet meer naar de Lucky Wishbone en begon weer thuis te koken, om geld uit te sparen om naar San Antonio te kunnen verhuizen. Hij besloot dat hij over twee maanden zou vertrekken.

Hij sloot ook een nieuw pact met zichzelf. Hij zette elke avond de tv uit en concentreerde zich weer op het luisteren naar de cd's van zijn taalcursus Spaans. Hij plakte stickers met het Spaanse woord ervoor op elk bord, elke kom, spiegel, tafel en lamp. En hij deed elke ochtend gel in zijn haar en liep de deur uit zoals hij zich voorstelde dat een Mexicaanse bokser zou lopen en hield die houding de hele dag vol. Als hij onder mensen was die hij niet kende, in een winkel of restaurant, sprak hij met zijn versie van een Mexicaans accent.

Hij trainde vier avonden in de week bij Ruiz, die net was weg was bij zijn vrouw en was verhuisd naar de kelder van de vervallen sportschool. Hij sliep op een bank die Horace had geholpen naar beneden te dragen, naar het kleine raamloze kamertje. Tijdens de training stak Ruiz vaak lange monologen af over hoe hij persoonlijk beroofd en belazerd was, over zijn misstappen en gemiste kansen. Hij kwam nog meer aan en zijn adem rook altijd naar Nicorette-kauwgum en chips.

En toen, op een zaterdag, twee maanden nadat Horace voor het laatst iets van Mariana had gehoord, kreeg hij een telefoontje van Diego.

'Hoe gaat-ie, Hector?'

'Wel oké,' zei Horace, en hij zette de tv uit.

'Hersteld?'

'Zo'n beetje.'

'Train je nog?'

'Ik heb elke ochtend in mijn eentje getraind en ik ga vier avonden in de week naar Ruiz.'

'Dus je zit nog bij 'm?'

'Ik weet niet wat ik hier anders moet. Maar ik ben aan het sparen om naar San Antonio te verhuizen.'

'San Antonio?'

'Om met jou te werken.'

'Da's waar ook,' zei Diego, en hij zweeg even. 'Ik heb het al behoorlijk druk, Hector, maar als het lukt, zal ik je helpen. Laten we het daar een andere keer maar eens over hebben. Vandaag bel ik om je te laten weten dat er iemand heeft afgezegd voor een partij in het voorprogramma in het Desert Diamond Casino, over twee weken. Dat is niet ver van Tucson. Het is bij jou in de buurt. De hoofdpartij is Contrera tegen Ochoa. Ochoa is vroeger de WBA-kampioen in het vedergewicht geweest. Hij is een legende in Arizona. Heb je wel eens van hem gehoord?'

'Nee.'

'Je moet hem maar eens opzoeken. Hij is nu over zijn hoogtepunt heen, maar hij was een tijdje geweldig. Het gevecht waar ik een tegenstander voor probeer te vinden is tegen een lichtgewicht die Raymundo Figueroa heet. Ooit van gehoord?'

'Nee.'

'Hij is voor Mexico naar de Olympische Spelen geweest. Is niet ver gekomen, maar hij is goed. Is een paar jaar geleden prof geworden en is nog ongeslagen, met dertien winstpartijen. Hij zou tegen een gozer uit Oekraïne boksen, maar die gast heeft zijn biceps gescheurd en heeft afgezegd. Het gaat om een partij over acht ronden. Op het moment is hij nog een maatje te groot voor je, maar ik ben aan het rondbellen om te kijken of ik iemand kan vinden. Ik kwam bij de H en toen dacht ik dat ik maar eens moest kijken waar jij uithing en hoe het met je ging. Dus, hoe gaat het met je?'

'Best goed, op zich.'

'Zijn je ribben genezen?'

'Min of meer.'

'En je oog? Kun je het weer focussen?'

'Meestal wel. Is die Figueroa echt zo goed?'

'Ik vind van wel.'

'Wat is de gage?'

'Vijfduizend dollar. Figueroa is in het hele Zuidwesten een aardige publiekstrekker en Mexicanen zijn dol op hem. De promotors denken dat dertig procent van de kaartverkoop aan hem te danken is. Bovendien staat hij op al de posters, dus ze willen niet dat hij afzegt. Inmiddels zijn ze zover dat ze gewoon een willekeurig slachtoffer zoeken. En de tijd begint te dringen. Niemand die ze geprobeerd hebben is bereid het op zo'n korte termijn tegen hem op te nemen.'

'Dus je belde niet alleen om te horen hoe het met me ging?'

Diego zweeg even. 'Ik weet niet precies wat ik dacht, maar hoe meer ik erover nadenk, hoe meer ik me realiseer dat Figueroa op het moment nog te veel voor je is. Hij is niet zoals Vicente Salido. Hij is van kleins af aan opgeleid als een technisch bokser, maar het is ook een knokker. Het is een vrome katholiek en ze zeggen dat hij van zijn leven nog geen druppel alcohol heeft gedronken. Mensen denken dat hij op een dag een kampioen kan worden. Hij zal niet zo afgeleid zijn als Salido, da's zeker.'

'Wordt hij echt ooit een kampioen?'

'Dat zeggen mensen altijd, maar in dit geval maakt-ie misschien wel een kans. Maar het is het verkeerde soort tegenstander voor jou. Ik had er niet goed over nagedacht, toen ik je belde. Dus laten we het maar gewoon vergeten.'

Horace stond op van zijn bed op de vloer en begon te ijsberen. Hij kreeg een strak gevoel op zijn borst en raakte buiten adem.

'Ben je er nog?' vroeg Diego.

'Ik ben er nog.'

'Wil je dat ik kijk of ik kaartjes voor je kan regelen?'

'Ik neem het gevecht wel aan,' zei Horace zwakjes.

'Wat?'

'Ik neem het aan,' zei hij harder in de hoorn.

Diego slaakte een diepe zucht. 'Weet je het zeker?'

'Ja, doe ik.'

'Ruiz zal het niet leuk vinden.'

'Die vindt niks leuk.'

'Als je Ruiz vijftien procent geeft, vindt hij het wel best. En ik krijg vijfentwintig procent vindersloon. Ruiz zal in je hoek willen staan, maar een erg beste wondverzorger is-ie niet.'

'Zou jij in mijn hoek kunnen staan?'

'Als hij het gevecht niet kan doen, doe ik het wel. Maar wel eerst aan hem vragen. Hector, het is maar dat je het weet: je zult waarschijnlijk verliezen. Misschien zal het wel goed voor je zijn om te verliezen, ik weet 't niet. Maar Figueroa werkt met een van de beste trainers in Los Angeles. Hij heeft een heel team achter zich. Op het moment probeert hij gewoon zijn aantal winstpartijen op te vijzelen. Je zult een nummer zijn, meer niet. Dat zeg ik tegen je omdat ik altijd eerlijk probeer te zijn. Hij zit op een heel ander niveau dan jij.'

'Maar zei je niet dat niemand bovenmenselijk is of altijd succes heeft, dat iedereen verslagen kan worden?'

'Dat zei ik om je meer zelfvertrouwen te geven toen ik merkte dat je 'm kneep, in Tijuana. Maar ik weet niet eens zeker of ik dat zelf wel geloof. Je bent een taaie. Je slaat zo hard als wie ook, maar je bent een groentje en je hebt een paar ernstige tekortkomingen. Je zit gewoon niet op hetzelfde niveau. Op een dag misschien wel, maar ik weet 't niet. En hij is sneller dan alles wat je ooit hebt gezien. Het is een geweldige technische bokser die in meer dan honderd amateurgevechten heeft gestaan en in dertien profpartijen. Hij is de slechtst denkbare tegenstander voor je.'

'Ik ben niet bang.'

'Misschien zou je dat wel moeten zijn.'

'Waarom belde je me dan?'

Diego zweeg.

'Ik kan er net zo goed achter komen wat dat betekent.'

'Het zal pijn doen om erachter te komen.'

'Ik ben vaak genoeg verrot geslagen om te weten dat ik dat niet erg vind.'

Diego ademde zwaar in de hoorn en hoestte. 'Ik zal het telefoontje plegen en kijken of ze toehappen. Waarschijnlijk willen ze een bekendere bokser, maar er is niet veel tijd meer. Als ze wanhopig worden nemen ze jou misschien. Bel Ruiz maar en ga dan op YouTube naar alles kijken wat je van hem kunt vinden. Als je de beelden ziet en van het gevecht wil afzien, bel me dan. Tot die tijd zal ik proberen het binnen te halen.'

*

Een week ging voorbij zonder telefoontje van Diego. Maar evengoed rende Horace elke avond na zijn werk naar de bibliotheek om YouTube-filmpjes van Raymundo Figueroa te bekijken. Vanaf het moment dat hij 's morgens wakker werd, was het

het enige waar hij aan dacht. Hij printte foto's van Figueroa van internet uit en schreef er 'B.O.O.T.' boven. Hij hing er eentje naast zijn bed en eentje in de wc in de werkplaats. Toen hij Ruiz vertelde van de mogelijkheid van het gevecht tegen Figueroa, reageerde Ruiz zowel opgewonden als boos. Hij had het over het bedrog van Diego en diens schandalige vindersloon, maar ook over de kans die hij hiermee hopelijk zou krijgen om de hoge piefen te ontmoeten die voor Figueroa werkten en voor één keer in zijn leven eens een mazzeltje te hebben. Tijdens de sessies gaf hij Horace geen enkel nuttig advies, behalve dat hij zei: 'Hij maakt je af als je het lijf-aan-lijfgevecht met hem aangaat. Als je dat maar niet doet, maak je misschien een kans om het acht ronden vol te houden.'

*

Horace' telefoon ging vlak voor middernacht over, vijf dagen voor het gevecht. Hij sliep half toen hij Diego's stem het nieuws hoorde vertellen. Toen hij ophing was hij nog steeds groggy, maar zodra hij weer in bed viel was hij klaarwakker. Hij sliep de rest van de nacht niet. De vier dagen daarna sliep hij slecht, en als hij van en naar zijn werk rende deed hij dat in blinde paniek. Hij had het gevoel dat hij telkens één stap tekortkwam om op adem te komen.

Op de ochtend van de partij gaf hij over en toen hij naar zijn handen keek, kon hij zien dat ze trilden. Hij haalde de platte doos onder zijn bed vandaan en haalde het rode boksbroekje eruit. Hij staarde naar het borduurwerk van mevrouw Poulet, wikkelde het broekje toen in een T-shirt en legde het voorzichtig onder in zijn sporttas.

De rit naar het casino kostte minder dan een uur. Ruiz zette hem voor de ingang af en vertrok vervolgens weer om zijn kinderen van school te halen. Het auditorium van het casino was een ovale ruimte en werklui waren rondom de blauwe boksring stoelen aan het neerzetten en reclamespandoeken van Tecate aan het ophangen. Horace zat een hele tijd te kijken en liep toen naar de restauratie van het casino om te lunchen. Terwijl hij op zijn Fried Chicken Special wachtte, zag hij een indiaanse jongen tafels afruimen. De jongen was zo te zien even oud als Horace. Hij droeg nieuwe basketbalschoenen, zijn haar was kort en hij zag eruit alsof hij met gewichten trainde. Hij duwde een karretje voor zich uit en sprak een serveerster aan, die ook indiaans was. Ze was knap en had lang zwart haar dat lichtjes krulde. Haar vingernagels waren roze gelakt en glinsterden onder het tl-licht. De twee lachten en toen legde ze haar hand zachtjes op zijn rug en fluisterde iets in zijn oor voordat ze weer aan het werk ging. Horace wist niet precies van welke stam ze waren, maar door ze zo samen te zien ging hij zich nog ongemakkelijker voelen dan hij zich toch al voelde.

Diezelfde serveerster zette zijn eten neer, maar het smaakte naar zand. Hij stopte er grote happen van in zijn mond, maar had moeite het door te slikken. Hij had het gevoel alsof hij langzaam van een klif viel. Toen ze weer langskwam, bestelde hij een cola en vroeg haar twee keer zijn glas bij te vullen voordat hij zijn eetlust terugkreeg, zijn eten opat en vertrok.

In de kleedkamer dronk hij water en vervloekte zichzelf dat hij drie glazen cola had gedronken. Hij bleef in zijn hoofd maar met zichzelf bekvechten, dus deed hij de lichten uit, ging in de hoek van de kamer zitten en viel als een blok in slaap op de vloer. Het volgende moment dat hij zijn ogen opendeed, waren de felle plafondlampen aan en stond Diego over hem heen gebogen.

'Stalen zenuwen heb jij,' zei hij. 'Ligt gewoon te slapen terwijl de meeste mannen in hun broek zouden schijten.'

'Hoe lang heb ik nog?' zei Horace, en hij stond op.

'Op z'n hoogst een uur, misschien. Je zou bezig moeten zijn met je warming-up. Waar is Ruiz?'

'Weet ik niet,' zei Horace.

'Nou, ik kan maar beter opstappen voor hij er is. Hij gaat uit z'n plaat als-ie me ziet. Hij belde twee dagen geleden, stomdronken, en verbood me vandaag bij je in de buurt te komen.' Hij lachte. 'Dus ik zie je pas na het gevecht, maar ik bel je gauw. Succes, Hector. Niet het lijf-aan-lijfgevecht met hem aangaan. En ga je warming-up doen, oké?'

Hij knikte en Diego verliet de kamer. Hij ging naar de wc, dompelde zijn hoofd onder in de wasbak, deed een lange reeks rekoefeningen en begon te schaduwboksen terwijl hij in de spiegel keek. Het zweet kwam los, en toen kleedde hij zich om in zijn boksbroek en trok zijn boksschoenen aan. Een paar minuten daarna kwam Ruiz de kleedkamer in. 'Ik heb overal naar je lopen zoeken,' zei hij buiten adem.

'Zeg dat nou niet. Ik heb hier de hele tijd gezeten,' zei Horace.

Ruiz had spaghettivlekken op zijn overhemd en rook naar bier en knoflook. 'We hebben niet veel tijd en een hoop te doen.' Hij maakte een schoudertas open waar zijn spullen in zaten. 'Er zijn helemaal geen parkeerplaatsen bij het casino. Ik heb bijna een kilometer moeten lopen. Je zou denken dat ze een parkeerplaats voor ons hadden gereserveerd, maar niet dus. Ik durf te wedden dat die lui van Figueroa een hele stapel parkeerkaarten hebben gekregen.' Ruiz begon Horace' handen in te zwachtelen. 'Zenuwachtig?'

'Een beetje.'

'Komt wel goed. Als je maar zorgt dat je niet in een knokpartij met hem verzeild raakt wordt het een goed gevecht.'

'Zal ik niet doen.'

'Heb je gegeten?'

'Een paar uur geleden.'

'Mooi zo,' zei Ruiz. 'Je bent een taaie knul. Die Raymundo Figueroa gaat een paar keer flink op zijn flikker krijgen.'

'Denk je dat echt?' zei Horace.

'Tuurlijk,' antwoordde Ruiz. 'Hij komt er nog wel achter.'

*

Toen hij het auditorium in liep, zat het bijna vol. Mensen liepen af en aan, van en naar hun zitplaatsen en er beukte muziek uit de luidsprekers. Hij ging de ring in en niemand leek het op te merken of het iets te kunnen schelen. En toen, tien minuten later, kwam Raymundo Figueroa binnen in een zwarte glitterjas met zilveren biezen. Mensen juichten en riepen dingen in het Spaans. Zijn haar was kort en zwart, hij had een donkere huid en was knap, en hij had een zwart-met-zilveren boksbroek aan. Hij knielde in de hoek van de ring, sloeg een kruisje en begon te bidden. Ruiz deed Horace zijn gebitsbeschermer in en Horace begon rond te stuiteren.

'Rustig,' riep Ruiz vanuit de hoek. 'Hector, je moet rustig worden.'

Maar het lukte niet om rustig te worden. Zijn hart begon als een razende te bonzen, aangejaagd door meer adrenaline dan hij zich kon herinneren ooit in zijn lijf te hebben gehad. En toen deed de hoekman van Raymundo Figueroa zijn gebitsbeschermer in, de scheidsrechter riep de boksers naar het midden van de ring, hun namen werden omgeroepen en het gevecht begon.

Binnen de eerste minuut was Horace tegen de touwen gewerkt en kreeg hij een spervuur aan combinaties over zich heen. Figueroa's stoten kwamen met zo'n snelheid op hem af dat Horace ze niet eens kon zien. Hij kon ze alleen maar voelen. Hij probeerde weg te komen, maar dat ging niet, en als hij een poging deed te counteren sloeg hij steeds mis en maakte Figueroa gebruik van de opening in zijn dekking. De ronde ging in een flits voorbij. Het was allemaal te veel. Maar wat duidelijk werd toen Horace op zijn kruk ging zitten, was dat de stoten van Raymundo Figueroa geen pijn deden. Dat er geen kracht achter zat.

De tweede ronde brak aan en weer zette Figueroa hem onder druk. Hij raakte Horace met een stuk of vijf, zes voltreffers op zijn lichaam en vervolgens met vier harde stoten in zijn gezicht, waardoor zijn rechteroog weer openlag. Maar Horace bleef bewegen en probeerde te counteren. En uiteindelijk, met nog dertig seconden op de klok, wist hij twee combinaties te plaatsen waar Figueroa verrassend van uit zijn evenwicht raakte. Het hele auditorium ontplofte.

De bel luidde en Horace liep terug naar zijn hoek. Zijn rechteroog begon dicht te zitten en zijn ribben deden weer zeer. Afzonderlijk van elkaar had hij geen last van de stoten van Raymundo Figueroa, hij deelde er alleen zo veel uit, en zo snel. Dat begon zijn tol te eisen. Ruiz ging over hem heen gebogen staan, schreeuwde en smeerde vaseline op zijn gezicht. Hij gaf hem water en controleerde zijn gehavende oog, ondertussen de hele tijd kauwend op een stukje Nicorette-kauwgum.

De derde ronde begon en weer werd Horace overrompeld. Na twee minuten had hij nog maar zes stoten uitgedeeld, die allemaal doel misten. Figueroa dreef Horace in een hoek en viel opnieuw aan met stoten naar het hoofd. Maar Figueroa begon slordig en overmoedig te worden en Horace raakte hem met een nierstoot waar meer kracht achter zat dan welke stoot die hij ooit had uitgedeeld ook. Figueroa wankelde naar achteren en Horace zette hem onder druk, wist hem nog twee keer op dezelfde plek te raken en daarna voelde hij dat Figueroa trager begon te worden, kon hij voelen dat Figueroa op zijn hoede voor hem raakte.

In de vierde raakte Figueroa hem met een harde stoot op zijn slechte oog. Horace incasseerde de stoot en counterde met een stoot op het lichaam die Figueroa bijna velde. In de vijfde onderging hij één lange afstraffing en Figueroa's stoten begonnen pijn te doen. In de zesde dreef Figueroa Horace in een hoek en liet een barrage aan combinaties op hem neerdalen, maar Horace verkrampte niet, hij werkte zich gewoon uit zijn benarde positie en wachtte af. En toen raakte hij Figueroa met twee harde stoten op het lichaam en Figueroa overleefde de ronde maar net. In de zevende incasseerde hij de ene stoot na de andere en kon hij nergens een gaatje in de dekking vinden. Zelfs Ruiz dacht erover de handdoek in de ring te gooien. Horace' rechteroog zat bijna dicht en de scheidsrechter zei dat hij een eind aan de partij zou maken als hij geen stoten zou gaan uitdelen.

Ruiz schreeuwde tegen hem toen hij voor de achtste ronde ging zitten. 'Je gaat dit gevecht verliezen als je hem niet knockout slaat! Godverdomme, Hector, je kunt 't!'

De achtste ronde begon en hij incasseerde nog meer klappen, voortdurend loerend op de counter. Figueroa raakte hem aan de lopende band en ging steeds voor Horace' gehavende rechteroog. Horace voelde zijn neus weer breken en toen dat er iets misging in zijn beschadigde oog, maar hij bleef afwachten en counteren, en uiteindelijk wist hij Figueroa met een stoot naar het hoofd te raken die zo hard was dat Figueroa plotseling tegen de grond ging. Met nog tien seconden op de klok ging Figueroa wankel en onvast op zijn benen staan. Hij was op sterven na dood. Horace zette hem onder druk en Figueroa hield zijn dekking hoog en trok zich terug. Maar het was te laat. Het gevecht was afgelopen.

Toen de oude blanke scheidsrechter naar het midden van de ring kwam, kon Horace bijna niets meer zien. Het zicht in zijn rechteroog bestond alleen nog maar uit wazige vlekken en strepen en zijn linkeroog wilde niet focussen. De twee boksers gingen aan weerszijden van de scheidsrechter staan en Raymundo Figueroa werd door de jury unaniem tot winnaar uitgeroepen.

*

Horace werd naar zijn kleedkamer begeleid en onderzocht door de ringarts, die een ambulance liet bellen. Ruiz kauwde op Nicorette-kauwgum en het zweet droop van zijn gezicht. Diego kwam de kamer in, sprak Horace kort toe, nam Ruiz vervolgens apart en ze verdeelden het geld. Ruiz nam Horace' aandeel aan en stopte vijfentwintighonderd dollar in Horace' sporttas. Diego vertrok en Ruiz begeleidde een bijna blinde Horace naar de douche. Hij hielp hem met afdrogen en aankleden en ze liepen door een zijdeur naar buiten, naar de klaarstaande ambulance.

'Je bent de taaiste bokser die ik ooit heb gezien. Ik zie je in het ziekenhuis,' zei Ruiz. 'Ik moet mijn auto ophalen, maar ik kom vlak achter je aan.'

Horace ging op zijn rug liggen en de ambulance gierde over de snelweg naar Tucson. Hij was inmiddels volkomen blind, zijn hoofd was in verband gewikkeld over zijn ogen. Zijn hele lijf begon pijn te doen, de pijn in zijn ribben vlamde bij elke hobbel in de weg op, zijn aan gruzelementen geslagen neus bloedde op zijn lippen, er gingen pijnscheuten door zijn rechterhand en hij maakte zich steeds meer zorgen dat hij zijn gezichtsvermogen voorgoed kwijt was.

*

In het ziekenhuis waren er lange momenten van wachten, vervolgens de drukte van een arts en daarna nog meer wachten. Toen Horace de volgende ochtend wakker werd, lag hij alleen op een kamer. Er werd hem verteld dat hij een gebroken neus, een gebroken jukbeen, drie gebroken ribben en een gebroken rechterhand had en dat het netvlies van zijn rechteroog had losgelaten. Hij zou die middag geopereerd worden. De dag verstreek en Ruiz kwam langs, bleef een uurtje op bezoek en vertrok weer.

Toen Horace bijkwam uit de narcose kreeg hij te horen dat het niet was gelukt zijn netvlies goed aan te hechten en dat hij hoogstwaarschijnlijk op z'n minst een deel van het zicht in zijn rechteroog zou verliezen. De arts vertelde hem dat hij daardoor nooit meer zou kunnen boksen. Daarna viel Horace als een blok in slaap. Het was diep in de nacht toen hij weer wakker werd. Hij lag daar in zijn eentje en huilde een hele tijd voordat er een verpleegster de kamer in kwam.

'Kunnen die tranen kwaad voor mijn oog?' fluisterde hij tegen haar. Er zat een dik kapje over zijn beschadigde oog en tranen stroomden uit zijn goeie oog naar beneden.

'Nee,' zei ze. 'Zit daar maar niet over in. Heb je iets nodig?'

'Nee,' zei hij.

'Welk cijfer zou je je pijn geven, op een schaal van een tot tien, als tien de hevigste pijn is?'

'Ik weet niet,' zei hij.

'Dus geen erge pijn?'

Hij schudde traag zijn hoofd. 'Ik moet iets bekennen.'

'Wat dan, Hector?' vroeg ze.

'Het is moeilijk om toe te geven.'

'Wat is er dan?' vroeg ze.

'Ik ben een leugenaar,' fluisterde hij. Hij keek haar aan. 'Ik heet geen Hector Hidalgo. Ik ben geen Mexicaan. Mijn echte naam is Horace Hopper.'

*

Ruiz kwam de volgende dag op bezoek en bleef om tv te kijken en te praten. Hij had een vuile joggingbroek aan en zag er afgepeigerd en katterig uit.

'Ik heb tot drie keer toe op het punt gestaan een eind aan het gevecht te maken,' zei hij, terwijl hij over zijn stoppelbaard van twee dagen op zijn kin wreef. 'Nu weet ik dat ik dat had moeten doen.'

'Ik wilde doorgaan,' fluisterde Horace.

'Natuurlijk wilde jij doorgaan. Maar ik had beter moeten weten. Ik dacht alleen dat je hem te pakken had en dat had je ook bijna. Als die partij een minuut langer had geduurd, had je die klootzak gevloerd.'

'Misschien.'

'Het was een heerlijk gevoel om daar weer bij betrokken te zijn,' zei hij. 'Een echte strijd tussen twee krijgers. Zo'n gevecht heb ik al heel lang niet meer meegemaakt. Ik durf te wedden dat Figueroa vandaag niet uit bed kan komen. Ik durf te wedden dat hij nog een week bloed pist.' Ruiz lachte en bleef naar de tv kijken. 'Vergeet niet: je zult herstellen, Hector. We kunnen binnen de kortste keren weer aan de slag. Herstellen en geduld hebben, meer is er niet nodig. Weet je, ik was vroeger zo godverdomde ongeduldig dat ik altijd met blessures bokste. Ik weet nog dat ik een keer een gevecht in Tulsa, Oklahoma had. Ik was er zelf naartoe gereden en mijn auto stond op het parkeerterrein. Maar ik werd tijdens die partij zo verrot geslagen dat de arts me door iemand naar het ziekenhuis liet brengen. Ik had mijn pols gebroken en mijn neus en jukbeen ook. Maar het ergste was dat ik niet goed uit mijn ogen kon kijken. Ik had een stuk of twintig klappen voor m'n kop gehad, en die gast, een zwarte bonenvreter uit Detroit, sloeg als een bulldozer. Hij heeft die avond gewonnen, maar hij heeft me niet neer gekregen. Bij lange na niet. Ik heb de hele nacht in het ziekenhuis gelegen voor ik werd opgelapt. Dat gebeurde uiteindelijk en daarna kreeg ik een lift terug naar mijn auto. Het was vijf uur 's ochtends. Mijn ene hand zat in het gips, mijn gezicht was helemaal opgezwollen en ik had last van duizelingen. Ik startte de auto en was zo'n beetje halverwege de stad toen ik me realiseerde dat ik niks zag. Alles was wazig. Dus toen ben ik aan de kant gaan staan en in slaap gevallen. Ik werd een paar uur later wakker, stapte uit de auto en zocht een restaurant op. Mijn kop bonkte alsof iemand er met een moker op aan het rammen was. Mijn hele lijf deed pijn. Mijn ribben waren er zo'n beetje aan toe zoals de jouwe nu, waarschijnlijk. Alsof iemand je, elke keer als je beweegt, fijnknijpt met prikkeldraad. Ik ging naar binnen en at wat, en iedereen in die tent bleef staan om naar me te kijken, vanwege twee vreemde dingen: dat ik een Mexicaan ben en dat ik verrot ben geslagen.' Hij lachte en stopte een Nicorette-kauwgumpje in zijn mond. 'Maar het geluk was aan mijn zijde. Ik zat aan de bar naast twee hippies die eruitzagen als zwervers. Ze hadden allebei een koffer bij zich en een van de twee een gitaar. Ze probeerden in Californië te komen en ik zei tegen ze dat ik ze zover als Tucson kon brengen als zij reden. Daar stemden ze mee in en dus ging ik achterin bier zitten drinken en pijnstillers slikken. Mijn kop voelde dagenlang alsof-ie tussen een bankschroef zat en ik zag de hele weg door Texas en New Mexico sterretjes en lichtflitsen, maar ze reden goed en die ene gast kon heel aardig gitaarspelen.'

Ruiz bleef doorratelen en Horace doezelde steeds weg, maar half luisterend. De volgende dag kwam Ruiz hem in zijn busje ophalen. Horace had verband en een ooglapje over zijn rechteroog, een opgezwollen en verkleurde neus, blauwe ogen, ingezwachtelde ribben en gips om zijn rechterhand. Ze reden zwijgend de stad door en Horace realiseerde zich dat Ruiz de hele nacht op was gebleven en dat hij nog steeds dronken was.

‘Kom maar langs als je hersteld bent,’ zei Ruiz toen hij voor het huis van Horace’ tante had geparkeerd.

‘Ze zeggen dat mijn oog nooit meer beter wordt,’ bekende Horace. ‘Dat ik nooit meer zal kunnen boksen.’

‘Dat gelul moet je niet geloven,’ zei Ruiz, en hij hoestte en nam toen een slok uit een flesje cola. ‘Dat zeiden ze tegen mij ook altijd, maar ik ging gewoon door.’

Horace knikte en stapte uit.

Ruiz glimlachte. ‘Bel me maar als je uitgerust bent.’

Horace knikte opnieuw en deed het autoportier dicht. Hij droeg zijn sporttas over zijn schouder en liep naar het gastenhuis.

Hij zag Ruiz nooit meer terug.

22

Er kwamen vroeg in de ochtend drie opleggers waarop twaalfhonderdtien schapen in drie veewagens werden geladen. De schapen, nerveus en bezorgd, blaatten onophoudelijk in koor, en de honden blaften en liepen heen en weer buiten de stalruimte. Whitey en Jip, de Anatolische herdershonden, zaten opgesloten in een paardenstal, ongezien maar continu blaffend, en mevrouw Reese stond vanaf de veranda toe te kijken terwijl de tranen over haar wangen stroomden.

Meer dan duizend schapen ingeladen en weg.

Ely en Little Lana zaten aan de voeten van mevrouw Reese obsessief toe te kijken, terwijl Tiny, Wally en Little Roy rond meneer Reese heen en weer renden. Het was na tienen toen ze klaar waren en meneer Reese het papierwerk overhandigd kreeg. Hij schudde de mannen de hand en keek toe hoe de drie vrachtwagens wegreden, een wolk van stof van een meter of vijfhonderd lang achterlatend.

Mevrouw Reese kwam van de veranda naar hem toe op de oprit en pakte zijn hand vast.

'Het is een akelig gevoel,' zei hij zachtjes.

'Dat is 't,' zei ze.

'Ik weet niet wat ik nu moet beginnen.'

'Dat verzin je nog wel.'

Hij zette zijn cowboyhoed af en haalde zijn handen door zijn haar. 'Ik zat te denken dat we misschien de stad maar in moesten gaan. Een hapje Mexicaans eten en een paar biertjes drinken of zo. Misschien een margarita. Ik heb zo'n gevoel dat ik alleen maar ga zitten somberen als we er niet even tussenuit knijpen. Laten we proberen er een feestje van te maken.'

'Ik kan hier ook burrito's klaarmaken, als je wilt,' zei ze.

Hij knikte traag en keek haar aan. 'Laten we ergens heen gaan, al gaan we alleen maar even pootjebaden in Pine Creek. Gewoon even weg, hier.'

Ze kneep in zijn hand. 'Ga jij anders maar gewoon. Dan maak ik vanavond je lievelingskostje voor je klaar, kip *piccata* met geroosterde aardappeltjes. Ik zal zelfs ijs maken.'

Hij knikte opnieuw. 'Ik ga niet met je bekvechten of je dwingen, maar weet je het zeker? Al is het maar voor een paar uurtjes.'

Ze knikte.

'Nou, oké.'

Ze kneep in zijn hand, wachtte even en zei toen: 'Waar ga je naartoe?'

'Weet ik nog niet precies.'

'Ik zal een lunch voor je klaarmaken.'

Hij knikte en mevrouw Reese, Little Lana en Ely verdwenen het huis weer in.

De oude man liep over de oprit naar de stal en Wally, Tiny en Little Roy gingen achter hem aan. Hij vulde de watertrog, wierp de paarden en ezels elk een pluk hooi toe, ging even bij Whitey en Jip kijken en liep toen terug naar de veranda, waar hij mevrouw Reese zag staan met een lunchpakket in een papieren zak en een kleine koelbox.

'Weet je wat me morgen bij de lunch lekker lijkt?'

'Wat dan?' zei hij, en hij beklom de treden.

'Bronforel.'

Hij glimlachte. 'Je hebt een klusje voor me verzonnen.'

Ze knikte en knipoogde. 'Ik wil dat je pas terugkomt als je genoeg hebt gevangen voor de lunch.'

Hij nam de zak, een sixpack en de koelbox aan en kuste haar gedag. Hij zette de koelbox in de cabine, legde de lunch in de gereedschapskist in de laadbak, haalde zijn visuitrusting uit de schuur en voor het eerst sinds ze pups waren, mochten Wally, Tiny en Little Roy in de cabine zitten: drie honden als passagiers. Meneer Reese stapte ook in, startte de truck en vertrok.

Terwijl hij over de oprit reed, zette hij de radio aan en Buck Owens klonk door de oude luidsprekers. 'Ze draaien in elk geval een goed liedje,' zei hij, terwijl hij zich bukte naar de koelbox die op de vloer stond en een biertje pakte. Hij trok het open, nam een grote slok en zuchtte.

*

Het kampeerterrein bij Pine Creek was leeg en meneer Reese parkeerde aan de rand ervan. De drie honden en hij liepen een dikke kilometer langs de snelstromende kreek de bergen in, totdat ze bij een diepe plas kwamen die aan de ene kant door rotsblokken en aan de andere kant door espen werd omringd. Het was een stekje waar hij vroeger had gevist met zijn vader, met zijn dochters en korter geleden met Horace. De honden gingen ongeduldig naast hem staan, verwachtten voortdurend opdrachten van hem. Terwijl hij een haakje aan zijn vislijn probeerde te krijgen botsten ze tegen zijn benen op en draaiden eromheen.

Meneer Reese keek op hen neer en lachte.

'Sorry,' zei hij, en hij kreeg het haakje eraan. Hij zette zijn hengel tegen een boom, pakte zijn lunch en de koelbox, zocht een klein stukje weidegras op en ging langzaam en pijnlijk zitten.

'Nou, er is het een en ander aan het veranderen,' zei hij tegen de honden terwijl die voor hem gingen staan. 'Om te beginnen zijn we vanaf nu gewoon goede vrienden. Wat inhoudt dat jullie voortaan 's nachts in huis zullen zitten. Mevrouw Reese zal daar in het begin wel een beetje stennis over schoppen, maar jullie hebben het verdiend. 's Zomers zetten we jullie op de veranda achter het huis, maar 's winters mogen jullie binnen bij het houtfornuis liggen. Dat hebben jullie allemaal verdiend. En jullie mogen voortaan ook allemaal in de cabine meerijden als jullie dat willen. De keerzijde is dat jullie geen werk meer te doen krijgen. Dat zal voor ons allemaal zwaar worden. Daar zullen zowel jullie als ik aan moeten wennen.' Hij riep Wally. De hond kwam vlak naast hem staan en meneer Reese begon hem te aaien. 'We zullen van nu af aan ook aanhankelijker zijn. Geen zaken meer. We zijn met pensioen. Dus het is voortaan alleen maar lol maken en alles op ons gemak. Wally en Tiny, jullie zaten daar sowieso maar een paar jaar vanaf, maar Little Roy, jij zult moeten uitvogelen hoe je als jonkie al met pensioen moet zijn. Ik hoop dat je dat lukt. Ik zal proberen je zo veel mogelijk bezig te houden, maar ik zal niks kunnen beloven en dat spijt me.' Daarna riep hij Little Roy bij zich en hij knuffelde en aaide hem en algauw lagen ze alle drie in zijn armen.

Meneer Reese haalde nog een biertje uit de koelbox en trok het open. Hij nam een slok, ging toen een stok zoeken en gooide die in de plas. Little Roy ging er als eerste achteraan en sprong in het water. Hij werd gevolgd door Wally en alleen Tiny bleef op de oever staan omdat ze niet nat wilde worden. Ze blafte en liep heen en weer. Wally bracht de stok terug naar meneer Reese, hij gooide er weer mee en lachte terwijl ze er met z'n allen achteraan gingen, waarbij Tiny dit keer te hard rende en niet op tijd kon stoppen. Ze gleed door de modder totdat ze van de oever het koude water in viel.

23

In zijn huisje trok Horace de rolgordijnen dicht, zette de airco aan en viel in slaap. Toen hij wakker werd, was het middag, en hij belde Benny, vertelde wat er was gebeurd en dat hij niet kon komen werken. Benny zei dat hij iemand anders voor hem zou laten invallen totdat hij was opgeknapt, maar Horace zei dat hij ontslag nam, dat hij de stad uit ging en niet meer terugkwam. Benny zei daarna niets meer. Hij hing gewoon op. Horace probeerde hem nog een keer te bellen om het uit te leggen, maar Benny weigerde op te nemen.

Hij ging drie dagen het huis niet uit, maar toen raakte hij door zijn eten heen. Het was avond en bijna donker toen hij naar Food City liep en blikken soep, melk, cola, brood en kaas kocht. Hij bracht nog vier dagen voor de tv door terwijl hij kaastosti's en soep at. Meneer Reese belde twee keer, maar Horace nam geen van beide keren op. Zijn tante klopte een keer op de deur, maar hij zette de tv uit en deed alsof hij er niet was.

Op de achtste dag voelde hij zich goed genoeg om wat hij wilde houden in zijn plunjezak te stoppen en de rest de deur uit te doen. Hij maakte de cd's van zijn taalcursus Spaans kapot en gooide zijn Spaanse woordenboek en zijn taalgids weg. Hij maakte de badkamer en de keuken schoon en zette dingen terug zoals hij zich herinnerde dat hij ze had aangetroffen. Met zijn gebroken hand schreef hij een maar net leesbaar briefje aan zijn tante.

Tante Briana

Bedankt dat ik hier mocht wonen. Ik weet dat ik nog twee maanden huur vooruit heb betaald, maar ik ga weg. U mag het geld houden. Ik weet dat we elkaar niet heel goed hebben leren kennen, maar misschien komt dat ooit nog wel. Ik heb twintig dollar op het aanrecht achtergelaten. Ik heb een mok kapot laten vallen waar "San Diego" op stond. Ik heb in een paar kringloopwinkels naar vervanging gezocht, maar die kon ik niet vinden. Misschien kunt u 'm online vinden. En ik heb ook drie stukken Ivory-zeep gebruikt, maar dat merk kon ik niet vinden, dus ik heb er Dove voor in de plaats gekocht. Hoop dat dat goed is.

Mijn verontschuldigingen als ik iets heb achtergelaten op een manier die u niet fijn vindt.

Horace

De volgende ochtend, nadat ze naar haar werk was vertrokken, schoof hij de sleutel en het briefje door haar brievenbus. Hij liep langzaam, zijn ribben stekend bij elke stap, naar het centrum, waar hij een bus naar Las Vegas nam. Hoewel hij was mislukt als bokser en nog steeds een nul was, had hij besloten terug te gaan naar de Reeses en de rest van zijn leven op de ranch te blijven wonen.

*

Het was avond en koel toen hij aankwam. De lichtjes van de casino's verlichtten de zwarte hemel. De kleine pendeldienst die naar Tonopah reed vertrok vlak bij het Greyhound-station, en hij kwam erachter dat er de volgende ochtend pas een bus vertrok. Hij zat daar de hele nacht vast. Hij droeg zijn plunjezak en liep urenlang doelloos rond onder de overkapping van Fremont Street in het oude centrum van Las Vegas. Honderden mensen liepen langs en de lichtjes van de casino's bleven maar branden. Hij belde meneer Reese een keer of vijf bijna op om hem te laten weten dat hij terugkwam, maar op de een of andere manier kon hij het nummer niet intoetsen. De avond sleepte zich voort, hij werd moe en de pijn in zijn ribben werd scherper, dus nam hij voor veertig dollar een kamer in het Golden Gate Casino Hotel.

De eerste avond was hij zo uitgeput en had hij zo veel pijn dat hij de tv niet eens aanzette. Hij sliep in het queensize bed gewoon in één ruk door tot de ochtend. Toen hij opstond kleedde hij zich aan en liep naar busstation. Maar hoe hard hij ook zijn best deed om zichzelf te overtuigen, hij kon het buskaartje naar Tonopah niet kopen. Hij liep eindeloos voor het kleine stationsgebouwtje te ijsberen, maar hij kon er niet naar binnen.

De bus kwam en vertrok, en hij liep de rest van de dag casino's in en uit. Hij betaalde voor nog een nacht in hetzelfde hotel, at bij een Chinees buffet en ging op zijn kamer tv-kijken. De volgende ochtend ging hij weer naar het station. Dit keer kocht hij zelfs een kaartje naar Tonopah, maar toen de bus eindelijk arriveerde, bleef hij gewoon op het metalen bankje zitten, terwijl zijn voeten zenuwachtig op en neer gingen. Hij zag vijf mensen instappen, de chauffeur sloot de deur en de bus reed weg bij het station.

Terwijl de bus de straat uit verdween, zakte Horace de moed in de schoenen. Op dat moment wist hij dat hij nooit terug kon naar de ranch. Hij had zichzelf voor de gek gehouden, dat hij dacht van wel. Want als hij dat deed, zou hij zich de rest van zijn leven schamen. Elke keer als hij meneer Reese zag zou de oude man hem zien voor wat hij was: een stomkop. De Reeses wisten te veel van hem, dat was het probleem. Hij was zo dom geweest te denken dat hij een Mexicaan kon worden en zo dom om te denken dat hij een bokskampioen kon worden. Waarom had hij dat allemaal gedaan? Hij zou opnieuw moeten beginnen. In zijn eentje.

De volgende ochtend belde meneer Reese, maar Horace nam niet op, hoewel hij wakker op bed tv lag te kijken. Hij bleef nog drie dagen in zijn kamer in het Golden Gate en ging alleen de deur uit om eten te halen en zijn dagelijkse rekening te betalen. Hij sliep sporadisch en liet altijd de tv aanstaan.

Op de ochtend van de vierde dag werd hij wakker omdat meneer Reese alweer belde. In de duisternis van de kamer keek hij naar het oplichtende schermpje van zijn telefoon, maar nam niet op en toen hij eindelijk ophield met rinkelen, zette hij hem uit. Hij keek urenlang tv en werd toen eindelijk rusteloos genoeg om het hotel uit te gaan en rond te kijken. Maar net als toen hij pas in Tucson was aangekomen, raakte hij overweldigd door het aantal mensen in Las Vegas. Al die casino's, gebouwen en toeristen. En de wetenschap dat zijn moeder daar ergens met haar man en kind in een buitenwijk in Noord-Las Vegas woonde maakte het nog erger. Hij wilde haar niet echt zien, maar hoe hij ook zijn best deed om het niet te doen, hij keek toch in elke auto die voorbijreed of hij haar zag. Als ik haar zou zien, wat dan? Ze zou hem niet bij haar in huis willen hebben, hoewel ze hem wel zou uitnodigen. Als hij daar wel zou gaan wonen en haar man thuiskwam en ze 's avonds laat samen in bed lagen, zouden ze zich zorgen maken hoe lang Horace zou blijven en wat zijn ware motieven waren. Ze zouden in het donker over hem liggen fluisteren. Ze zouden urenlang praten over hoe ze hem uit hun leven moesten krijgen en de volgende ochtend zouden ze terwijl ze samen ontbeten naar hem glimlachen en doen alsof er niets aan de hand was. Hij moest bijna overgeven toen hij daaraan dacht. Las Vegas was de laatste plek waar hij wilde zijn, maar op de een of andere manier kon hij niet vertrekken.

Er verstreek een week waarin hij alleen maar casino's in en uit liep. Hij sprak enkel serveersters en bediendes in winkels waar hij kwam. Op een middag barstte hij in een steeg achter een casino van eenzaamheid in huilen uit. Hij ging voor een gedeukt rolluik op de grond zitten en snikte, en in dat moment van wanhoop besloot hij opnieuw te proberen terug te gaan naar Tonopah. Gêne en schaamte moesten makkelijker zijn dan elke dag alleen zijn in een stad.

De middag daarop nam hij een taxi naar de Boot Barn en kocht nieuwe werkkleding. Drie geruite westernoverhemden met lange mouwen en twee Wrangler-spijkerbroeken. Hij ging terug naar zijn kamer, pakte zijn spullen en zat de avond uit met tv-kijken. Maar toen de volgende ochtend aanbrak en hij in de hotelkamerspiegel naar zichzelf keek, in zijn gekreukte kleren, met het lapje voor zijn oog en het gips om zijn hand, verdween de zekerheid van de vorige dag. Dit keer lukte het hem niet eens zijn kamer uit te gaan om naar het station te lopen.

*

Door al die ledige dagen gaf hij zijn geld te snel uit. Hij betaalde dagelijks voor zijn kamer, at elke maaltijd buiten de deur en huurde elke avond films op tv. Hij wist dat hij, als hij in Las Vegas bleef, een appartement en een baantje moest zoeken. Dus toen hij de volgende ochtend wakker werd, begon hij daarmee. Hij zocht drie dagen lang en belandde toen bij een saai complex met eenkamerappartementen, een kilometer of anderhalf van het oude centrum vandaan. Het was een slecht gebouwd pand in ranchstijl uit de jaren vijftig. Er was geen tuin of ook maar een struik te bekennen. De gevelbekleding was van geel vinyl en elke unit had één raam aan de voorkant en een witte deur. Op een van de deuren was met plakband een TE HUUR-bordje gehangen. Hij belde het telefoonnummer dat erop stond en algauw kwam er een man van middelbare leeftijd uit een hoekappartement. Hij had een rood aangelopen gezicht met gesprongen adertjes op zijn neus en hij droeg een hawaïshirt, een witte korte broek en slippers. Hij liet Horace de unit zien, één kamer met een bed, een bankstel, een kledingkast en een kitchenette erin.

'Zoals je ziet is-ie gemeubileerd,' zei de man. Hij draaide een kraan in de keuken open om te laten zien dat die het deed. In de badkamer spoelde hij de wc door en draaide de kraan in de vlekkerige plastic douchecabine open.

'Hoeveel is het per maand?' vroeg Horace.

'Zeshonderd dollar. De eerste en laatste maand vooruitbetalen en een borgsom van zeshonderd dollar. Achttienhonderd om erin te trekken.'

Horace keek naar de vervallen kamer en omdat hij niet wist wat hij anders moest zeggen, zei hij maar dat hij hem nam. Hij vulde het papierwerk in, liep toen naar de bank en haalde een geldwissel van achttienhonderd dollar. Toen hij de sleutel kreeg, liep hij terug naar zijn hotel en probeerde tijdens zijn laatste nacht daar een toekomstplan te verzinnen. Maar hoe hard hij er ook over nadacht, zijn leven in Las Vegas sloeg nergens op.

Hij werd de volgende ochtend bij zonsopkomst wakker, pakte zijn plunjezak in en verliet het Golden Gate Hotel om acht uur. Hij liep naar buiten, naar een steeg waar een reeks vuilcontainers op een rijtje stond. Hij legde zijn mobiel op het asfalt, sprong erbovenop en stampte hem kapot. Tranen welden op in zijn ogen toen hij zijn handtrainer, de gesigneerde foto van Érik

Morales, een springtouw, trimschoenen, een joggingbroek, boksschoenen, de T-shirts die hij niet mooi vond en de rood-met-gouden boksbroek die mevrouw Poulet voor hem had gemaakt tevoorschijn haalde, en ze allemaal bij het vuilnis gooide.

24

Meneer Reese stopte voor het Banc Club Casino. Het was winter. Er lagen sneeuwresten op de grond en de zon was nog niet over de bergen heen gekomen. Hij liep over het parkeerterrein in een lange onderbroek, een spijkerbroek, een flanellen overhemd, een canvas jas, zijn grijsvilten cowboyhoed en nieuwe trimschoenen. Zijn bril besloeg van de kou toen hij het casino in liep.

Zittend aan een tafeltje in de hoek vulde Ander Zubiri een lottokaart in. Een halfleeg glas rode wijn stond voor hem.

'Hoe lang zit jij hier al?'

'Niet lang,' antwoordde Ander, die naar zijn kaart bleef kijken. 'Ik heb voor ons besteld toen ik je aan zag komen rijden.'

'En als ik binnenkort nou eens van gedachten verander?'

'Je bestelt altijd hetzelfde, hoe je ook je best doet om dat niet te doen.'

Meneer Reese lachte, zette zijn hoed af en trok zijn jas uit en hij ging tegenover hem zitten. 'Ik heb er een bloedhekel aan als het zo koud wordt.'

Ander knikte. Hij had een bruinvilten cowboyhoed naar achter geschoven op zijn hoofd en droeg een lichtblauw westernoverhemd met verbleekte wijnvlekken erop. Het klepje ontbrak van zijn linkerborstzak, waar een pakje sigaretten in zat. Hij keek meneer Reese aan. 'Sinds wanneer heb jij die flitsende schoenen?'

'Al een tijdje. Ik laat me soms masseren en het meisje daar dacht dat mijn probleem misschien deels door mijn laarzen kwam. Dus toen heb ik het soort trimschoenen gekocht dat Horace altijd draagt en nu voel ik me beter.'

'Is je rugpijn weg?'

'Nee,' zei hij. 'Maar het gaat wel beter.'

Een gedrongen blonde serveerster van middelbare leeftijd kwam met een pot koffie de keuken uit en schonk een kopje voor meneer Reese in.

Ander keek op van zijn lottokaart. 'En, ga je vanaf nu op vakanties?'

'Vakanties?'

'Nu je je schapen hebt verkocht. Nu je vrij bent en geld en de tijd hebt. Voor de meeste mensen zou dat een vakantie betekenen.'

Meneer Reese schudde zijn hoofd. 'En Louise dan?'

'Wat is er met haar?' zei Ander, en hij nam een slok wijn.

'Die gaat niet eens naar de winkel, laat staan bij Cassie en Lynn op bezoek. Hoe moet ik haar nou zover krijgen dat ze mee op vakantie gaat?'

'Ga maar alleen, dan trek ik wel bij haar in.'

Meneer Reese lachte en schudde zijn hoofd.

'Weet je, ik heb iets gehoord,' zei Ander.

'Wat dan?'

'Die Pedro van jou is voor een ranch in Wyoming gaan werken. De Sunny B. Livestock Company. Over een paar maanden trekt hij er met een kudde op uit.'

'Is hij niet naar huis gegaan?' vroeg meneer Reese.

Ander schudde zijn hoofd. 'Het is vreemd, wat ik gehoord heb. Schijnbaar is hij al dertig jaar niet naar huis geweest. Ik zat te praten met een gast die hem kent en die zei dat Pedro al die keren dat hij tegen jou zei dat hij naar zijn vrouw en kinderen ging, in een caravan in Winnemucca zat te wachten tot-ie terug kon komen.'

'In Winnemucca?'

'Dat is wat ik heb gehoord.'

'Heeft hij überhaupt wel een vrouw en kinderen?'

Ander haalde zijn schouders op.

'Waarom zou hij de bergen weer in gaan als hij zich daar zo ellendig voelt?'

'Wie zal het zeggen,' zei Ander.

Meneer Reese nam een slok koffie en keek omlaag naar het tafeltje.

'Sommige mensen kunnen gewoon niks anders,' zei Ander. 'En sommige mensen kun je gewoon niet helpen. Maar goed, wat heb je zoal met je vrije tijd gedaan?'

'Ik heb de houtkloofmachine gerepareerd. Ik heb mijn bosmaaier ook gerepareerd en nieuwe bougies en filters in mijn kettingzaag gezet. Nu ben ik met de balenpers bezig. Ik heb de meeste van mijn honden en paarden nog. Iemand heeft ergens bij de Barley Creek Ranch een ezel gedumpt. Lonnie Dixon heeft haar gevonden en mij gebeld en toen ben ik haar gaan ophalen. Dus nu hebben we nog een ezel.'

'Ik heb nooit van ezels gehouden,' zei Ander. 'Die rotbeesten houden nooit hun bek en ze gaan nooit dood.'

Meneer Reese lachte.

'Ik ga volgende maand golfen in Palm Desert. Ga anders mee. Ik heb daar een paar vrienden gemaakt.'

'Ik kan niet golfen.'

'Dan neem je gewoon een paar lessen. Zo moeilijk is het niet. Louise is eraan gewend om alleen te zijn. Waarom kom je niet eens kijken hoe andere mensen leven? Je kunt toch niet je hele leven alle kapotte rotzooi die je hebt repareren?'

'Het probleem is dat ik daar al bijna mee klaar ben. Als de onderdelen voor de generator eenmaal binnen zijn, heb ik die ook zo weer aan de praat.'

Ander lachte en dronk zijn glas leeg. 'Weet je, mijn dochter heeft een stedentrip naar San Sebastián gepland. Daar gaan we komend voorjaar heen. Kom lekker mee.'

Meneer Reese zuchtte en schudde zijn hoofd. 'Ik zou me schuldig voelen als ik Louise alleen achterliet. En daarbij, ik heb drie paarden, drie ezels en vijf honden te verzorgen.'

'Vijf?'

'Ik heb Whitey en Jip aan een ranch in Idaho verkocht.'

Ander knikte. 'En wat ga je nu dan doen?'

Meneer Reese haalde zijn schouders op.

De blonde serveerster kwam twee borden met biefstuk, eieren, aardappels en toast brengen. Ze kwam terug met de koffiepot en een glas rode wijn.

'Het punt van niet meer werken is dat je een beetje lol gaat maken,' zei Ander.

Meneer Reese knikte.

'Maar jij weet niet hoe je lol moet maken, omdat je nooit ergens heen hebt gekund. En zelfs nu, nu je geen last meer hebt van al die blatende klotebeesten, heb je nog geen vrijheid.'

Meneer Reese knikte opnieuw en sneed in zijn biefstuk.

'Interessant geval is dit,' zei Ander, en hij glimlachte. Ze aten zwijgend, terwijl Ander zijn lottogetallen volgde op het scherm achter meneer Reese. Er zat verder niemand in het restaurant. De serveerster kwam nog een keer met de koffiepot en ging toen op een kruk een tijdschrift zitten lezen.

Ander schoof zijn lege bord opzij, naar de rand van de tafel. 'Weet je, Eddie Morton heeft nog vijftig stuks rundvee. Ik durf te wedden dat je die voor een goede prijs van hem kunt overnemen. Als ik me goed herinner, heb jij Eddie uit de penarie geholpen toen hij mot kreeg met Rollins. En dan was er nog die keer dat je met je tractor helemaal naar Keystone Canyon bent gereden om zijn kar eruit te trekken, toen hij die er met zijn dronken kop in had gereden. Ik zou hem persoonlijk voor zijn raap schieten als hij je niet matste. Hij beweert dat hij hier ergens een andere boerderij gaat kopen, maar dat doet-ie toch niet. En aan koeien heb je in sommige opzichten minder kopzorgen. Ik geef je mijn quad wel. Dan zou je het met één parttime kracht kunnen redden.'

Meneer Reese legde zijn mes en vork neer. 'Ik word gek van jou. Je stuurt me folders van cruises en visreisjes. Je wilt dat ik naar Spanje ga.' Hij reikte over tafel en haalde het sigarettenpakje uit Anders borstzak. Hij haalde er een sigaret uit en stak die op met een plastic aansteker die op het tafeltje lag. 'Je wilt dat ik ga golfen en mijn boerderij verkoop. En vervolgens wil je dat ik je quad neem en rundvee ga houden, terwijl je net zo'n hekel aan rundvee hebt als aan schapen... Je bent gek, jij.'

'Misschien,' zei Ander, en hij glimlachte. 'Ik gooi maar wat balletjes op. Ik ken jou, een van de dingen die ik opnoem blijft wel hangen. Ga tot die tijd gewoon lekker mee golfen in Palm Desert. Geen vrouwen, alleen een paar dronken ex-ranchers. Ze hebben lekker eten daar. Het is er warm. Je hebt 'r palmbomen en jacuzzi's. Heb je wel eens in een jacuzzi gezeten?'

Meneer Reese schudde zijn hoofd en rookte langzaam zijn sigaret.

'Nog even en we zijn dood, Reese. Waarom zou je je laatste dagen op achthonderd hectare vol saliestruiken slijten als je ook in een jacuzzi kunt zitten?' Ander keek naar het lottoscherm terwijl zijn getallen een voor een verschenen. Hij nam een slok en glimlachte. 'Alle vier.'

'Echt wat voor jou,' zei meneer Reese.

Ander nam een slok wijn en stak een sigaret op. 'Nog wat gehoord van je verloren zoon?'

Meneer Reese schudde zijn hoofd. 'Da's nog zo'n probleem waar ik niets van begrijp en waarvan ik niet weet wat ik eraan doen moet. Horace is verdwenen. Voor zover ik heb weten te achterhalen heeft hij een partij gebokst in een casino ten noorden van Tucson. Heeft hij mij niet verteld, er niks over gezegd toen ik hem sprak. Pas toen ik op internet ging kijken, zag ik dat die had plaatsgevonden. Blijkt dat hij aardig is toegetakeld. Zijn hand gebroken, zijn oog beschadigd en hij heeft in het ziekenhuis gelegen. Daarna heeft hij een lift gekregen van zijn trainer, Alberto Ruiz, die hem heeft teruggebracht naar zijn huis in Tucson. Hij was te gehavend om te werken, dus toen heeft-ie zijn baas gebeld en ontslag genomen. Zijn baas heeft hem sindsdien niet meer gezien en Ruiz ook niet. Pakweg een week daarna ontving zijn tante een briefje waarin stond dat hij was vertrokken. Toen ze in het gastenhuis ging kijken was hij weg, hoewel hij nog twee maanden huur vooruit had betaald. Ze zei dat hij geen spoortje in het huis had achtergelaten. Niets, behalve bij het vuilnis, waar ze zijn foto's van Mexicaanse boksers vond. En in al die tijd heeft hij niet één keer zijn telefoon opgenomen. Ik heb hem al tientallen keren gebeld. Een maandlang was volgens zijn voicemail zijn inbox vol, maar nu is de telefoon helemaal afgesloten.'

'Afgesloten?' vroeg Ander, plotseling bezorgd.

Meneer Reese knikte. 'Een week geleden ben ik naar Tucson gereden om rond te kijken. Ik ben bij zijn tante, zijn baas en zijn bokstrainer langs geweest. Niemand heeft hem gezien. Dus toen ben ik naar het politiebureau gegaan en heb hem als vermist opgegeven.'

Ander nam een slok wijn en plotseling welden er tranen op in zijn ogen. 'Het is altijd zo'n gevoelig joch geweest. Heb je enig idee waar hij kan zijn?'

'Nee.'

'En zijn ouwelui?'

'Zijn ma woont nog steeds in Las Vegas. Horace heeft sinds ergens rond zijn twaalfde weinig contact meer met haar gehad. Af en toe, tijdens de feestdagen en dat soort dingen, maar ik denk niet dat hij haar in vertrouwen zou nemen. Horace heeft tegen mij altijd beweerd dat hij het haar nooit heeft vergeven dat ze hem in Tonopah achterliet.'

'Dat was ook behoorlijk gemeen,' zei Ander.

Meneer Reese knikte. 'Toen ik haar sprak, leek ze zich zorgen te maken, maar ze had er verder weinig over te zeggen en ze kon me ook geen ideeën aan de hand doen. Ik heb zijn vader gebeld, die in Seattle woont, maar die heeft nooit een relatie met Horace gehad. De vader zei dat hij Horace voor zijn verjaardag een cheque had gestuurd, maar dat hij die niet had geïnd. Maar aan de andere kant, de cheques die zijn pa met de kerst stuurde inde hij ook nooit.'

'Wat doet z'n pa ook weer?'

'Hij is een of andere hoge pief bij Costco. Maar hij was al weg toen Horace nog geen drie was. En zoals ik 't heb gehoord, was het een akelige scheiding tussen hem en Horace' ma en is hij daarna gewoon verdergegaan met zijn leven. Is-ie Horace vergeten.' Meneer Reese zuchtte. 'Ik moet maar steeds aan hem denken. Het is altijd zo'n verloren en verward joch geweest.'

'Wie zou dat niet zijn?' zei Ander.

'Wat moet ik nou doen?'

'Weet ik niet,' zei Ander zachtjes. Hij veegde met een servetje zijn ogen af en nam een slok wijn. 'Maar het is een taaie. Ik durf te wedden dat alles in orde is met hem.' Ander probeerde te glimlachen. '"Meneer Zubiri,"' zei de oude man, terwijl hij probeerde zo te praten als Horace. '"Je moet de bakstenen maken waarmee je je boot bouwt. En die boot zal je dan beschermen en je naar het volgende niveau brengen. En met elk volgend niveau zul je dichterbij komen, tot je je eigen kampioen bent. Tot je de beste bent. *Bouw de kampioen in jezelf: Besluiten, Overwinnen, Opeisen, Triomferen* – BOOT."'

Meneer Reese glimlachte. 'Voor een zuiplap heb je een goed geheugen.'

'Ik heb een fucking maand met hem in die bergen gezeten. Hij had het alleen maar over dat boek dat hij bij zijn grootmoeder thuis had gevonden. Volgens mij moet hij een jaar of zestien, zeventien zijn geweest.'

Meneer Reese knikte.

'Hoe kun je überhaupt een boot bouwen van bakstenen? Dat heb ik nooit begrepen. Maar ik moet zeggen dat het me wel een beetje heeft geïnspireerd. Daardoor heb ik besloten eindelijk op te houden met werken en een beetje lol te gaan maken. Toen ik daarboven zat, met dat joch, begon ik 's nachts wakker te liggen en na te denken over mijn toekomst. Na te denken over wie ik wilde zijn.' Ander lachte en dronk zijn glas leeg. Hij riep naar de serveerster en zij kwam van haar kruk, liep naar de bar en schonk nog een glas wijn voor hem in.

Meneer Reese tikte zijn sigaret af op zijn ontbijtbord. 'Ik heb het ook gelezen, omdat hij dat vroeg. Er staan op zich wel een paar goeie dingen in, maar het is maar een boek dat een of andere vent in Florida in eigen beheer heeft uitgegeven.'

Ander lachte. 'Het komt wel goed met Horace. Het is een goeie knul.'

Meneer Reese knikte. 'Ik hoop het.'

'Ik mocht zijn grootmoeder wel. Het was een gemeen kreng, maar ze was goed in bed. Ik ben daar zeker een keer of zes met een fles gin naartoe gegaan, en...'

'Jezus, als ik die verhalen moet aanhoren, ga ik straks over mijn nek.' Meneer Reese zette zijn hoed op. 'En aangezien je hebt gewonnen mag jij trakteren.'

'Waar ga je heen?'

'Ik heb dingen te doen.'

'Zoals?'

Meneer Reese klopte zachtjes met zijn knokkels op het tafeltje. 'Rundvee, zei je?'

Ander lachte.

'Veel plezier met golfen.'

Ander knikte en hij richtte zijn blik weer op het lottoscherm, waarop nieuwe getallen verschenen. Meneer Reese deed zijn jas aan en vertrok.

Hij reed naar het Super 7-tankstation, gooide zijn tank vol, parkeerde vervolgens voor de Clubhouse Saloon en liep de straat door. Hij keek door de etalageruit van de A-Bar-L. Western Store naar binnen, maar de winkel was gesloten. Hij liep naar de volgende zijstraat en haalde zijn post op bij het postkantoor. Hij bladerde erdoorheen en kwam alleen maar catalogi en één rekening tegen. Hij gooide de vee- en paardencatalogi weg, rolde die van mevrouw Reese op en stopte ze in zijn jaszak.

Hij liep verder langs Western Auto Parts en stak de straat over. Hij bleef staan bij de Nevada State Bank en gebruikte de pinautomaat om het saldo van hun betaal- en spaarrekeningen te checken. Hij liep verder. Hij keek door de ruit van Whitney's Bookshelf, maar die was ook dicht. In Wolfe's Hardware liep hij op en neer door de gangpaden, maar hij kon niets bedenken om te kopen.

Buiten begon de zon net door te komen en hij stak de straat weer over, stapte in zijn truck en reed naar supermarkt Scolari's. Hij pakte een karretje en deed zijn boodschappen, en ging daarna naar de apotheek om hun herhaalrecepten op te halen. Hij zette de boodschappen in de gereedschapskist achter in de pick-up. Het was kwart voor negen 's ochtends en hij had verder niets meer te doen.

25

Horace kocht een klein tv'tje en een slaapzak bij de kringloopwinkel, maar verder niets, voor zijn nieuwe appartement. Hij sleet zijn dagen met doelloos door de stad dwalen, lopen door het doolhof aan casino's. Met zijn arm nog in het gips, het lapje voor zijn oog en met nog pijnlijke ribben liep hij de hele Las Vegas Strip af. Hij liep in en uit bij Circus Circus, Encore, Caesars, Wynn, Treasure Island, The Palazzo, The Venetian, Flamingo, New York-New York, MGM Grand, The Mirage, Harrah's, O'Sheas, Bally's, Paris Las Vegas, Tuscany Suites en Silver Sevens. Duizenden en duizenden mensen in die protserige en extravagante gebouwen. Overal rivieren aan mensen, maar hij kon zich met geen van allen vereenzelvigen en in dat opzicht was hij volkomen alleen.

Elke avond als hij terugkwam in zijn kamer kroop hij in bed, verlamd van angst en schaamte. Waarom had hij meneer Reese nou zo nodig alles moeten vertellen? Waarom had hij niet gewoon voor zich kunnen houden dat hij Mexicaans wilde zijn en dat hij wereldkampioen boksen wilde worden? De nachten kropen voorbij. Uren leken dagen. Hij verloor zich in gedachten aan meneer en mevrouw Reese, de ranch en de paarden en honden, en op die momenten begaf zijn maag het en had hij het gevoel dat hij viel. Hij wilde niets liever dan naar hen teruggaan, naar de troost die ze boden, maar altijd dwong iets in zijn binnenste hem dat niet te doen.

Op een avond zag hij, terwijl hij naar een casino liep om wat te gaan eten, op een telefoonpaal een advertentie voor dagloners. Hij nam de flyer mee en at in de restauratie van een casino. Toen de serveerster even niet keek, stal hij een steakmes en stopte dat in zijn jaszak. Weer terug in zijn appartement sneed hij met het mes het gips van zijn arm, hoewel zijn hand nog zwak en niet helemaal genezen was. In de badkamer haalde hij het lapje en het verband van zijn oog en kwam erachter dat hij alleen maar strepen licht kon zien. Zijn oog zag er normaal uit, maar de arts had gelijk gehad: zijn zicht was naar de donder.

De volgende ochtend stond Horace om vijf uur op en liep de drie kilometer door de woestijnkou naar het staatsloonwerkbedrijf; een klein, non-descript, crèmekleurig gebouwtje vlak bij de snelweg. Tientallen mannen en een handjevol vrouwen stonden in een kale, vierkante ruimte en trokken een nummertje bij een apparaat in de hoek. Toen Horace' nummer aan de beurt was, werd hij geholpen door een kleine Mexicaanse dame achter een loket. Ze vond een klus van een week voor hem als opruimer op een bouwplaats in het noorden van Las Vegas. Ze reikte hem een strookje papier aan dat hij aan de opzichter moest geven en zei dat hij mee kon rijden met een man die Felix heette, die met een niet opgestoken sigaret in zijn hand in de hoek van de ruimte stond.

Felix, een dunne, kale zwarte man, had een doorgeroest Econoline-busje met een kentekenplaat uit Michigan. Hij reed Horace en twee Mexicaanse mannen naar de bouwplaats, waar ze kennismaakten met de baas. De baas nam de Mexicanen mee naar een hoek van het gebouw en liet hen de betonvloer aanvegen. Felix en Horace moesten het afval en puin opruimen waar de bouwplaats mee bezaaid lag. Ze gooiden kapotte en afgedankte betonblokken en stukken hout, metaal en gipsplaat in een container.

Felix werkte de hele dag lethargisch en bracht lange pauzes in een toiletcabine door. Als hij vond dat Horace te hard werkte, zei hij 'rustig aan, eikel' of 'relax'. 'Het gaat er bij dit soort klussen om dat je net snel genoeg werkt om betaald te krijgen en geen greintje sneller,' zei hij uiteindelijk. 'Als jij hard werkt, zal ik ook hard moeten werken en dat heb geen enkel nut. Die klootzakken hier verdienen twee keer zo veel als wij. Laten zij zich maar uit de naad werken voor die poen, maar dat gaan wij mooi niet doen.'

Horace dwong zichzelf langzamer te werken, hoewel hij dat afschuwelijk vond en de dag er nog trager door voorbijkroop. Aan het eind van de dienst gaf de opzichter de mannen elk een cheque van vijfenzestig dollar en Felix reed hen naar een slijterij, waar die werden verzilverd. Felix kocht een traytje bier en een halveliterfles gin, Horace een liter cola en vervolgens gingen ze ieder huns weegs.

De ochtend erop pikte Felix Horace en twee andere mannen op bij het kantoor van het loonwerkbedrijf en reed hen naar dezelfde bouwplaats. Zo werkten ze drie dagen, tot Felix op vrijdag niet kwam opdagen en Horace in zijn eentje de vijf kilometer naar de bouwplaats moest lopen.

In het weekend kwam Horace nauwelijks zijn bed uit. Hij keek tv en bestelde zowel zaterdag als zondag een pizza bij Domino's. Er waren momenten dat hij bijna de deur uit rende om een buskaartje naar huis te kopen, maar uiteindelijk deed hij dat nooit. Hij lag gewoon op bed en keek tv, terwijl zijn hersens als een bezetene maalden en doldraaiden. Hij zat helemaal vast.

Op maandag kreeg hij met twee andere mannen een baantje in ploegendiensten in een pakhuis in het zuiden van Las Vegas. Een van die mannen, Stew, had een auto, een gele Chevy Cavalier uit het midden van de jaren tachtig, en reed ze erheen. De auto was van achteren aangereden en de achterbak was ingedeukt en verbogen. De richtingaanwijzers waren kapot en afgedekt met rood plastic dat met plakband vastzat. Stew was blank en van middelbare leeftijd, met een kleine, platte neus en ogen die te ver uit elkaar stonden. Hij had een rokershuid en een snor die vergeeld was van de nicotine. Hij droeg elke dag een vale zwarte broek, een spijkerjack en een groene honkbalpet van het Fitzgeralds Casino. De andere man, Gene, was slungelig, had een ingevallen gezicht, rotte tanden en zwart haar dat met vet naar achteren was gekamd. Hij droeg elke dag een vlekkerige overall en een glimmende gouden jas waar in zwarte letters 'Gold Dust West' op stond. Ze werkten vijf dagen achter elkaar samen. De laatste dienst was achter de rug om tien uur vrijdagavond. Zoals elke avond reed Stew hen naar dezelfde slijterij als Felix om hun cheques te verzilveren.

'En, wat ga je nu doen, Horace?' vroeg Stew toen ze de auto uit stapten.

'Weet ik niet precies,' antwoordde Horace. Zijn zwarte haar was langer aan het worden en zijn gezicht zag er uitgemergeld uit. Hij sliep steeds slechter en was af gaan vallen. Hij gokte dat hij drie uur per nacht sliep, meestal in hazenslaapjes van twintig minuten. En eten leek hem naarmate de dagen verstreken steeds minder te kunnen schelen. Terwijl hij vroeger snakte naar de lunch en vroeg at, vergat hij nu soms überhaupt te eten.

'Het is vrijdagavond,' zei Stew, en hij glimlachte.

Horace knikte alleen maar.

'We houden een feestje bij mij thuis. Als je een deel van die cheque nou eens gebruikt om een fles te halen, dan mag jij ook komen.'

Horace keek hen aan. Hij mocht de mannen geen van beiden, ze werkten niet hard en Stew had een schop en een paar handschoenen gestolen, en ze zaten net als Felix hele tijden op de wc als ze zouden moeten werken. Maar het idee om in zijn eentje terug te gaan naar zijn appartement leek nog erger dan tijd met hen doorbrengen. 'Oké,' zei hij zwakjes.

Stew klapte in zijn handen en glimlachte. 'Nou, oké dan! Als je een fles Old Crow en een traytje Keystone haalt, dan zit je gebeiteld.'

Horace knikte en ze gingen naar binnen. Hij verzilverde zijn cheque en kocht de whisky en het bier. Stew verzilverde zijn cheque ook en kocht een traytje bier en sigaretten. Gene kocht drie pakjes Skittles en nog een traytje bier.

Ze reden naar het El Cortez Casino en parkeerden op het parkeerterrein. Stew leek op iemand te wachten. Hij liet de motor draaien en Gene ging bij Horace op de achterbank zitten. Ze begonnen allemaal bier te drinken. Na twintig minuten kwam er een *native American* vrouw met lang zwart haar het casino uit en ging op de bijrijdersstoel zitten. Ze had laarzen met imitatiebont, een blauwe joggingbroek en een zwart-met-oranje honkbaljack van de Giants aan.

'Hoe lang dacht je dat we gingen wachten?' zei Stew.

'Ik ben toen je een berichtje stuurde meteen naar buiten gekomen,' zei ze.

'Me reet,' zei Stew.

'Echt waar!' riep de vrouw uit.

'En je bent nu al strontlazarus.'

'Niet waar.'

'Ik kan het zien.' Stew hoestte, keek in de achteruitkijkspiegel en stak een sigaret op. 'Horace, dit is Strijdkreet.'

De vrouw zuchtte toen hij dat zei, hij lachte en ze vertrokken. Hij reed een kilometer of drie en parkeerde voor een doorzonwoning uit de jaren zestig van één verdieping. Er stonden twee Cavaliers onder de carport. Ze stonden allebei op blokken, zonder banden. Het huis zelf was donker en maar één enkele straatlantaarn zorgde voor enige verlichting.

Er lag een plastic zaklantaarn op een kartonnen doos bij de voordeur. Stew deed hem aan, haalde de huissleutel uit zijn zak, deed de deur open en ging een donkere huiskamer in. Hij liep naar een lamp en deed hem aan. Twee bankstellen stonden voor een oude tv. Er stonden stapels kartonnen dozen in de hoek en een tafel vol lege bierblikjes met twee asbakken vol sigarettenpeuken. Stew deed een elektrisch straalkacheltje aan en ging erbij staan. In het raam achter hem was een glaspaneeltje kapot en een hele reeks oranje verlengsnoeren liep erdoorheen naar buiten.

'Dat is mijn stoppenkast waar je naar staat te kijken, Horace. De buurman is soms maandenlang de stad uit. Ik hou zijn huis voor hem in de gaten, kijk of er geen gekke dingen gebeuren. En in ruil daarvoor krijg ik gratis elektriciteit van hem.' Hij haalde Horace' traytje bier uit de tas, haalde er drie blikjes af en gaf er een aan de vrouw, een aan Gene en een aan Horace. Vervolgens pakte hij er zelf eentje en trok het open. De vrouw liep naar de keuken. Ze pakte een grote pan, vulde die voor driekwart met water en zette hem op een kookplaatje waarvan de stekker in een stopcontact aan een van de verlengsnoeren zat. Ze dronken elk nog twee biertjes terwijl de vrouw macaroni met kaas klaarmaakte. Ze aten met plastic vorken van kartonnen bordjes en zaten in een kring voorovergebogen om het straalkacheltje heen. Toen ze klaar waren, gooiden ze de bordjes in een grote zwarte vuilniszak die midden in de kamer stond.

'Hoor eens,' kondigde Stew aan, terwijl hij de fles Old Crow pakte. 'Deze is voor Horace, Gene en mij. Strijdkreet moet er met haar godvergeten poten van afblijven.'

'Ik hoef die rotzooi toch niet,' zei de vrouw, terwijl ze een pakje sigaretten probeerde open te maken. Maar haar vingers kregen het cellofaantje er niet af en ze liet het op de grond vallen en viel bijna voorover toen ze het op probeerde te pakken.

'Ik zou maar uitkijken voor haar, Horace,' grijnsde Stew. 'Je kunt verdomme nog geen druppel in dit huis laten staan zonder dat zij die opslurpt. Jullie indianen weten er wel weg mee zeg.'

De vrouw maakte het sigarettenpakje open. Ze deed er eentje in haar mond en stak hem op. 'Wat heb ik er toch een hekel aan als je dronken wordt.'

'Ik ben niet dronken,' zei Stew.

'Je noemt me alleen maar Strijdkreet als je dronken en in een gemene bui bent en indruk op nieuwe mensen probeert te maken.'

Stew haalde het pakje sigaretten uit haar hand, stak er een op en schudde zijn hoofd. 'Als je nou voor de verandering eens naar me had geluisterd, dan zou je inzien dat ik je probeerde te helpen. Is dat nou zo godverdomde moeilijk te begrijpen voor je? Je ligt straks drie dagen als een klein meisje in bed te huilen als je je aan deze fles waagt.'

'Weet ik wel.'

'Weet je nog wat er vorige week gebeurde?'

'Oké,' schreeuwde ze, en ze keek hem aan. 'Ik zei toch al dat ik ervan af zou blijven, dus laat me nou maar met rust.'

Stew stootte een kort lachje uit en draaide de fles open. 'Wil jij wat, Horace?'

'Ik neem wel een slokje, denk ik,' antwoordde hij.

'Zo mag ik het horen,' zei Stew, en hij liep naar de keuken. Hij kwam terug met drie kleine glaasjes en schonk een borrel in voor hemzelf, Gene en Horace.

'Op vrijdagavond,' zei hij, en ze sloegen hun glaasjes achterover. Hij schonk hun nog een borrel in en schraapte zijn keel. 'Weet je, Horace, ik ben dertien jaar bakker geweest. Nu ben ik mijn baan kwijt en moet ik van die kloterige klussen als dagloner aannemen. En dat allemaal dankzij de regering en hoe de zaken ervoor staan. Geloof me nou, d'r zijn geen echte banen voor echte Amerikanen meer. En ik ben bang dat die d'r nooit meer komen ook.'

'Da's een goeie,' zei de vrouw. 'Je hebt een bloedhekel aan werken. Je zegt altijd tegen mij dat werken iets voor stomkoppen en sukkels is.'

'Ik wou dat jij 's een keertje je bek hield,' brulde Stew tegen haar. 'Godverdomme. Hoe vaak moet ik je dat nou nog vragen?' Hij pakte het glas en keek Gene en Horace aan. 'Laten we haar maar vergeten en erop proosten dat we dat magazijn uit zijn.'

De drie mannen klonken en dronken de glaasjes whisky op. Stew schonk elk van hen nog een borrel in. Hij nam een haal van zijn sigaret en zuchtte. 'Voordat ik bakker was, had ik een ploeg dakdekkers onder me. Dat was toen ik nog getrouwd was en in Bullhead City woonde. Dakdekken is hard werken in zo'n stad. Het is daar om zeven uur 's ochtends al zo heet als een Mexicaanse *tamale*. Moet je je voorstellen dat je in die hitte de hele dag op een dak staat.'

Stew staarde Horace onder het praten aan, maar Horace was al dronken en zijn gedachten dwaalden af. Hij probeerde zich te herinneren waar ze waren, maar dat lukte niet. Hij had niet opgelet. Stew gaf hem nog een biertje, maar de whisky en het bier vermengd met de macaroni met kaas voelde niet goed in zijn maag. En zelfs in deze kou stonk de kamer naar pis en rottend eten.

De vrouw maakte een zakje Skittles open en neuriede een deuntje terwijl ze ze in haar mond stopte.

Stew keek naar haar, maar praatte door. 'Ik heb in de loop der jaren een hoop geld aan die daken verdiend. Had drie trucks en twee volledige ploegen. Als je een ploeg dakdekkers moet leiden, is het net alsof je cipier in een gevangenis bent. Je moet twee keer zo stoer zijn als het hele zooitje. En je moet ze de hele tijd achter hun vodden zitten als je wilt dat ze een fatsoenlijke werkdag draaien. Je zit ze stevig achter hun vodden, maar niet té erg, want dan nemen ze ontslag. Je moet zorgen dat je het evenwicht in de gaten houdt.'

De vrouw lachte.

Stew draaide zich naar haar om. 'Wat zit je nou te lachen, Strijdkreet? Met je dikke reet.' Hij pakte een leeg bierblikje en gooide het naar haar. 'Kunnen drie volwassen mannen nou niet eens een gesprek voeren zonder dat jij dat verpest?' Hij schudde zijn hoofd en nam een slok bier. Hij staarde bijna een volle minuut naar het glaasje whisky, dronk het leeg en keek vervolgens Gene aan. 'Morgen zetten we de radiateur erin. Ik denk dat die slangen het wel houden en dan vervangen we de dynamo. Dan zetten we hem weer in elkaar en ik mag doodvallen als we dan geen auto hebben die we kunnen verkopen. Ik durf te wedden dat we er minstens drie-, vierhonderd aan overhouden. En je weet zeker dat je het kentekenbewijs nog hebt?'

'Zit in m'n koffer,' zei Gene.

Stew knikte, legde zijn hoofd in zijn nek, keek naar het plafond en wreef over zijn kin. Hij blies een rookpluim uit en schonk zijn glaasje weer vol. 'Jongens, laten we drinken op die auto. Morgen zorgen we dat we hem aan de praat krijgen en volgende week hebben we 'm verkocht.' De drie proostten en dronken, terwijl de vrouw naar het traytje reikte, nog een biertje pakte en het opentrok.

'Die auto start nooit,' mompelde ze.

Stew staarde haar daarna een hele tijd aan, zijn ogen leeg en kil, en toen kwam hij van de bank, liep naar de achterkamer en kwam weer tevoorschijn met een halveliterglas en een vierliterfles VO whiskey. 'Wat dachten jullie van nog een rondje?' zei hij, en hij schonk uit de fles Old Crow nog een borrel voor Gene, Horace en hemzelf in. Vervolgens schonk hij het halveliterglas voor driekwart vol met VO.

'Strijdkreet,' zei hij tegen de vrouw. 'Doe je plicht.'

'Waarom zou ik?' schreeuwde de vrouw, en ze keek naar het glas.

'Omdat ik het zeg. Jij denkt dat je zo godverdomde bijdehand bent, jij. We zullen eens zien hoe bijdehand je nou echt bent. Moet je opletten, Horace. Ze kan dat hele ding in één teug leegdrinken. Alsof het appelsap is.'

'Ik doe het niet,' zei ze, haar stem plotseling zwak. Het werd de stem van een klein meisje. 'Ik heb al te veel op.'

'Dan mag je wegwezen.'

'Wegwezen?'

'Ja.'

'Waar moet ik dan heen?'

'Kan me geen ene reet schelen,' zei Stew.

'Waarom moet je nou altijd zo gemeen doen als je dronken bent?' zei ze bijna huilend.

'Sla dat glas achterover, anders krijg je niks meer. Dan pak ik dat biertje van je af. En die halve liter Jägermeister die je in je tas hebt zitten ook. Ik gooi je als een afgeschoten hond de straat op.'

Horace keek naar de grond voor hem. Hij dacht dat hij misschien wel ging overgeven.

'Drink leeg,' schreeuwde Stew, en toen begon hij indianengeluiden te maken. Hij deed zijn hand voor zijn mond op en neer. 'Woe-hoe-hoe-hoe...'

'Hou op,' schreeuwde ze. 'Hou alsjeblieft op. Ik smeek het je. Is dat wat je wilt?'

Stew lachte.

'Waarom moet je nou zo gemeen doen?'

Stew stond op, danste als een indiaan in een western op tv in het rond en deed zijn hand weer op en neer voor zijn mond. 'Woe-hoe-hoe-hoe-hoe-hoe-hoe-hoe...'

Gene nam een slok van zijn glas en staarde met een droevig gezicht naar de straalkachel. Hij zei niets.

De vrouw keek Stew aan, stak haar middelvinger naar hem op, pakte vervolgens het glas VO van tafel en dronk het helemaal leeg. Het hele glas. De tranen sprongen in haar ogen, ze kokhalsde en er liep kwijl uit haar mondhoeken, maar ze gaf niet over.

'Ik zei toch dat ze whisky achterover kan slaan,' schreeuwde Stew. Hij sloeg met zijn hand op zijn been en lachte. Hij keek haar aan en danste weer als een tv-indiaan rond. Hij bewoog zijn knieën op en neer. Hij boog voorover, ging met zijn hand op en neer voor zijn mond en joelde: 'Woe-hoe-hoe-hoe-hoe-hoe-hoe.'

'Hou alsjeblieft op, godverdomme,' fluisterde ze, haar stem wegzakkend.

Stew ging door. 'Woe-hoe-hoe-hoe-hoe-hoe…'

Horace stond op van de bank, wankel en dronken, greep de vrouw bij haar arm en trok haar overeind. 'Kom, we gaan,' zei hij. 'Die gast is een klootzak.' Ze kon nauwelijks lopen, maar ze knikte. Ze pakte haar tasje en ze liepen samen naar de deur.

'Waar denken jullie verdomme heen te gaan, indiaantjes?' schreeuwde Stew, en hij liep naar Horace toe en greep hem bij zijn arm. Horace draaide zich om en stompte hem zo hard als hij kon in zijn gezicht. Stew stommelde naar achteren, zijn neus was plotseling gebroken en het bloed spoot eruit en hij viel op de salontafel. Hij stond niet op, hij bewoog niet eens. Daarna deed Horace de deur open, en toen hij dat deed, pakte Gene een metalen staaf die bij de bank op de vloer lag, haalde daar zo hard als hij kon mee uit en raakte Horace links op zijn bovenlijf. Horace ging meteen tegen de grond, maar Gene sloeg hem niet nog een keer. Hij had hem kunnen vermoorden, maar dat deed hij niet. Hij stapte gewoon naar achteren en liet de staaf vallen.

Horace kwam overeind, de pijn schoot door zijn zij en hij dacht dat hij misschien wel zou gaan kotsen. Hij keek Gene geschokt aan en Gene bleef roerloos staan. Toen liepen Horace en de vrouw de deur uit en stommelden over de weg, bij het huis vandaan.

Met elke ademtocht werd de pijn in Horace' borst erger en zijn linkerschouder begon zeer te doen. Hij was licht in zijn hoofd en zijn zicht werd wazig. Ze bleven lopen en waren een kleine kilometer bij het huis vandaan toen de vrouw langs de kant van de weg over haar nek ging. Ze huilde half terwijl ze verder liepen en uiteindelijk kwamen ze bij een gesloten ijzerwarenhandel en bleven staan. Ze gingen voor de deur zitten. De vrouw begon nu pas echt te huilen.

'Waarom ben je met zo'n gast?' vroeg Horace.

'Ik weet niet,' mompelde ze.

'Hij is heel gemeen tegen je.'

Ze knikte.

'Dat verdien je niet,' zei hij.

Ze knikte opnieuw en spuugde gal op de grond.

'Je moet je eigen boot bouwen,' fluisterde Horace tegen haar. 'Je moet hem bouwen zodat je naar het volgende niveau kunt, weg van hier. Zodat je de persoon kunt worden die je zijn kunt. Zodat je een kampioen kunt worden. Een kampioen laat dat soort dingen nooit gebeuren.'

De vrouw lachte en begon toen weer te huilen. Ze sloeg haar handen voor haar gezicht.

'Maak je maar geen zorgen,' zei Horace tegen haar. 'Ik help je wel. Ik woon op een ranch, binnenkort ga ik daar weer naar terug en jij mag met me mee, als je wilt.' Hij voelde haar warmte. Haar haar rook naar citroen en toen ze ophield met huilen, hield ze zijn hand vast en hij de hare. Die was warm en heel zacht en hoewel zijn zij steeds meer pijn deed, voelde het goed om naast haar te zitten, en ze vielen allebei tegen het gebouw aan in slaap.

26

Toen Horace wakker werd, was het ochtend. De vrouw was weg en werknemers kwamen bij de ijzerwarenhandel aan om hun werkdag te beginnen. Hij stond beverig en met een kater op en er ging een pijnsteek door zijn zij op de plek waar hij met die staaf was geraakt. Zijn linkerschouder deed pijn en hij tilde zijn T-shirt op en zag dat zijn hele zij bont en blauw en opgezet was. Hij wist maar net weer op zijn kamer te komen. Eenmaal binnen at hij een kom cornflakes en stortte op zijn bed. Toen hij wakker werd was het nacht en zijn zij deed nog steeds zo'n pijn dat hij nauwelijks overeind kon komen. Maar evengoed liep hij de stad in en at in een casino een hotdog. Daarna ging hij naar een supermarktje en kocht een potje ibuprofen en een fles cola. Hij nam vijf tabletten in.

Het was na middernacht en hij liep over North Las Vegas Boulevard naar zijn appartement toen hij een witte Ford-pick-up met een driepaardstrailer erachter aan de kant van de weg zag stilstaan. Hij had zijn gevarenlichten aan en een man met een cowboyhoed op stond naar een klapband aan de linkerkant van de trailer te kijken.

Horace stak de straat over en zag dat de man nog maar een jongen van middelbareschoolleeftijd was.

'Waar ben je naar op weg?' riep Horace. Hij stond naar links gebogen om de pijn in zijn zij te verlichten. Hij zag er beroerd uit, zijn gezicht zweterig en ziekelijk, zijn haar in de war.

Het joch, dat op zijn hurken had gezeten, ging geschrokken staan. 'Reno,' antwoordde hij nerveus en hij deinsde voor Horace terug.

'Maak je over mij maar geen zorgen. Ik wil alleen maar helpen, als dat kan. Hoe ben je hier terechtgekomen?'

'Ik kwam uit Saint George, in Utah,' zei het joch. 'Ik had om Las Vegas heen kunnen rijden, maar ik ben hier nog nooit geweest. Ik wilde de stad zien, maar ik was niet van plan echt te gaan stoppen. Echt niet. Toen kreeg ik een klapband. Niet te geloven dat ik net op dat moment een klapband kreeg, maar ik heb altijd pech. Ik wilde alleen maar even langs de casino's rijden en de Strip zien en nu zit ik zwaar in de shit. Als mijn oom straks weet dat ik in Las Vegas rondreed, dan ontslaat hij me en belt hij mijn pa. En die arme paarden krijgen waarschijnlijk een zenuwinzinking, met al die lichtjes en dat lawaai overal.'

'Dat zal wel meevallen,' zei Horace, en hij leunde tegen de zijkant van de truck om zijn pijn te verlichten. 'Ze hebben zo lang op de weg gezeten dat ze waarschijnlijk te moe zijn om iets anders te doen dan zich zorgen maken. Ik kan je helpen, als je wilt.'

De jongen keek Horace aan en schudde zijn hoofd.

'Ik weet dat je het niet zou zeggen, maar ik heb vroeger op een ranch gewerkt en ik kan in mijn slaap nog een band verwisselen. Echt.'

De jongen keek om zich heen en zei toen: 'Oké. Bedankt. Ik krijg de bouten niet los en ik moet als de donder maken dat ik hier wegkom.'

Horace knikte en ging aan de slag. Samen kregen ze de velg eraf en zetten ze het reservewiel erop. De band bleef op spanning toen de jongen de krik neerliet en vervolgens legden ze samen de geklapte band en de krik in de laadbak van de truck. Horace had zo'n pijn in zijn zij dat hij bijna tegen de vlakte ging.

Ze schudden elkaar in het licht van de straatlantaarns de

hand en de jongen probeerde Horace geld te geven, maar dat wilde Horace niet aannemen. Hij vroeg alleen maar of hij de paarden mocht aaien. De jongen maakte de loopdeur open en een kastanjebruin renpaard stak zijn hoofd naar buiten en keek naar de felle lichten en de mensen in het oude centrum van Las Vegas. Horace aaide drie keer over de hals van het paard en snoof zijn geur op. Er welden tranen op in zijn ogen en hij deed de deur dicht.

'Denk je dat ik een lift van je kan krijgen?' vroeg hij met gebroken stem. 'Ik blijf in de laadbak, als je wilt. Je zult geen last van me hebben. Ik ben best een goed iemand, ik zweer het je. Ik wil hier alleen maar weg en je komt toch langs Tonopah. Daar stap ik uit. Beloofd. Daar staat de ranch waar ik vroeger gewerkt heb.'

'Ik weet het niet,' zei de jongen, plotseling weer nerveus. 'Ik denk niet dat mijn oom zou willen dat ik dat deed.'

'Ik kan betalen voor de benzine,' voegde Horace daaraan toe. 'En ik zal je nog wat extra geven. Ik zal geen problemen maken.'

De jongen keek naar de grond. 'Nou,' zei hij, 'het mag wel, denk ik. Maar ik moet wel nu meteen weg.'

'Ik moet alleen mijn geld en mijn kleren halen. Dat zal me nog geen tien minuten kosten. Ik zou sneller kunnen, maar ik heb mijn zij geblesseerd en kan niet rennen. Wacht je op me?'

'Ik kan wel een paar minuutjes wachten,' zei de jongen, en Horace knikte en begon zo goed en kwaad als het ging naar zijn appartement te joggen. Toen hij daar aankwam, deed zijn zij zo'n pijn dat hij nauwelijks adem kon halen, maar hij pakte het geld dat hij onder in een doos cornflakes had verstopt en zijn nieuwe kleren, en hij rende zo snel als hij kon terug naar het joch en de truck. Tegen de tijd dat hij er was, stond zijn zij in brand. Hij kon nauwelijks overeind blijven staan toen hij de straat bereikte, en zag dat de truck en trailer er niet meer stonden. Het joch was vertrokken.

*

Hij ging tussen twee gebouwen in zitten en begon te huilen. Zijn zij deed pijn en hij had moeite met overeind komen, maar uiteindelijk liep hij naar een supermarktje, kocht een fles Old Crow, mixte die met cola en dwong zichzelf het op te drinken. Hij slikte nog vijf ibuprofen. Om twee uur 's nachts, toen de fles leeg was, begon hij weer te lopen. Hij vond een munttelefoon in het Fremont Casino en belde meneer Reese collect.

'Het spijt me,' fluisterde hij in de hoorn.

'Je hebt niets om spijt van te hebben,' zei meneer Reese, terwijl hij rechtop in bed ging zitten. Mevrouw Reese deed het lampje naast het bed aan, plotseling klaarwakker. 'Waar ben je, Horace?'

'In Las Vegas,' zei hij.

'Heb je daar al die tijd al gezeten?'

Horace zweeg even en keek de zaal van het casino in. 'Ik had al een hele tijd geen paarden meer gezien, meneer Reese. Ik mis het om paarden om me heen te hebben. Door paarden lijkt alles oké.'

'Ik heb de onze nog. Ze staan op je te wachten.'

Horace viel stil en meneer Reese keek zijn vrouw bezorgd aan.

'Mag ik naar je toe komen?' vroeg hij, en hij haalde zijn schouders naar haar op.

'Nee,' fluisterde Horace. 'U moet me maar vergeten, meneer Reese. Ik heb u altijd problemen bezorgd.'

'Dat is niet waar. Je hebt ons altijd alleen maar geholpen. Je moet niet vergeten hoeveel we de afgelopen paar jaar op je hebben gesteund. Misschien hebben we wel te zwaar op je gesteund en dat spijt me dan... Maar we houden van je, Horace. We voelen ons zo bevoorrecht dat we je hebben leren kennen.

In welk deel van de stad woon je?'

'In het oude deel,' zei hij, en zijn stem stierf weg.

'Het oude centrum?' zei meneer Reese, en hij keek zijn vrouw weer aan. 'Heb je een vaste woonplek?'

Horace zuchtte.

'Ik kom je opzoeken. Dan kunnen we praten.'

'Niet doen, meneer Reese. Ik had niet moeten bellen. Het spijt me gewoon, dat is alles wat ik wilde zeggen. Ik wilde alleen maar zeggen dat het me spijt. Ik wilde naar huis komen. Echt waar. Maar ik kon het gewoon niet. Hoe hard ik het ook probeerde, ik kon het niet.' En toen hing hij op.

27

Mevrouw Reese was al uit bed toen meneer Reese de telefoon neerlegde. Ze bleef zwijgen, deed haar badjas aan en ging de keuken in om koffie te zetten. Meneer Reese ging naar de wc, deed tijgerbalsem op zijn rug en kleedde zich aan. Hij haalde een oude koffer onder het bed vandaan en deed daar snel twee paar schone kleren en zijn scheerspullen in. Toen hij de keuken in kwam, was mevrouw Reese bacon aan het uitbakken en koekjes aan het maken. Tranen stroomden over haar gezicht.

'Je zult moeten ophouden met huilen,' zei hij tegen haar. Hij sloeg zijn arm om haar heen terwijl ze het deeg kneedde. 'Als je niet ophoudt, dan begin ik ook en kan ik het straks niet opbrengen daarheen te gaan.'

Ze knikte en hij liep naar de besteklade en deed die open. Hij haalde een envelop met vijfhonderd dollar voor noodgevallen en een creditcard onder de bestekbak vandaan. Hij stopte ze in zijn portemonnee, schonk een kop koffie in en keek toe hoe mevrouw Reese de koekjes in de oven schoof en drie boterhammen met kalkoen, gatenkaas en sla voor hem klaarmaakte. Hij nam een slok koffie, waarbij zijn handen trilden.

De zon kwam op boven de woestijnsalie en de bergen en hij reed zijn truck Tonopah in, tankte en vertrok naar het zuiden. Hij luisterde naar de radio, dronk koffie uit een thermosfles en stuurde de oude truck de lege snelweg over.

De uren verstreken en het was halverwege de ochtend toen

hij in Las Vegas aankwam en het oude centrum bereikte. Hij parkeerde en begon met een foto van Horace bij zich Fremont Street op en af te lopen. Iedereen die in een winkel of casino met uitzicht op de straat werkte liet hij de foto zien. Maar niemand die hij sprak had Horace gezien. Hij zocht drie uur lang en toen ging hij terug naar zijn truck, at zijn lunch op en belde mevrouw Reese.

'Ik kan niet veel verder meer lopen zonder dat mijn rug het helemaal begeeft,' zei hij. 'Wat moet ik nou doen?'

'Je zult een kamer moeten huren en pauzes nemen,' zei ze. 'Je moet eraan denken tijgerbalsem op je rug te smeren en je rekoefeningen te doen. Neem je pillen in. Dit kan wel even duren, dus doe niet te veel in één keer.'

'Het bevalt me hier helemaal niet,' zei hij bijna fluisterend, en terwijl hij uit het raam keek stierf zijn stem weg.

'Dat weet ik wel. Als je hem maar mee naar huis neemt, Eldon. Alsjeblieft,' zei ze. 'Zorg alsjeblieft dat je hem vindt.'

Hij nam een kamer in het Four Queens Hotel en rustte bijna de hele middag uit. Om vijf uur ging hij drie uur lang de deur uit en kwam daarna weer terug. Hij deed nog wat balsem op zijn rug, deed zijn rekoefeningen, ging op het bed liggen en sliep een uur. Toen hij wakker werd, zette hij koffie, at een boterham en vertrok. Maar de nacht werd steeds verontrustender en de mensen die hij tegenkwam werden onberekenbaarder, agressiever en dronkener, dus ging hij terug naar zijn kamer.

*

De volgende ochtend ontbeet meneer Reese en ging hij er weer op uit. Hij zocht verder weg en in steegjes en zijstraten. Hij maakte tussenstops bij The God In Me Ministry, de Las Vegas Rescue Mission, het Leger des Heils en Catholic Charities. Hij maakte fotokopieën van Horace' foto met zijn telefoonnummer erop en deelde die uit. Dat deed hij twee dagen achter elkaar en hij werd steeds moedelozer terwijl hij Fremont Street en de omringende buurten uitkamde.

Op de derde dag kwam hij langs Uncle Joe's Pizza, Kabob Corner, een tatoeagesalon en een kroeg die The Griffin heette. Er klonk geschreeuw aan de overkant van de straat. Hij bleef staan en zag twee mannen ruziemaken naast een wit bestelbusje. Links van hen, tegen de muur van een steegje, zag hij iemand zitten die van een afstandje op Horace leek.

Hij stak de straat over. Zijn hart bonsde. Hij deed zijn cowboyhoed af, haalde zijn hand door zijn haar en zette hem weer op. Toen hij dichterbij kwam, zag hij dat degene voor hem een jongen was en dat die jongen Horace was.

Hij droeg een vuile spijkerbroek, laarzen en meneer Reese' oude canvas werkjas. Er stond een papieren zak voor hem met een halflege fles Old Crow erin en een blikje cola links van hem. Zijn ogen waren dicht en hij sliep. De oude man bukte, stijf en pijnlijk, en legde zijn hand op Horace' schouder.

Horace deed zijn ogen open en keek op.

'Ik heb me zorgen om je gemaakt,' zei de oude man vriendelijk, en hij ging moeizaam naast Horace zitten. 'Er gaat geen uur voorbij zonder dat ik aan je denk. En bij mevrouw Reese is het net zo.'

'Hoe heeft u me gevonden?' fluisterde Horace beschonken.

'Je hebt naar de ranch gebeld en me verteld waar je zat.'

'Heb ik naar de ranch gebeld?'

Meneer Reese knikte. 'Ik heb een hele tijd naar je gezocht, Hector.'

'Die naam gebruik ik niet meer, meneer Reese. Ik heb liever niet dat u me zo noemt.'

'Ik noem je hoe je maar wilt. Zeg maar welke naam ik moet gebruiken.'

Horace schudde zijn hoofd. Om hen heen ploeterde de stad verder. Auto's passeerden, bestelwagens stopten en mensen liepen in een eindeloze stroom voorbij. 'Niet zo aardig tegen me doen, meneer Reese. Daardoor voel ik me nog beroerder. Begrijpt u nou niet...? Het zou makkelijker zijn als u gewoon wegging en nooit meer terugkwam.'

'Je ziet er ziek uit,' zei meneer Reese. 'Heb je wel gegeten? Gaat het wel?'

'Het gaat wel.'

'Zo zie je er niet uit.'

'Ik ben nog steeds een taaie. Echt.'

'Dat weet ik wel.'

Horace schudde zijn hoofd. 'Ik kan niet meer boksen,' fluisterde hij.

'Heb ik gehoord.'

'Ik zal nooit ergens kampioen in worden. Dat weet ik nu zeker. Ik zal nooit iets voorstellen.'

'Dat weet je niet.'

'Wel waar. Omdat er een vloek op me rust, meneer Reese.'

'Er rust geen vloek op je,' zei de oude man.

'Maar het is echt zo.' Horace nam een flinke slok uit het colablikje en schonk het restje uit de fles Old Crow erin. 'Ik bedoel, waarom zou mijn ma me anders zomaar dumpen? Dat overkomt normale kinderen niet. Waarom heeft ze dat nou gedaan, meneer Reese?'

De oude man zuchtte. 'Ik denk dat je ma het zwaar had met haar nieuwe huwelijk en de nieuwe baby. Een baby kan een stel soms uitputten. Misschien probeerde ze haar man gewoon te plezieren, ik weet het niet. Maar ik weet wel dat het allemaal jouw schuld niet was.'

'Dat weet u niet zeker.'

'Ik weet het aardig zeker.'

'En mijn pa dan?'

'Ik weet niet waarom hij is weggegaan. Ik heb hem nooit gekend. Maar ik weet wel dat het niets met jou te maken had. Jij was de reden niet. Daar durf ik mijn leven om te verwedden. Je was nog maar een baby.'

Horace' hoofd viel op zijn borst en de tranen stroomden over zijn wangen. 'Hij heeft een vrouw en twee kinderen en een blokhut aan een meer en een speedboot. Hij heeft een chic huis in Seattle. Hij heeft seizoenkaarten voor de Mariners, maar hij nodigt me nooit uit om te komen logeren. Waarom nodigt hij me niet uit, meneer Reese?'

'Dat weet ik niet,' zei de oude man. 'Ik weet het gewoon niet. Je bent opgevoed met het idee dat je je voor jezelf moest schamen. Bij alle goede dingen die je grootmoeder heeft gedaan, heeft ze ook een paar slechte dingen gedaan. Net als je vader, omdat hij je in de steek heeft gelaten en je moeder, omdat ze je bij je grootmoeder heeft achtergelaten. We weten allebei dat je het zwaar hebt gehad. Maar evengoed: kijk eens naar de goede dingen die je hebt gedaan, gewoon doordat je jezelf was.'

'Maar ik heb helemaal niks gedaan,' fluisterde hij.

'Dat is niet waar.'

'Dat is 't wel, meneer Reese.'

'Je hebt het mis. Je hebt me geholpen de ranch weer op orde te krijgen nadat ik de eerste keer door mijn rug was gegaan. Ik heb een hele tijd platgelegen en jij hebt het overgenomen. Je hebt een hele ranch gerund en toen was je nauwelijks achttien. En bedenk wel dat je hebt geholpen van Boss een van de beste paarden te maken die ik ooit heb gehad. Terwijl ik zeker wist dat hij het niet in zich had. Hoe zou zijn leven er zonder jou uitzien? En je hebt mij ertoe geïnspireerd te proberen mijn eigen kampioen te zijn. Zelfs mevrouw Reese heeft geprobeerd haar eigen kampioen te zijn en zolang jij er was, was ze dat ook, op haar manier. Die dingen moet je onthouden. Je hebt je eindexamen gehaald, ook al was school zwaar en eenzaam voor je. Je bent een geweldige paardenman en een echte schapenman geworden en je hebt me zo geholpen dat ik niet eens zou weten hoe ik je daarvoor moet terugbetalen. En vervolgens had je het lef om helemaal in je eentje naar Arizona te verhuizen. Een ranchjongen helemaal alleen in een stad. Je hebt zonder iemands hulp een baantje gekregen en bent Golden Gloves-kampioen boksen van de staat geworden. Dat heb je helemaal zelf gedaan. En daarna ben je naar Texas gegaan en heb je een profpartij gewonnen, en nog twee in Mexico. En je hebt Raymundo Figueroa bijna verslagen, terwijl die naar de Olympische Spelen is geweest.' Meneer Reese zweeg even en hij slaakte een diepe zucht. 'Misschien had je een bokskampioen kunnen worden, misschien is dat wel waar. Ik weet gewoon niet genoeg van boksen om dat met zekerheid te kunnen zeggen. Maar zelfs als je een kampioen was, zou je nooit een Mexicaanse kampioen zijn, wat je ook deed. Jíj was de kampioen geweest, met alles wat er bij je hoort.'

'Waarom verspilt u uw tijd nou, meneer Reese?'

'Omdat je mijn vriend bent, Horace. Omdat ik je als mijn zoon beschouw.'

'Ik wou dat ik uw zoon was, maar dat ben ik niet.'

'In mijn ogen en die van mevrouw Reese wel. Voor ons ben je dat altijd geweest.'

'Maar het is niet waar.'

'In onze ogen wel.'

'Mijn leven is sowieso voorbij.'

'Dat is het niet. Het begint net.'

'Maar het kan me niet meer schelen, meneer Reese. Ik hoop elke avond dat ik word overreden, neergestoken of neergeschoten of dat ik in de gevangenis word gegooid. Zo denk ik erover.'

'Ik zou ook moe zijn, als ik jou was,' zei de oude man. 'Het is zwaar om elke dag een hekel aan jezelf te hebben, en het is zwaar om te proberen iets te zijn wat je niet bent. Dat eist allebei zijn tol. Ik weet dat het veel moeite heeft gekost om het te proberen met dat boksen van je. Dat heeft veel van je gevergd.'

Horace keek de oude man aan. 'Nu ben ik maar een dronkenlap van een indiaan.'

'Ik geloof niet dat je een dronkenlap bent.'

'Dat ben ik wel,' fluisterde hij.

Meneer Reese zweeg even. 'Misschien, misschien ben je dat nu. Dat weet ik niet. Maar zelfs al ben je het, dan is het niet alleen de indiaan die de dronkenlap is. Het Ierse bloed dat je in je hebt maakt je net zo goed tot een dronkenlap. Dus je kunt niet eens een dronken indiaan zijn zonder te proberen iemand te zijn die je niet bent. Omdat je elke keer dat je een dronken indiaan bent, ook een dronken Ier bent, een dronken Amerikaan, een dronken Nevadaan.'

'U ziet het allemaal verkeerd, meneer Reese.'

'Wat jij niet begrijpt, Horace, is dat je niet één ding hoeft te zijn. Je kunt al de beste dingen die je bent nemen en die allemaal tegelijk zijn. Ik weet niet hoe vaak ik al heb geprobeerd je te vertellen hoeveel geweldige voordelen het heeft om een Paiute te zijn, en hoeveel geweldige voordelen het heeft om uit een dorp te komen, en hoeveel geweldige voordelen het heeft dat je voor een deel Iers bent en voor honderd procent uit Nevada komt.'

'Niemand denkt zo,' zei Horace en hij schudde zijn hoofd.

'Daar vergis je je in. Zo denken mensen wél. Zo zíjn mensen. Je kunt een cowboy zijn en evengoed naar Slayer luisteren, Horace. Je kunt een cowboy zijn en lang haar hebben. Net zoals je een bokser uit Tonopah had kunnen zijn die deels indiaan was. Het is helemaal aan jou om jou te zijn. Je moet alleen maar sterk genoeg zijn om jezelf te zijn.'

'Maar dat ben ik niet, meneer Reese. Dat probeer ik nou juist te zeggen.'

'Ik kan je helpen.'

'Niemand kan me daarmee helpen,' zei Horace, en hij dronk het colablikje leeg en veegde zijn ogen af met zijn handen. 'Zeg alstublieft gewoon tegen mevrouw Reese dat u me niet kon vinden en vergeet me.'

'En de honden en de paarden dan?'

'Ik mis de paarden verschrikkelijk,' zei Horace, en opnieuw stroomden de tranen over zijn gezicht en zijn stem was nog maar nauwelijks hoorbaar. 'En Little Roy.'

'Ze missen jou ook allemaal.'

Horace schudde zijn hoofd.

'Ik moet je iets vertellen,' zei meneer Reese. 'Ik heb de schapen verkocht.'

'Heeft u ze verkocht?' Horace veegde zijn ogen af aan zijn jas en keek de oude man aan.

'Ik red het niet meer met mijn rug. Ik kan geen paard meer rijden en Pedro is weggegaan.'

'Heeft u ze verkocht?'

Meneer Reese knikte. 'Daarna heb ik een tijdje medelijden met mezelf gehad. Ik voelde me verloren. Ik had moeite om uit bed te komen. Maar ik was het vergeten van "De B.O.O.T.".'

'Zo denk ik niet meer, meneer Reese. Kinderen denken zo. Het is stom om zo te denken.'

'Het is helemaal niet stom, Horace. Het herinnerde me eraan dat ik, door wie ik ben, moet blijven bouwen. Dus toen ben ik de deur uit gegaan en heb ik vijftig koeien van Morton gekocht. Ander heeft me zijn quad gegeven en ik ga een kleine boerderij met koeien en kalveren drijven.'

'Rundvee?'

'Door die nieuwe waterput zullen we genoeg hooi hebben en

de tractor rijdt inmiddels beter dan ooit. Het zal voor ons allebei goed zijn. Waarom kom je niet terug om me een beetje te helpen? Dan knappen we de schuur op, zodat je je eigen appartement kunt krijgen. Je kunt op je eigen benen staan en doen wat je wilt. Je zou in Tonopah kunnen gaan wonen als je dat zou willen. Dan kopen we een goeie truck voor je.'

'Ik heb het gewoon niet meer in me,' zei Horace.

'Alsjeblieft,' zei meneer Reese. 'Je ziet er niet goed uit, Horace. Waarom kom je niet mee terug om op te knappen en het te proberen? Als het je niet bevalt, kun je hier weer heen. Dan breng ik je zelf.'

'Ik kan het gewoon niet.'

Meneer Reese keek naar de overkant van de straat en zweeg een hele tijd voordat hij zijn keel schraapte. 'Dan zal ik eerlijk tegen je zijn, Horace. Ik heb tegen mezelf gezegd dat ik het je niet zou vertellen, maar ik heb het gevoel dat ik wel moet... Wat ik probeer te zeggen is dat ik kanker heb, leverkanker, en dat is een agressieve vorm, een ongeneeslijke vorm. Dat houdt in dat ik niet lang meer te leven heb. Misschien een maand, misschien twee. Maar volgens de artsen zal het zeker niet veel meer zijn. Wat ik nodig heb, is een beetje hulp om de boel op orde te krijgen voor ik doodga. Om mevrouw Reese te helpen. Ze zal daar helemaal in haar eentje zitten. Ik heb je nog nooit om iets gesmeekt, maar nu smeek ik je. Als vriend heb ik je hulp nodig.'

*

De lucht was blauw en wolkeloos toen meneer Reese en Horace door Fremont Street liepen. De zon warmde de koude winterdag op en meneer Reese bracht Horace naar de truck, hielp hem de cabine in en deed het portier dicht. Vervolgens stak hij het parkeerterrein over en liep het Four Queens Casino in, bestelde in het restaurant twee ham-kaasbroodjes om mee te nemen en haalde zijn spullen uit zijn kamer. Hij betaalde de rekening, haalde het eten op en liep terug naar de truck, waarvan de cabine leeg bleek. Hij deed zijn bagage in de gereedschapskist in de laadbak, wachtte in de cabine en vijf minuten later strompelde Horace, naar links overhellend en traag, het Four Queens Casino uit.

Meneer Reese stapte uit de truck en ging naar hem toe.

'Gaat het? Waarom loop je zo?'

Horace knikte. 'Niks aan de hand, meneer Reese. Ik heb wel erger meegemaakt. Ik krijg alleen de schijterij van die drank. Ik heb geprobeerd te wachten, zodat u niet zou denken dat ik weg was gegaan, maar ik moest behoorlijk nodig naar de wc en toen ik daar eenmaal was, kon ik er niet vanaf komen. Ik voel me niet zo goed, denk ik.' Hij leunde tegen de truck aan.

'Whisky drinken is zwaar voor je lijf. Zeker als je er niet bij eet.'

Horace knikte. 'Denkt u dat het oké zou zijn als ik achterin ging slapen? Ik heb zin om even te liggen en ik weet niet of ik veel langer rechtop kan zitten.'

Meneer Reese knikte. 'Ik zat te denken dat we bij Ander zouden kunnen stoppen voordat we naar huis gaan. Hij is de stad uit en dan kunnen we zorgen dat je ontnuchterd en gewassen bent voordat mevrouw Reese je ziet.'

'Dat is een goed idee,' zei Horace.

De oude man liep naar de cabine van de truck en achter de stoel lag een oude slaapzak van dik canvas. Hij spreidde die uit in de laadbak en hielp Horace erin te kruipen. Meneer Reese gaf hem een broodje, een zak chips en een fles water.

'Probeer wat water te drinken en een beetje te eten,' zei meneer Reese. 'Dat zal je helpen weer op gang te komen. Het zal wat van die drank opnemen.'

Tranen welden op in Horace' ogen. 'Het spijt me dat ik u heb teleurgesteld, meneer Reese.'

'Je hebt me niet teleurgesteld.'

'Ik weet dat ik net zei dat ik wilde dat u wegging, maar ik ben blij dat u me bent komen halen.'

'Ik ben alleen maar opgelucht dat ik je gevonden heb, Horace.'

'Het is zwaar om de hele tijd alleen te zijn.'

'Dat is het ook,' zei meneer Reese.

'Zo, dus we worden rundveeboeren?'

'Dat is mijn pa ook een tijdje geweest, dus ik zou niet weten waarom wij dat niet kunnen worden.'

'Ik weet wel zeker dat we het kunnen,' zei Horace, en hij sloot zijn ogen.

Meneer Reese verstelde de achteruitkijkspiegel, zodat hij de laadbak kon zien en een oogje op Horace kon houden, reed vijfenzeventig op de rechterbaan en bij avondschemering verlieten ze de stad. Toen de laatste buitenwijken langstrokken en het verkeer rustiger werd, belde hij mevrouw Reese.

'Ik heb hem,' zei hij.

'Waar is hij?'

'Hij ligt in een slaapzak in de laadbak van de truck. Hij is er beroerd aan toe, maar ik denk dat het wel goed komt met hem. Hij heeft gedronken.'

'Alcohol?'

'Ja,' zei meneer Reese. 'En ik geloof ook niet dat hij de laatste tijd veel gegeten heeft. Ik neem hem voor een paar dagen mee naar het huis van Ander. Ik wil niet dat je hem ziet, zoals hij er nu aan toe is. En ik weet zeker dat hij ook niet zou willen dat jij hem ziet zoals hij er nu aan toe is. Ik neem hem morgenochtend meteen mee naar het ziekenhuis om hem te laten onderzoeken.'

Louise begon te snikken. 'Heb je hem echt gevonden?'

'Echt. Maar ik heb hem alleen de truck in kunnen krijgen

door dat trucje van die kanker van jou te gebruiken. Wat ben jij toch slim als het om mensen gaat. Je wist dat hij alleen mee zou komen als we hem dwongen.'

'Het is een goed soort dwang,' zei ze.

*

De avond was koel maar niet koud en meneer Reese stopte maar één keer om naar de wc te gaan en een kop koffie te halen. Toen hij bij hem ging kijken lag Horace op zijn buik in de slaapzak, met zijn ogen dicht. Het was net na negenen toen ze aankwamen bij Anders hutje aan de rand van Tonopah, met de witte gevelbekleding en rode kozijnen, het gammele dak en zijn drie oude, niet-rijdende trucks op de oprit. Meneer Reese vond de verstopte sleutel onder een gasfles, haalde de voordeur van het slot en deed het verandalicht aan.

Toen hij naar de truck liep en de laadbak opendeed, legde hij zijn hand op Horace' voet en gaf er door de slaapzak heen een kneepje in. Maar er kwam geen reactie. Hij deed het drie keer en nog gebeurde er niets. Hij klom met grote moeite in de laadbak, waar hij merkte dat Horace niet ademde. Er was geen braaksel, er waren geen tekenen van pijn of angst. Hij ademde gewoon niet meer. Meneer Reese rolde hem op zijn zij en trok hem uit de slaapzak, terwijl er tranen over zijn gezicht liepen. Hij hield hem in zijn armen en wiegde hem heen en weer, en de avond ging verder.

Dankbetuigingen

Ik had *Laat me niet vallen* niet kunnen loslaten zonder de hulp van mijn meisje, Lee. Hetzelfde geldt voor Lesley Thorne. Zij ziet altijd de scheurtjes in mijn werk en is vriendelijk en streng genoeg om me te vertellen waar ze zitten. Ook dank aan Amy Baker en Angus Cargill voor het telkens en telkens opnieuw lezen van het boek. Ik zou ook graag Anna Stein willen bedanken voor haar geweldige hulp, net als Helene Fournier, Francis Geffard, Jane Palfreyman, Lisa Baker, Silvia Crompton en iedereen bij Bakhåll en Berlin Verlag.

Lees meer van Willy Vlautin

Leroy, een jonge soldaat, is gewond teruggekomen uit de Irak-oorlog en leeft al jaren in een revalidatiecentrum. Na een mislukte zelfmoordpoging komt hij terecht in een verzorgingshuis voor gehandicapte mensen. Zijn permanente verpleegster Pauline en de nachtwaker Freddie zijn zijn enige bezoekers, en tussen hen ontstaateen breekbare, maar wonderbaarlijke vriendschap.

In een ontroerende dans worden de levens van drie gewonde zielen vervlochten: Pauline, die altijd maar in de weer is voor anderen, Freddie, die na zijn vrouw en kinderen nu ook zijn huis dreigt te verliezen, en Leroy, wiens enige heldere herinneringen die aan zijn ex-vriendinnetje zijn.

Vlautin legt op even briljante als hartverscheurende wijze de pijnpunten van de moderne Amerikaanse samenleving bloot. Maar bovenal schetst hij in *Vrij* de gebroken levens van mensen die ondanks alles hoopvol blijven.

Verkrijgbaar als
e-book
& papieren boek